단순하게
느긋하게
행복하게

《影响一生的60个关键词》
编著: 正一

단순하게 느긋하게 행복하게

1판 1쇄 발행 : 2016년 3월 10일

지은이 : 정이
옮긴이 : 하진이
기획 : 엔터스코리아
편집 : 노은정
표지디자인 : 김윤남
본문디자인 : 김동광
펴낸이 : 최윤하
펴낸곳 : 정민미디어

주소 : (151-834) 서울시 관악구 행운동 1666-45. F
전화 : (02)888-0991
팩스 : (02)871-0995
이메일 : pceo@daum.net

등록일자 : 1997년 7월 24일

ISBN : 979-11-86276-24-2 (03820)

· 잘못된 책은 구입하신 서점에서 바꿔드립니다.

행복의 문을 열어주는 내 인생의 열쇠 60가지

단순하게
느긋하게
행복하게

· 정이 지음 | 하진이 옮김 ·

정민
미디어

정신력, 내 삶의 지주이자 역량

인생은 시위를 떠난 화살처럼 눈 깜짝할 사이에 사라져 버리고 만다. 그러나 좀 더 넓은 관점에서 보면 이 짧은 순간은 심오한 영속성을 지닌다. 우리는 이 세상에 단지 육체로만 존재하는 것이 아니라 정신적인 염원과 함께 존재한다. 유성과 같이 찰나적인 우리의 생명은 그 육체를 연소시키는 동시에 영구불변의 빛을 남긴다. 그것은 바로 우리의 정신이자 우리의 존재에 대한 증명이다.

어느 시인이 말했다.

"어떤 사람은 살아 있지만 죽은 것과 다름없다. 또 어떤 사람은 이미 죽었지만 우리 곁에 생생히 살아 있다!"

영속성을 얻는 것은 찰나와 같은 삶에 있어 무한한 영광이며 위대한 발자취이다. 인생의 여정 속에서 어떤 사람은 힘들게 헤매다 아무런 기억조차 남기지 않은 채 한줄기 바람처럼 드넓은 우주 공간으로 사라지고 만다. 그러나 어떤 사람은 육신은 사라지고 없지만 여전히 우리 곁에 남아 있다. 그가 남겨 놓은 정신은 개인적 업적을 넘어서 수많은 인생 나그네들을 격려해 주는 이정표가 된다. 물론 우리는 후자와 같은 사람이 되도록 노력해야겠지만, 모든 사람들이 이러한 인생의 참뜻을 깨닫고 순간의 영속성을 이해하는 것은 아니다. 우리가 정신을 필요로 하는 것은 단지 영속성을 얻기 위해서가 아니다. 그러한 영속성은 우리가 죽은 이후의 일이며, 또한 그것은 인생의 부가가치에 불과하다.

현실 생활에서 정신이 지니고 있는 실제적인 의의는 바로 우리 삶의 지주 역할을 한다는 점이다. 때문에 정신력을 상실하게 되면 사람은 무감각해지고, 그저 그렇게 흘러가는 삶 속에서 배회하게 된다. 또 껍질만 남은 육체는 방향 감각마저 상실하게 된다. 마치 두 눈을 잃은 수사자가 사냥감이 바로 옆을 달려가도 그저 몸 아래의 한 줌 흙을 지키며 멍청스레 죽음이 다가오기를 기다리는 것처럼 말이다.

예로부터 위대한 사상을 확립한 철학가나 인류 문명을 일궈 낸 과학자 할 것 없이 수많은 사람들이 바로 이 정신력을 버팀목으로 삼아 탐색하고 고군분투해 왔다. 그들은 자신의 행동으로 정신에 대한 공통적인 해석을 내렸는데, 그것은 바로 정신이 일종의 역량이라는 사실이다. 정신의 힘은 신이 우리에게 부여하는 것이 아니라 우리 자신의 좌절과 고난, 그리고 성장과 깨달음에서 비롯된다.

사람은 모든 일이 순조롭게 진행될 때는 정신력을 느끼지 못하며, 아예 정신력이 무엇인지 이해하려 들지도 않을 뿐더러 그저 있어도 되고 없어도 되는 것쯤으로 여긴다. 생각해 보라. 자신의 식구를 먹여 살릴 수 있는 능력을 가진 농부나 원하던 대학에 합격한 학생, 기술적인 문제점을 해결한 엔지니어, 상대방의 마음을 사로잡은 연인들에게 인생은 아름답게만 여겨질 텐데 무엇 때문에 구태여 정신력을 떠올리겠는가?

그러나 만일 농부가 아무리 노력해도 식구들을 먹여 살릴 만한 능력이 생기지 않거나 학생이 그토록 열심히 공부했는데도 시험에 떨어지거나 엔지니어가 수십 일을 고심하며 노력해도 여전히 기술상의 문제점을 해결할 수 없을 때, 사랑하는 사람의 애정이 변했을 때, 우리에게는 정신력이 필요하게 된다. 이러한 역경에 처했을 때 정신력은 아주 고귀한 것으로 변하고 사람들은 그제야 허둥지둥 혼란에 빠진 채 정신력을 찾아 나선다.

정신력은 모든 일이 순조롭게 잘 풀릴 때는 우리를 채찍질하여 건강하게 성장할 수 있도록 해 주는 좌우명이며, 역경에 처했을 때는 우리가 꿋꿋하게 생활할 수 있도록 격려해 주는 지주가 된다.

사회가 발전함에 따라 삶을 위한 사람들의 발걸음은 빨라지고 자신을 위한 시간은 그만큼 줄어들었다. 물질적인 생활은 풍요로워진 반면에 정신세계는 하루가 다르게 메말라 가고, 어깨 위에 짊어진 책임은 점점 무거워지면서 정신적인 부담은 커져만 간다. 어쩌면 지금이야말로 정신력을 필요로 하는 시대이고, 우리의 영혼은 정신력의 위안을 학수고대하고 있는지도 모른다.

이 책을 출판하게 된 목적은 우리가 의지하고 살아가는 정신력을 독자들에게 보여 주어 삶에 필요한 원동력을 보충해 주고, 한 단계 더 승화된 삶과 정신적인 경지를 제시해 주기 위해서이다. 여러분이 곤경에 처했을 때, 인생길에서 좌절과 마주쳤을 때, 이 책이 여러분들을 인도하여 함께 난관을 극복하는 동반자로서 오랫동안 추억할 수 있는 소중한 시간들을 만들 수 있기를 바라는 마음이다.

저자 정이

contents

단순하게
느긋하게
행복하게

제 2 장
태도의 중요성

contents

제 3 장
행동하는 나

제 4 장
결코 소소하지 않은 생활의 편린

contents

제 5 장
내 멋대로 산다

단순하게
느긋하게
행복하게

제 6 장
감정 다스리기

우리는 왜 늘 한결 같은 정신력을 지니고 있지 못할까?

모든 일이 순조롭게 이루어질 때는 정신력의 중요성을 깨닫지 못한다.

그러나 힘든 일에 부딪히면 그 힘이 얼마나 대단한지 비로소 깨닫게 된다.

정신력은 귀여운 요정처럼 때로는 숨바꼭질도 하고,

때로는 수수께끼를 내어 맞혀 보라고도 하면서 항상 우리 곁에 머물러 있는데도 말이다.

Chapter

1

마인드 점검하기

천재를 만드는
원동력

꿈이 시작되는 곳이 바로 인생의 출발점이다. 어느 날인지, 언제부터인지 모르지만 우리는 꿈을 갖게 된다. 꿈은 우리에게 지혜와 용기, 힘을 준다. 삶의 어려움을 헤치고 앞으로 나아갈 수 있도록 격려해 준다.

콘래드 힐튼은 세계적인 호텔왕이다. 그가 창업한 힐튼호텔 사는 매일 수십 만 명에 이르는 각국의 여행객이 드나드는 세계적인 대형 호텔 그룹이다. 전 세계적으로 200여 개의 호텔을 보유하고 있으며, 자산 총액만도 무려 수십 억 달러에 이른다. 하지만 콘래드 힐튼이 처음 호텔업에 발을 디딜 때만 해도 그의 손에 쥐어져 있던 돈은 단 5,000달러에 불과했다.

전 세계에 자신의 이름을 떨친 '호텔왕'은 만년에 집필한 자신의 자서전에서 부자가 된 비결에 대해 다음과 같이 말했다.

"가슴속에 꿈을 안고 살아가야 합니다. 위대한 꿈이야말로 자신의 미션을 완성할 수 있도록 이끌어 주는 안내자입니다. 꿈은 누구나 가질 수 있습니다. 그건 바로 열정, 정력, 소망을 토대로 하는 풍부한 상상력이 잠재되어 있는 일종의 정신력입니다."

라이트 형제는 하늘을 날고자 하는 꿈이 있었기에 비행기를 발명할 수 있었고, 에디슨은 빛에 대한 꿈이 있었기에 전등을 발명할 수 있었다. 우주를 탐험하려는 꿈을 지닌 가가린은 인류 최초로 우주에서 지구를 내려다보는 영광을 누릴 수 있었으며, 미국의 우주 비행사 암스트롱은 달에 첫 발자국을 디뎌 유사 이래 인류가 품어 왔던 달 정복의 꿈을 실현할 수 있었다.

꿈은 사람들의 가슴속 깊은 곳에 자리 잡고 있는 가장 절실한 소망이다. 꿈은 우리가 이루고 싶어 하는 일의 원동력이 되어 내 안에 깃들어 있는 모든 잠재력을 이끌어 낸다. 꿈은 이성적으로 계획할 수 없는 일종의 정서적 상태로서 열정이라는 방식으로 펼쳐지는데, 이러한 열정은 자신이 상상할 수 없었던 기적을 일으킨다.

영국에 브로디라는 퇴직 교사가 있었다. 어느 날, 그는 오래된 물선을 정리하다 우연히 50년 전에 학생들이 작성했던 작문 노트 한 무더기를 발견했다. 그 가운데 노인의 마음에 와 닿는 작문이 있었다.

'미래의 나는…….'이라는 제목 아래 학생 서른한 명이 각자의 꿈을 적은 것이었다. 대통령이 되고 싶다는 학생, 내각의 장관이 되고 싶다는 학생, 개를 훈련시키는 조련사가 되고 싶다는 학생, 항해사가 되고 싶다는 학생, 황태자비가 되고 싶다는 학생, 교사가 되고 싶다는 학생, 해군장교가 되고 싶다는 학생….

하나하나 작문을 훑어보던 노인은 불현듯 기발한 생각을 떠올렸다. 이 작문 노트를 그때 가르쳤던 학생 서른한 명에게 다시 나눠 준 뒤 어린 시절의 꿈을 실현했는지 알아보게 하는 것이었다. 그는 신문에 그 같은 내용의 광고를 실었고 얼마 지나지 않아 답장이 오기 시작했다. 학생들 가운데는 유명한 학자, 기업가, 정부 관료들도 적지 않았지만 대개는 평범한 삶을 살고 있었다.

일 년이 지나자 노인에게는 시각장애아였던 데이비드의 작문 노트만이 남게 되었다. 어린 시절의 데이비드는 영국 의회 역사상 시각장애자가 내각에 진출한 예가 없었기 때문에 자신이 꼭 그 꿈을 이루어 역사를 다시 쓰겠노라고 했다. 노인이 데이비드에게서 연락이 없는 이유를 나름대로 추측하고 있던 어느 날, 한 장의 편지가 배달되었다. 다름 아닌 영국 교육부장관 데이비드로부터였다. 답장의 내용은 이러했다.

"선생님, 그때의 데이비드가 바로 접니다. 제 어린 시절 꿈을 지금까지 보관해 주셔서 감사합니다. 하지만 이제 그 노트는 더 이상 제게 필요치 않습니다. 저는 지금까지 머릿속에 제 어릴 적 꿈을 심어 두고 한 번도 포기하지 않았습니다. 50년의 시간이 흐른 지금, 제 꿈은 실현됐습니다. 오늘 이 편지를 통해 저는 모든 사람들에게 말하고 싶습니다. 어린 시절의 꿈을 흐르는 시간과 함께 떠나보내지 않고 간직한다면 성공은 언젠가 반드시 우리 앞으로 다가올 거라고 말입니다."

꿈은 진취적인 목표이며, 삶에 대한 적극적인 태도와 확고한 희망이다. 물론 모든 꿈들이 현실로 변하는 것은 아니며, 모든 사람들이 마음속에 품은 꿈을 실현할 수 있는 것도 아니다. 어떤 꿈은 순풍에 돛단배처럼 이르고자 하는 목표 지점에 성공적으로 도달하고, 또 어떤 꿈은 인생의 바다에서 암초에 부딪히거나 좌초하여 침몰하기도 한다. 그러나 꿈을 실현하든, 그렇지 못하든 꿈을 가진 사람을 비웃어서는 안 된다.

모든 꿈들이 반드시 실현돼야 한다는 당위성은 없다. 꿈의 진정한 의의는 바로 꿈 자체에 있기 때문이다. 우리에게 인생에서 궁극적으로 이르러야 할 목표와 방향성을 제시해 주고, 열정과 끊임없는 원동력을 제공해 준다는 데 꿈의 의의가 있다.

가장 유명한 몽상가라고 한다면 마틴 루서 킹^{Martin Luther King}을 꼽을 수 있을 것이다. 미국 흑인해방운동의 지도자였던 그는 흑인에 대한 차별을 더 이상 참고 견딜 수 없어 마침내 꿈의 여정을 시작했다. 1963년, 그는 자신의 흑인 동료들과 함께 워싱턴을 향해 나아갔다. 그는 격앙되고 단호한 목소리로 모두를 향하여 반복해서 말했다.

"I have a dream(나는 꿈이 있습니다)!"

이 얼마나 우렁차고 힘이 솟구치는 선언인가? 듣는 이로 하여금 뜨거운 눈물이 넘치게 하고, 뜨거운 피가 용솟음치게 만드는 말이 아닐 수 없다. 바로 이러한 한 가지 꿈을 위해 많은 사람들이 눈앞의 물대포와 최루탄 가스, 총알이 장전된 총부리를 두려움 없이 마주하며 경멸의 미소를 던졌다. 이러한 한 가지 꿈을 위해 그들은 죽음도 마다하지 않았고, 마틴 루서 킹 자신도 소중한 목숨을 바쳤다. 비록 그는 살아 있는 동안 자신의 꿈을 이루지 못했지만, 그의 꿈은 핍박받는 수많은 영혼들에게 희망을 안겨 주었다. 꿈은 사람을 이처럼 위대하게 만들 수 있다.

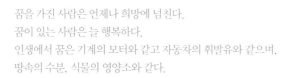

꿈을 가진 사람은 언제나 희망에 넘친다.
꿈이 있는 사람은 늘 행복하다.
인생에서 꿈은 기계의 모터와 같고 자동차의 휘발유와 같으며,
땅속의 수분, 식물의 영양소와 같다.

남들이 뭐라 하든
내가 가고자 하는 길을 가는 것

자아란 자신만의 고유한 특성으로, 흔히 말하는 개성과 그 의미가 같다. 자아는 개인의 성장 환경과 일상적인 습관이 오랜 세월 동안 쌓여 이루어진다. 사람들은 누구나 다른 사람과 구별되는 자신만의 개성을 갖고 있다. 유행에 휩쓸리거나 다른 사람을 흉내 내는 것이야말로 어리석은 일이다.

노벨 물리학상 수상자인 헤라르뒤스 토프트가 여덟 살 때의 일이다. 하루는 선생님이 그를 불러 넌지시 물었다.

"넌 이다음에 커서 어떤 사람이 되고 싶니?"

그러자 어린 토프트는 두 눈을 반짝거리며 대답했다.

"전 이 세상 모든 것들에 대해 모르는 게 없는 사람이 되고 싶어요. 자연 속에서 일어나는 모든 만물의 오묘한 진리를 탐구하고 싶어요."

엔지니어였던 그의 아버지는 아들이 기계 분야에 관심을 갖고 깊이 연구하기를 바랐지만, 토프트는 아버지의 뜻을 따르지 않았다. 그는 자신의 의지대로 자연의 진리에 대한 탐구를 계속해 나갔다. 다른 사람들이 일상적인 안락함을 누리거나 혹은 텔레비전 앞에서 시간을 보내고 있을 때 토프트는 밤을 지새우며 책을 읽었고, 그러한 그의 노력은 헛되지 않았다. 몇 십 년이 지난 후 마침내 노벨상을 받게 된 것이다. 노벨상을 받은 후에도 그의 생활은 전과 다름없었다. 그의 이름은 전 세계에 알려졌고 모든 사람들이 그를 존경의 눈길로 바라보았지만, 토프트는 여전히 밤을 지새우며 책을 읽는 습관을 버리지 않았다.

누군가 그에게 어떻게 해서 성공할 수 있었느냐고 물었을 때 그는, "가장 중요한 것은 자신이 장차 어떠한 길을 걸어가야 할지 스스로 결정해야 한다는 점입니다. 당신은 과학자가 될 수도 있고 의사가 될 수도 있습니다. 하지만 무엇보다 중요한 것은 반드시 자신만의 길을 선택하여 자신의 자리를 찾아내는 것입니다. 그러한 결정은 당신을 타인과 구별되는 자신만의 고유 색채를 가진 사람으로 만들어 줄 것이며, 그렇듯 남과 다른 부분에서 당신은 진정으로 크나큰 기쁨을 얻게 될 겁니다."라고 대답했다.

사회라는 무대 위에서 우리는 서로 다른 배역을 맡아 여러 부류의 사람들과 접촉하며 살아간다. 이때에도 자신의 자아를 지키는 일은 아주 중요하다. 어떤 사람은 타인의 환심을 사고 인정 혹은 찬사를 받기 위해 온갖 수단과 방법을 가리지 않고 애를 쓴다. 뚱뚱한 사람은 기를 쓰며 다이어트를 하고, 키가 작은 사람은 좀 더 커 보이기 위해 노력하고, 대머리인 사람은 모발을 이식하기도 하며, 나이 든 사람은 젊어 보이기 위해 얼굴을 가꾸고, 심지어 남성들조차 시대의 흐름에 부응해 서슴없이 쌍꺼풀 수술을 한다.

언젠가 매스컴에 보도되었던 뉴스가 기억난다. 젊은 여성이 자신의 우상이었던 스타와 똑같이 전신 성형수술을 받았는데, 그녀의 변한 모습을 본 남자친구가 눈물을 흘리며 이별을 선언했다는 내용이었다. 미운 오리새끼가 아름다운 백조로 변신했는데 왜 버림을 받았을까 의아해할지도 모른다. 하지만 곰곰이 생각해 보면 그 남자친구의 심정을 충분히 이해할 수 있을 것이다. 남자친구가 사랑했던 사람은 지금의 완벽한 육체를 지닌 껍질뿐인 그녀가 아니라 단점투성이일지라도 진정한 자아가 내재되어 있던 이전의 그녀였다.

우리는 왜 이렇듯 자아를 잃어버리거나 심지어 고의로 자아를 없애려고 하는 걸까? 그것은 누구나 갖고 있는 신체적인 혹은 정신적인 결함들이 자신감을 잃게 만들기 때문이다. 일단 자신감을 잃게 되면 혹시나 타인들이 자신을 비웃지는 않을까, 이대로 재능을 발휘하지 못하게 되지 않을까, 남의 이목을 끌지 못하는 것은 아닐까 하면서 모든 일에 의심을 품게 된다. 그로 인해 일부러 자신을 꾸미고 세상의 주류에 스스로를 맞춤으로써 스스로를 '상자 속의 존재'로 만드는 것이다.

우리는 보통 인격적으로 나약해졌을 때 자신을 꾸미려고 한다. 마치 비파를 껴안아 얼굴의 절반을 가리는 것과 같이 우리의 겉모습과 내면을 구별하기 힘들 정도로 불분명하게 치장한다. 이로써 자신이 원하는 모습대로 타인의 눈에 비춰져 잠시나마 자신의 단점이나 생각들을 가릴 수 있을 것이라고 여긴다. 하지만 이것이야말로 눈 가리고 아웅 하는 것이 아니고 무엇이겠는가?

우리는 타인과 비교되기 위해 이 세상에 태어난 것이 아니며, 또한 우리는 타인과 비교되기 위해 이 세상에 살고 있는 것이 아니다. 사람은 행위의 노예가 아닌 생각의 주인이어야 한다. 자아를 잃어버리는 것은 생명을 잃어버리는 것과 같다. 느낌에 따라 살아가는 사람은 수면에 떠다니는 부평초처럼 그 생명의 뿌리를 상실한 사람이다. 자신만의 고유한 성향을 잃게 되면 군중심리에 휩쓸려 잘못된 길로 빠지기 쉽다. 그렇기 때문에 자신을 휘감고 있는 쓸데없는 장식품들을 과감히 떼어 버려야 한다. 생명력이라는 차원에서 보면 사치스러움은 군더더기에 불과하다. 겉모습이 화려할수록 그 내면은 보잘것없기 마련이다.

자신의 길을 걸어가기 위해서 우리는 반드시 자아를 지켜야 한다. 때로는 자아를 이겨내거나 초월할 수도 있어야 한다. 자아를 지키고 또한 초월한다는 것은 인생에 있어서 가장 숭고한 경지이다.

어느 유명인이 다음과 같은 말을 했다.

"인생에서 가장 중요한 순간과 맞닥뜨렸을 때 우리는 크고 작은 선택을 하게 된다. 그 선택이라는 것은 자아를 이겨낼 수 있는가, 없는가, 자아를 초월할 수 있는가, 없는가 하는 일련의 과정일 따름이다."

자아를 굳건히 지킨다면 당신은 두 번 다시 자신의 단점을 가리기 위해 꾸미거나 치장하는 일을 하지 않고, 또한 자아를 잃어버린 채 깊은 고뇌 속으로 빠져들지도 않게 될 것이다.

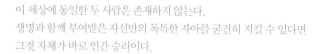

이 세상에 동일한 두 사람은 존재하지 않는다.
생명과 함께 부여받은 자신만의 독특한 자아를 굳건히 지킬 수 있다면
그것 자체가 바로 인간 승리이다.

끊임없이 무엇인가를 추구하는
일종의 생활상

사람들은 흔히 이런 말을 한다.

"나는 가진 것이 없어. 그래서 행복하지 않지. 부자가 된다면 행복해질 수 있을 거야."

"난 이렇다 할 권력이 없어. 그래서 행복한 것 같지 않아. 무소불위의 권력을 갖게 된다면 난 분명 행복해지겠지?"

"난 별로 유명하지 않아. 그래서 행복하지가 않아. 내가 이름을 널리 떨친다면 틀림없이 행복해질 거야."

정말 그럴까? 실제로는 그렇게 간단하지가 않다. 사람들은 성공한 사람을 추켜세우며 "그 사람은 인생의 최고봉에 올라섰으니 이미 그의 목표를 달성한 거야." 혹은 "그 사람은 성공했으니까 이젠 더 이상

부족한 게 없을 거야."라는 말을 한다. 그러나 실상 '성공한 사람'은 자주 외로움을 느끼며, 마치 무엇인가 중요한 것을 잃어버린 듯 그다지 행복하게 살지 못한다. 왜냐하면 그들이 인생의 최고봉에 오를 수 있도록 해 준 원동력이 시들어 버렸기 때문이다. 그들은 더 이상 자신이 달성해야 할 목표에 대해 예전과 같은 자극과 흥분을 느끼지 못한다. 최종 목표를 달성함에 따라 앞으로 어디로 나아가야 할지 방향 감각마저 잃어버려 우승컵을 손에 쥐었지만 전혀 기쁨을 느낄 수 없게 된 것이다.

미국의 어느 유명한 기업인에 관한 일화이다. 여러 개의 회사를 거느린 그는 자신의 사업을 모든 이들이 깜짝 놀랄 만큼 눈부신 속도로 성장시켰다. 그리하여 불과 서른다섯 살의 나이에 경쟁이 치열한 업계에서 최고의 자리를 차지하게 되었다. 그러나 마흔 살에 이르자 모든 일에 차츰 염증을 느끼기 시작했다. 결국 그는 자살을 선택하게 되었는데, 그때 그의 나이 마흔다섯이었다.

그는 이렇게 탄식했다.

"내게는 그 어떤 것도 부족한 것이 없습니다. 아름다운 아내가 있고 호화로운 주택도 있습니다. 대대손손 누리고 살아도 다 쓸 수 없을 만큼 엄청난 재산을 갖고 있으며, 귀여운 딸도 있습니다. 하지만 저는 괴롭기만 합니다. 지금 내가 하고 싶은 일은 그저 하느님 곁에서 조용히 가르침을 받는 것입니다."

우리는 결코 재산이나 성공에서 진정한 행복을 얻을 수 없다. 돈이 생기면 음식점에 가서 밥을 사 먹고 집과 자동차를 살 수 있지만, 돈이 곧 행복은 아니다. 권력이 생기면 타인을 복종시킬 수 있고 명령하거나 지휘할 수 있지만, 권력이 곧 행복은 아니다. 유명해지면 존경과 숭배, 선망의 대상이 될 수 있지만, 이것 역시 행복은 아니다. 물질적인 향유, 권력의 힘, 명성이 주는 영예는 우리에게 만족감을 주지만 그것은 어디까지나 일시적인 것에 불과하다. 인간의 탐욕은 만족을 모르기 때문이다.

많은 사람들이 사물의 표면만을 보고 행복을 이해하려 들고, 욕망과 기대치에 대한 만족을 행복이라고 여긴다. 그러나 지혜로운 사람은 사물의 본질을 꿰뚫고 있기 때문에 사람 마음속에 끊임없이 맴도는 명예욕과 이익 추구가 바로 괴로움과 번뇌의 근원이라는 사실을 알고 있다.

진정한 행복이란 무엇일까? 그것은 무엇인가를 끊임없이 추구하는 일종의 생활상이다. 한 가지 목표를 달성한 후, 이어서 다음 목표를 설정하고, 또다시 그 목표에 도전하여 달성하는 것이다. 이전의 꿈이 실현된 이후에는 심혈을 기울여 몰입할 수 있는 더욱 큰 꿈을 향해 돌진하는 것이다. 이것이야말로 행복감을 주는 원천이다.

삶과 일에 대한 우리의 갈망은 성공을 이루었을 때와 마찬가지로 우리에게 영원한 기쁨을 안겨 준다. 따라서 언제나 왕성한 투지와 정력을 갖고 머리를 곧추세운 채 앞을 향해 나아가며, 어느 한순간에도 열정과 창조력을 잃지 말아야 한다.

우리에게 "목표를 이미 달성했다."라는 것은 영원히 존재해서는 안 된다. 바꿔 말하면, 우리는 언제나 자신의 새로운 목표에 도달하기 위해 분투하는 일을 게을리해서는 안 된다. 진정한 성공과 끝없는 즐거움, 그리고 행복감은 목표를 향해 고군분투할 때 비로소 느낄 수 있는 것이지, 목표를 달성한 이후 느낄 수 있는 것이 결코 아니다. 새로운 목표를 세우고, 변함없는 투지와 진취성을 갖고 다시 한 번 도전을 시도할 때 진정한 즐거움을 느낄 수 있다.

영원토록 행복한 사람이란 추구하고자 하는 새로운 목표에 대해 흥미를 느끼며 한 단계 더 높은 곳을 향해 끊임없이 나아가는 사람이다. 성공한 사람들 가운데는 만족스러운 듯 '어렵게 성공을 거두었는데 이제 마음을 좀 놓아도 되겠다.'라고 생각하는 사람이 많다. 일단 이렇게 생각하면 다시는 성공의 기쁨을 누릴 수 없을 뿐만 아니라 목표를 달성하기 위해 노력하는 즐거움도 잃게 된다.

세계적으로 유명한 물리학자 아인슈타인은 다음과 같이 자신의 삶을 평가했다.

"저는 단 한 번도 일생의 목표를 모두 이룩했다고 여긴 적도, 그런 생각을 해 본 적도 없습니다. 지금까지도 제 마음속에는 많은 꿈이 숨어 있습니다. 모든 사물에 흥미를 갖고 끊임없이 계획을 세워 새로운 목표에 도전하고 있습니다. 그리고 여기에서 크나큰 행복감을 느낍니다."

그렇다. 자신이 가장 좋아하는 일을 하는 사람이 바로 가장 행복한 사람이다.

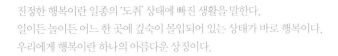

진정한 행복이란 일종의 '도취' 상태에 빠진 생활을 말한다.
일이든 놀이든 어느 한 곳에 깊숙이 몰입되어 있는 상태가 바로 행복이다.
우리에게 행복이란 하나의 아름다운 상징이다.

한 단계 더 높이
뛰어오를 수 있게 하는 힘

쾌청한 어느 날 오후, 한 부유한 노인이 해변에서 휴가를 만끽하고 있었다. 그는 바다의 정경을 사진에 담기 위해 계속 카메라 셔터를 누르며 사진을 찍기 시작했다. 때마침 낮잠을 자고 있던 한 어부가 사진 찍는 소리에 잠에서 깼다. 그는 달콤한 수면을 방해한 노인을 향해 불평을 늘어놓았다.

"당신이 눌러 대는 카메라 셔터 소리가 내 단잠을 방해하고 있지 않소?"

그러자 노인이 말했다.

"오늘은 날씨가 좋아 물고기 잡기에는 딱 안성맞춤인 듯한데, 왜 이곳에서 낮잠을 자고 있는 거요?"

그 말을 들은 어부가 말했다.

"나는 매일 20근의 물고기만 잡기로 목표량을 정해 놓았소. 평소 같으면 그물을 다섯 번 정도 던져야 하는데, 오늘은 날씨가 좋아 그 물질 두 번 만에 하루 목표량을 달성했소. 그러니 이제 더 이상 할 일이 없지 않소? 그래서 낮잠을 자는 중이었소."

노인이 물었다.

"이렇듯 좋은 날씨를 틈타 그물을 여러 번 던지면 그만큼 물고기를 많이 잡을 수 있을 것 아니오? 왜 그렇게 하지 않는 거요?"

어부가 이해할 수 없다는 듯 되물었다.

"그렇게 많이 잡아서 뭘 어쩌란 말이오?"

노인은 즉각 의기양양하게 대답했다.

"물고기를 많이 잡으면 머지않아 배를 한 척 장만할 수 있지 않겠소?"

어부는 여전히 이해할 수 없다는 듯 되물었다.

"배를 사서 뭘 어쩌란 말이오?"

"뱃사람을 고용해서 먼 바다까지 나가 더 많은 물고기를 잡으면 되지 않소."

"그럼, 그다음에는?"

"물고기를 팔아 번 돈으로 생선 가공 공장을 차릴 수 있지."

"그런 다음에는?"

"배를 여러 척 사서 더 많은 물고기를 잡아 그걸 가공해서 세계 각 지역으로 팔면 되지 않소!"

"어허. 그럼, 그다음에는?"

"그렇게 하면 당신은 공장 사장이 될 수 있으니 더 이상 물고기를 잡을 필요도 없겠지."

이쯤 되자 어부는 조금 귀찮다는 듯 되물었다.

"물고기를 잡지 않으면 난 할 일이 없어지니, 그럼 어찌 하오?"

노인은 어깨를 들썩이며 대답했다.

"모래사장에서 일광욕을 즐기면서 낮잠을 자면 되지 않소."

어부는 고개를 절레절레 가로저으며 말했다.

"이보시오. 난 지금 일광욕을 즐기며 낮잠을 즐기고 있단 말이오."

무릇 자신의 현재 상황에 만족하지 않는 사람만이 앞을 향해 헤쳐 나가려는 열정을 가질 수 있다. 어떤 사람들은 이처럼 만족스러운 듯 일광욕을 즐기는 어부의 생활을 마음에 들어 할지도 모른다. 그러나 어부의 일광욕은 부유한 노인이 말한 일광욕과는 삶의 질적인 측면 에서 전혀 다르다. 모든 사람들이 어부처럼 날마다 일광욕을 즐겼다 면 우리 사회는 발전하지 못했을 테고 인류의 문명도 오늘날처럼 눈 부신 성장을 거두지 못했을 것이다.

당신은 부유한 노인이 되고 싶은가, 아니면 어부가 되고 싶은가?

성공한 사람들 대부분은 무엇인가를 추구하고자 하는 강한 욕구를 지니고 있다. 그리고 그러한 추구만이 우리를 한 단계 더 높이 뛰어오를 수 있게 하고, 보다 큰 가치를 창조해 냄으로써 즐거움을 누릴 수 있게 해 준다.

전 세계적으로 4,300여 개의 패스트푸드 체인점을 보유하고 있는 웬디스버거의 창립자이자 사장인 데이브 토마스도 그와 같은 사람이었다. 그는 열두 살 때 가족과 함께 테네시 주의 녹스빌로 이사했다. 그리고 자신의 나이를 열여섯 살로 속이고는 식당에서 시간당 25페니를 받으며 접대원으로 일했다. 이때부터 데이브 토마스는 열심히 노력해서 반드시 자기 소유의 패스트푸드점을 가져야겠다고 결심했다.

아무리 일이 힘들고 고돼도 그에게는 문제될 것이 없었다. 오히려 장차 사업을 일으키는 데 좋은 경험이 될 것이라 생각하며 자신의 업무 내용을 자세히 기록했다. 하루 저녁에 얼마나 많은 손님을 접대할 수 있는지 스스로 테스트도 해 봤는데, 그 기록이 무려 백 명에 달하기도 했다. 이때의 경험은 데이브 토마스가 성공을 이룰 수 있는 토대를 마련해 주었다. 여러 해가 지난 후 사람들이 그에게 성공담을 물어올 때면 그는 조금도 주저하지 않고 그 시절 자신의 경험담을 들려주었다. 그리고 주위의 모든 사람들에게 다음과 같은 충고를 아끼지 않았다.

"자신의 현재 상황에 만족하지 않는 사람만이 미래를 개척해 나갈 수 있는 열정을 지닐 수 있습니다."

대다수의 사람들은 평범한 가정에서 태어나 자라나며, 성공한 사람들 가운데도 평범한 가정에서 태어난 사람이 많다. 이것은 든든한 배경이 없더라도 우리의 마음속에 진취적인 기상을 품고 열심히 노력하면 누구나 성공할 수 있다는 것을 보여 준다.

한 사람이 이루어 놓은 업적의 크기는 그 사람의 마음 자세에 따라 결정된다. 만일 자신의 가난한 처지에 그저 만족하고 산다면 영원히 가난한 사람으로 남을 수밖에 없다.

성녀 잔다르크는 이렇게 말했다.

"모든 전투에서 이기고 지는 것은 이미 자신의 마음속에 뚜렷하게 나타나 있다."

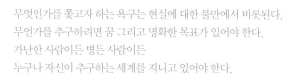

무엇인가를 쫓고자 하는 욕구는 현실에 대한 불만에서 비롯된다.
무언가를 추구하려면 꿈 그리고 명확한 목표가 있어야 한다.
가난한 사람이든 병든 사람이든
누구나 자신이 추구하는 세계를 지니고 있어야 한다.

승패에 초연해져야
더 큰 성공을 거둔다

혹독한 장거리 달리기 시합이 열렸다. 각 지역에서 선발된 수십여 명의 대표 선수들이 시합에 출전했는데, 선수들 가운데 최후의 우승컵을 쥘 사람은 고작 세 명뿐이었다. 경쟁은 유난히 치열했다. 이때 단 한 발의 차이로 등외로 밀려나 4등을 차지한 선수가 있었다. 그는 자신보다 성적이 훨씬 못 미치는 다른 선수들에 비해 더욱 많은 비난을 받게 되었다. 하지만 그 선수는 마치 아무 일도 없었다는 듯 태연하게 말했다.

"비록 우승컵은 받지 못했지만 등수에서 밀려난 선수들 가운데서는 제가 1등입니다!"

경쟁에서 성공과 실패에 대해 의연한 마음가짐을 지니는 것은 등수나 상금보다 훨씬 소중하다. 때로 이길 수도 있고 때로 질 수도 있는 사람만이 커다란 업적을 이룬다. 성공을 바라고 실패를 두려워하는 마음은 누구에게나 있다. 사람은 수차례의 성패를 경험한 후에야 이기고 지는 것이 그저 한순간에 불과하다는 사실을 깨닫게 된다.

모든 사람들이 겪는 인생의 경험은 각자 다르지만, 그 결과만을 놓고 볼 때 그들은 성공하기도 하고 실패하기도 한다. 그리고 이러한 성패는 한 조각, 한 조각씩 엮어져 하나의 완전한 인생을 이룬다. 마치 여러 개의 각기 다른 보석이 엮여서 만들어진 값비싼 목걸이처럼 찬란한 인생 역시 단조로운 경험만으로는 이루어지지 않는다.

성공을 거두지 못하고 오랜 기간 실패만 반복하기를 바라는 사람은 없다. 그러나 실패를 맛보지 않고서 어떻게 성공의 감미로운 맛을 느낄 수 있겠는가? 그래서 인생이란 모순으로 점철된 하나의 복합체인 것이다. 성공은 영원토록 유지되지 않으며, 때로는 성공과 실패가 상호 전환되기도 한다. 다시 말해 어떤 분야에서의 실패가 종종 다른 분야에서의 성공을 이끌어 낸다는 것이다. 때문에 한차례의 실패에 연연해하며 실의에 빠질 필요가 없다.

당(唐)대의 시인 이백은 심향정(沈香亭)에서 모란을 구경하던 현종과 양귀비를 위해 술기운을 빌려 그의 재능을 맘껏 펼쳐 보인다. 또 어느 사이엔가는 여기저기 유랑생활을 하며 자신의 재능을 몰라주는 세상에 대해 한탄을 한다. 그러다 결국 안휘성安徽省에서 객사하고 만 그의 비참한 종말은 이백이 당시 벼슬길에서는 철저한 실패자였으며, 그와 적대 관계를 이루었던 당대의 권문세가들은 성공했음을 증명하고 있다. 그러나 험난하기만 했던 벼슬길은 이백이 혼탁한 조정에 물들지 않고 가슴속에 가득 찬 그의 재능을 아름다운 시구로 승화시킬 수 있도록 해 주었다. 당시 고관대작들을 상정했던 예복과 홀은 이미 한 줌의 흙으로 변하였다. 오직 혼백을 울리는 불후의 시구만이 천년의 시간을 헤치고 지금까지 우리의 가슴속에 남아 있다.

인생이라는 여정에서 성패는 단지 순간에 불과하다. 만일 일시적인 성공이나 실패를 영원한 것으로 여긴다면 세상 사람들의 웃음거리가 될 뿐이다.

진시황은 천하를 통일하고 제위에 오르는 엄청난 성공을 거두었다. 그는 스스로 황제의 시조라고 부르며 자손대대가 제왕으로서 영원한 부귀영화를 누릴 수 있기를 꿈꾸었다. 그러나 하늘은 인간의 소망을 들어주지 않았고, 그가 죽은 지 얼마 되지 않아 그가 세운 왕조는 맥없이 무너지고 말았다. 최고 지존의 권좌에 올라 제도와 문물을 정비했던 황제가 부귀영화란 본시 꽃이 피고 지는 것과 같이 부질없음을 왜 몰랐단 말인가? 꽃망울을 터트린 꽃의 아름다움은 실로 눈이 부시지만 결국엔 바람에 흩날려 진흙 속에 묻히기 마련이다.

어차피 성패란 것이 한순간에 불과하다면 타인의 성공이나 실패를 부러워하거나 비웃을 필요가 없다. 성공한 사람이라고 추앙받지만, 어쩌면 박수소리와 꽃다발 속에서 자신의 진정한 자아를 잃어가고 있는지도 모른다. 또한 실패한 사람이라고 비웃음 당하지만, 그의 실패라는 외투 속에는 고귀한 영혼이 감춰져 있는지도 모른다. 더구나 대체 무엇이 성공이고 실패인가 하는 문제에는 아직 정론이 없다. 모름지기 한 가지를 얻으면 다른 한 가지를 반드시 잃게 마련이다.

삶에서 승리를 쟁취하는 것은 매우 중요하다.
더러는 그 과정에서 대가를 치를 때도 있다.
이때 승패와 득실에 연연해하지 않고 초연해질 수 있다면
한층 더 높은 정신적 경지에 올라서서 더 큰 의미의 성공을 이룰 수 있다.

즉시 벗어날 수 있는
지혜를 구하라

인생의 대부분은 역경이다. 현실 생활에서 모든 일들을 뜻대로 이루기란 힘들기 때문에 좌절감은 곧잘 우리를 따라다닌다. 하지만 실상 좌절에 부딪히는 것은 그다지 두려워할 만한 일이 아니다. 다만 긍정적인 사고라는 자기조절을 통해 좌절감이라는 부정적인 심리 상태에서 스스로 벗어나는 것이 중요하다.

　사람의 감정은 다른 모든 심리 과정과 마찬가지로 대뇌피질의 조절과 통제를 받는다. 이는 곧 자신의 감정을 의식적으로 억제하고 조절할 수 있다는 사실을 의미한다. 때문에 우리는 이성적으로 감정을 다스리는 감정의 주인이 될 수 있다.

　좌절과 맞닥뜨렸을 때 혹은 감정이 불안정한 상태일 때 다음과 같은 방법을 사용하면 도움이 된다.

회피한다 _ 심리적 곤경에 처했을 때 가장 먼저 그리고 가장 쉽게 택하는 방법이다. 심리적 곤경을 가져올 수 있는 외부의 자극을 피하거나 아예 접하지 않는 방법이다. 예를 들어 집안의 자질구레한 일로 화가 치밀어 오르거나 혹은 마음이 답답하고 우울할 때 회사에 출근하여 일에 파묻히는 것이다. 도무지 희망이 보이지 않는 사랑 때문에 마음이 괴로울 때도 이와 비슷한 심리 기술을 이용해 스스로 벗어날 수 있다.

관점을 바꾼다 _ 모든 현실에서 전부 도망칠 수 있는 것은 아니므로 이때는 관점을 바꿔서 문제점을 바라보는 지혜가 필요하다. 세상의 모든 일은 양면성을 지니고 있다. 똑같은 현실이나 상황일지라도 어떤 관점에서는 부정적인 감정을 불러일으켜 심리적 곤경에 빠질수 있지만, 또 다른 관점에서는 긍정적인 의미를 찾아낼 수 있다.

옛이야기 가운데 어느 늙은 노인과 두 아들에 관한 이야기가 있다. 큰 아들은 우산 장수였고 둘째 아들은 소금 장수였는데, 노인은 두 아들 때문에 매일을 근심 속에서 살아야 했다. 도대체 무엇이 그토록 근심스러웠을까? 하늘이 맑게 갠 날이면 우산을 파는 큰 아들을 걱정했고, 비가 오는 날이면 소금을 말릴 수 없는 둘째 아들을 걱정했다.

이렇듯 애태우며 근심 속에 지내다 노인은 마침내 병이 들고 말았다. 이때 한 지혜로운 사람이 노인에게 말했다.

"날씨가 맑으면 둘째 아들이 소금을 잘 말릴 수 있으니 기분이 좋고, 또 비가 오면 큰아들이 우산을 많이 팔 수 있으니 얼마나 좋습니까? 이렇게 바꿔 생각해 보면 걱정할 게 뭐가 있겠습니까?"

이 말을 들은 뒤로 노인의 근심은 기쁨으로 바뀌었고, 마음이 편안해지자 예전처럼 건강을 되찾게 되었다. 이렇듯 관점을 바꿔서 문제를 대하다 보면 괴롭기 그지없던 심리적 곤경이 어느새 사라져 버리기도 한다.

스스로를 위안한다 _ 〈이솝우화〉에는 여우와 포도 이야기가 있다. 여우는 포도를 먹을 수 없게 되자, "저 포도는 분명 너무 시어서 못 먹을 거야."라고 말하면서 포도를 먹을 수 없다는 사실이 주는 괴로움을 금방 잊어버린다.

심리학자들의 말을 빌면 이는 일종의 '자기 합리화'라고 할 수 있다. 이유를 대서 어떤 사실을 해석함으로써 부정적인 자극을 긍정적인 자극으로 변화시켜 심리적 위안을 얻는 것이다. 이것 역시 '정신 승리법' 가운데 하나이다. 마음대로 되지 않는 일을 눈앞에 두고서 그로 인해 의기소침해지고, 너무 괴로운 나머지 죽고 싶은 생각이 들 때 이러한 '정신 승리법'을 이용해 괴로움을 줄이면 어떨까?

기대치를 낮춘다 _ 사람은 본능적으로 자기 삶의 기대치를 끊임없이 높이려고 한다. 물론 이것은 긍정적인 의미를 지니며, 개인과 사회 발전의 원동력이기도 하다. 그러나 모든 사물과 현상은 발전이 최고점에 이르고 난 뒤 다시 곤두박질치기 마련이다. 현실과 맞지 않는 과도한 기대치를 품고 인생을 대하는 것은 날마다 근심 걱정에 휩싸여 살게 되는 주된 원인이 된다. 이럴 때 스스로를 한 포기 풀이라고 생각하면 어떨까. 자신은 한 포기 풀과 같다는 지극히 겸손하고 소박한 마음을 가진다면 모든 심리적 곤경에서 벗어날 수 있을 것이다.

자신의 마음을 표현한다 _ 사회·문화적 영향으로 사람들은 감정을 억누르고 참는 것을 긍정적으로 보는 반면, 자신의 감정을 있는 그대로 드러내는 것을 부정적으로 보는 경향이 있다. 사실 이러한 생각은 심리학 측면에서 보면 위배되는 것이다. 심리학에서는 자신의 마음을 다스릴 줄 아는 사람은 좌절에 부딪혔을 때 항상 적당한 방법으로 마음속 고통을 표출해 낸다고 말한다. 예를 들어 가족이나 친구에게 마음속 억울함과 괴로움을 하소연하거나 글을 통해 스스로 마음속의 고통을 흐르는 물처럼 쏟아낸다는 것이다. 이는 심한 심리적 곤경에 빠졌을 때 즉각적인 효과를 얻을 수 있는 자구책 가운데 하나이다.

보상한다 _ 사람은 누구나 한두 가지의 결함을 갖고 있기 마련이다. 때로는 이로 인해 어떠한 목표를 실현하지 못하는 경우가 있다. 이럴 때 다른 방법을 모색하여 그 결함을 보상함으로써 마음속의 괴로움을 없애거나 줄일 수 있다. 심리학에서는 이를 '보상작용'이라고 한다.

일본의 저명한 지휘자 오자와 세이지가 바로 그와 같은 사람이다. 그는 원래 피아노를 전공했지만 손가락이 부러지는 사고를 당한 이후 한동안 고뇌에 휩싸이게 되었다. 그는 여러 차례 정신적인 고통 속에서 헤매다 주저 없이 전공을 지휘로 바꾸었다. 그리고 그 분야에서 성공과 명성을 얻음으로써 심리적 곤경에서 벗어날 수 있었다.

곤경과 좌절은 심리적인 억압과 근심거리를 가져다준다. 스스로 마음을 잘 다스리는 사람은 마음속의 괴로움을 일종의 정신력으로 전환시킨다. 또한 그 힘을 효과적으로 이용하여 곤경에서 벗어남으로써 심리적인 안정을 얻는다. 이는 우리 모두가 반드시 익혀야 할 삶의 기술이다.

자신의 감정을 잘 다스리지 못하는 사람은 항상 무언가를 잃게 된다.
좋은 감정은 자신의 사업과 생활의 원동력이 되지만,
나쁜 감정은 몸과 마음에 해로움을 끼친다.
나쁜 감정에 휩쓸렸을 때는 그 즉시 벗어날 수 있는 지혜를 구하라.

고상한 정신적 경지는 일종의 품격이자 태도

진(晉)나라에 가난한 농부가 살았다. 어느 날, 그는 실수로 소를 잃고 말았다. 그런데 그는 소를 언제 잃어버렸냐는 듯 온종일 깔깔거리며 즐거워했다. 보다 못한 이웃사람이 왜 잃어버린 소를 찾아 나서지 않느냐고 묻자, 농부는 웃으면서 말했다.

"내가 진나라에서 소를 잃어버렸으니 그 소를 얻은 사람도 진나라 사람 아니겠소. 그렇다면 소는 여전히 진나라에 있을 텐데 뭣하러 고생하면서 소를 찾으러 나서겠소?"

공자(孔子)가 이 일을 전해 듣고는, "만일 '진나라'라는 글자를 없애 버렸더라면 얼마나 좋았겠는가!"라고 말했다 한다. 또 노자(老子)는 "거기에서 '사람'이라는 글자 하나를 더 없애 버리면 훨씬 좋았지 않았느냐!"라며 아쉬워했다고 한다.

농부는 소를 잃어버린 일로 낙담해하지 않았을 뿐만 아니라 그로 인해 자신이 큰 손실을 입게 되었다는 사실에 대해서도 슬퍼하지 않았다. 오히려 소의 주인이 '누구인가'라는 속박에서 벗어나 관용적이고 대범한 태도로 자신의 소유물은 곧 진나라 사람 전체의 소유물이라고 범위를 확대시켰다. 즉 나라 안에 있는 소유물이기 때문에 '얻고 잃음'이 없다는 결론을 끌어낸 것이다. 이러한 농부의 마음가짐을 인생의 첫 번째 경지로 삼아도 괜찮을 법 싶다.

공자는 농부의 태도에 한 가지 아쉬움이 있다고 말했다. 자신의 소유물이 곧 국가의 소유물이라는 경계선을 버리고 모든 세상 사람의 소유물로 확대시켰다면 그 마음의 경지가 훨씬 넓어졌으리라고 생각한 것이다. 이러한 공자의 경지를 인생의 두 번째 경지로 삼아도 좋을 듯싶다.

노자는 공자보다 한 수 위였다. 그는 소를 아예 대자연의 범위 속에 놓았다. 인간의 속박을 벗어나 아무런 근심 없이 자연의 품속으로 되돌아가게 해야 한다고 생각한 것이다. 이러한 노자의 경지는 인생의 세 번째 경지로 삼을 만하다.

우리 삶에서 무언가를 얻거나 잃는 일은 다반사이며, 이 가운데는 한번 잃어버리면 영원히 되찾을 수 없는 것도 있다. 이러한 이해득실 문제를 대할 때 진나라 농부처럼 태연할 수 있다면 찬란한 햇빛이 마음속 공간에 떠다니는 우울한 구름을 뚫고 들어와 우리 마음을 환하게 비춰 줄 것이다.

또 만일 공자의 말대로 할 수 있다면 인간세상의 모든 이해득실 문제는 바람처럼 사라져 버리고 말 텐데, 여전히 속세에 찌들 대로 찌든 당신 혼자서만 이해득실에 연연하겠는가? 게다가 노자의 말대로라면 인생에서 이른바 무엇을 얻는다거나 혹은 잃었다고 표현할 수 있는 일 자체가 없게 된다. 영혼은 하늘에 떠 있는 구름처럼 자유롭게 떠다닐 수 있고, 생각과 마음은 대자연의 품속에서 끝없이 뻗어나가 이전에는 볼 수 없었던 많은 것들을 볼 수 있을 것이다.

인생에서 고통은 순간이다. 좌절이나 실패를 마주했을 때 어떠한 태도를 갖느냐에 따라 인생이 만들어진다. 인생에서 하찮은 득실관계 때문에 근심할 필요가 뭐 있겠는가? 그러한 득실을 우주라는 거대한 공간 속에 놓고 본다면, 이전에는 눈앞이 캄캄할 정도로 심각하기만 한 문제들도 연기처럼 사라져 버릴 것이다. 이와 같은 인생의 세 가지 경지 가운데 당신은 지금 어디쯤 도달해 있는가?

송나라 대문호인 소식蘇軾은 서한西漢의 명재상이었던 장량張良을 두고 이렇게 평가했다.

"필부들은 모욕을 당하면 칼을 뽑고 일어나 가슴을 들이밀며 싸움을 하기 일쑤다. 허나 이는 참된 용기가 아니다. 이 세상에서 진정 큰 용기를 지닌 사람은 갑작스럽게 일을 당해도 놀라지 않으며, 터무니없는 일을 당해도 노여워하지 않는다. 이는 그(장량)가 지닌 도량이 매우 크고 그의 뜻이 먼 곳에 있기 때문이다.”

이 말은 그릇이 다른 인물의 처세 방법을 잘 묘사했을 뿐 아니라 우리에게 처세 방법의 각기 다른 경지를 깨닫게 해 준다.

한 사람을 평가할 때 우리는 여러 가지 관점과 서로 다른 기준점을 사용할 수 있다. 그 중 '경지', 곧 태도는 심오한 편에 속한다. 사람들은 누구는 정신적 경지가 높은데 누구는 낮다는 말을 하곤 한다. 여기서 말하는 경지는 정신적인 깨달음, 도덕 수준 등이다.

사람들은 각양각색의 사회활동을 하며 살아간다. 그리고 학습이나 업무, 일상생활에서 여러 가지 관계들을 처리하면서 자신이 지니고 있는 정신적인 경지의 높낮이를 드러낸다. 한 사람의 정신적 경지는 위기의 순간에 가장 잘 드러난다.

'중증 급성호흡기 증후군SARS'이라는 심각한 재난이 들이닥쳤을 때, 수많은 의료인들이 자신의 생명은 아랑곳없이 용감히 일어나 바이러스에 맞서 싸웠다. 그들은 생명의 위험을 감수하면서 환자들에게 삶의 희망을 주었고, 그들의 사심 없고 두려움 없는 정신과 굳건한 신념은 많은 사람들에게 진정한 용기란 무엇인가를 생각하게 해 주었다. 그들은 평범한 위치에서 결코 평범하지 않은 업적을 이루어

내며 불굴의 정신을 행동으로 옮겨 실천했다. 그들은 무엇 때문에 위기의 순간에서도 움츠리지 않고 돌진할 수 있었을까? 이는 바로 그들이 인생의 가장 숭고한 경지를 추구했으며 또한 이미 그 경지에 도달했기 때문이다.

일상생활이나 사소한 일에서도 그 사람의 정신적인 경지가 드러난다. 어떠한 정신적인 경지를 갖고 있는가에 따라 삶의 태도가 정해질 뿐만 아니라 그것이 곧 일상적인 언행이나 행동을 통해 보여지기 때문이다. 명예나 이익에 관심을 두지 않고 득실관계를 따지지 않은 채 그저 묵묵히 헌신하는 사람이 있는 반면에, 명예와 이익을 추구하여 자신의 실리를 최우선적으로 내세워 자질구레한 일까지 지나치게 따지는 사람이 있다. 노고를 마다하지 않고 근면 성실하게 맡은바 책임을 다하여 직무를 완수하는 사람이 있는 반면, 요란스럽게 상대방의 기분을 맞추며 큰소리만 치다 적당히 얼버무리면서 책임을 회피하는 사람이 있다. 윗사람에게는 직언을 서슴지 않고 아랫사람에게는 관심과 애정을 쏟는 사람이 있는 반면, 윗사람 비위만을 맞추며 아랫사람을 함부로 부리는 사람이 있다. 기쁜 마음으로 남을 도우며 의로운 일에 용감히 뛰어드는 사람이 있는 반면, 자기와는 상관없는 일에는 관심조차 쏟지 않는 사람이 있다.

이렇듯 다양하게 표출되는 삶의 태도는 바로 정신적인 경지로 구별된다. 전자는 고상한 정신적 경지를, 후자는 저속한 정신적 경지를 드러내고 있는 것이다. 정신적인 경지는 일종의 품격이고, 지조이며, 태도이다. '무릇 바다는 모든 강물을 다 받아들이고도 남는다.' 개인적인 욕심으로 한 치 눈앞을 가리지 않는다면 관용의 마음가짐으로 사회와 타인을 대할 수 있다. 또한 이를 통해 자기 자신을 정확하게 인식하고 자신의 위치를 올바르게 잡아 정신적 경지를 지속적으로 향상시킬 수 있다.

중국의 사상가 풍우란馮友蘭은 사람의 경지를
자연, 공리, 도덕, 천지의 경지로 나누었다.
자연과 공리는 물질적 측면에 속하고 도덕과 천지는 정신적 측면에 속한다.
경지란 일종의 태도이다. 성패와 득실에 연연해하지 않는 것도 일종의 경지이고,
품위 있는 도덕성을 갖추는 것도 일종의 경지이다.

삶이 우리에게 주는
가장 좋은 선물

사람들 가운데는 돈과 주식, 집을 재산이라 여기는 사람도 있고, 지식과 시간, 가족 간의 사랑과 우정을 재산이라고 여기는 사람도 있다. 그렇다면 고난과 좌절 역시 큰 재산이라고 생각하는 사람이 과연 얼마나 될까?

〈강철은 어떻게 단련되었는가〉(니콜라이 오스트로프스키의 자전적 소설을 극화한 TV 드라마)라는 드라마가 있다. 드라마의 극중 인물이었던 파벨 코르차긴은 굴복할 줄 모르며 용감히 자신을 헌신하는 사람이었다. 그의 숭고한 정신은 많은 사람들의 마음을 뒤흔들어 놓았다. 파벨 코르차긴은 자신의 뜻을 이루지 못하고 두 눈을 잃어버리는 순간까지도 변함없는 의지를 보여 주었다. 그렇기에 비록 불구의 몸이었지만 우리에게는 오히려 크고 위대한 모습으로 다가왔던 것이다.

무엇이 그를 이토록 강인하고 흔들리지 않는 의지의 소유자로 만들었을까? 또한 무엇이 그에게 세상을 뒤흔들 만큼 커다란 힘을 가져다주었을까? 그것은 바로 그가 성장해 온 과정과 고난의 경험이었다. 가시나무로 뒤덮인 인생의 노정은 그를 놀라게 해 넘어뜨리지 않았을 뿐만 아니라 오히려 강철 같은 기개를 만들어 주었던 것이다.

고난이란 크나큰 재산이나 다름없다. 사마천司馬遷은 궁형(생식기를 거세하는 고대 사회의 형벌)을 당했음에도 '역사가의 절창이며 가락 없는 이소離騷(초楚나라 굴원의 역작)'라는 극찬을 받은 불후의 명작《사기史記》를 저술했다. 고난과 좌절은 그를 넘어뜨리지 못했으며 오히려 성공의 길로 통하는 소중한 '통행증'이 되었다.

《폼페이 최후의 날》이라는 책 속에 다음과 같은 내용이 있다.

이탈리아 폼페이에 니디아라고 하는 꽃 파는 소녀가 있었다. 소녀는 비록 앞을 보지 못했지만 자신의 처지를 원망하거나 실의에 빠져 집안에만 틀어박혀 있지는 않았다. 그녀는 스스로의 힘으로 생계를 유지해 나가겠다는 강한 의지가 있었다.

어느 날, 불현듯 베수비어스 대화산이 폭발하여 대 지진이 일어나면서 폼페이 시 전체가 짙은 연기와 먼지로 가득 뒤덮이게 되었다. 대낮임에도 사방은 칠흑같이 어두컴컴했고, 시민들은 놀라 허둥대며 어쩔 줄을 몰라 했다. 그러나 니디아는 앞을 보지 못하는 데다 지난 몇 년 동안 골목길을 돌아다니며 꽃을 팔아 왔기 때문에 바로 그 짧은 순간, 그녀의 불행은 행운으로 뒤바뀔 수 있었다. 그녀는 자신의 감각에 의지하여 통로를 찾아냈고, 많은 사람들을 구해 냈다. 어느 사이엔가 그녀는 앞을 보지 못해도 어디나 걸어 다닐 수 있게 되었고, 그녀가 가진 신체적 결함은 또 다른 의미의 재산이 되어 있었던 것이다.

운명은 공평하다. 운명은 니디아에게 한쪽 문을 닫아 버린 동시에 또 다른 한쪽 문을 열어 주었던 것이다.

프랑스의 대문호 발자크는 말했다.

"이 세상에 절대적인 일이란 없다. 모든 일의 결과는 사람에 따라 달라진다. 고난은 천재에게는 디딤돌이고 강한 자에게는 재산이지만, 약한 자에게는 만길 낭떠러지이다."

엄청난 자산을 보유한 중국의 한 기업가 역시 그의 창업 자산은 바로 고난 속에 비틀거렸던 경험들이었다고 말한다. 배고프고 헐벗은 시대에 태어났던 그는 세상에 머리를 들이미는 순간부터 배가 고팠다. 문화대혁명 기간 동안 그의 가족은 아버지가 지주 신분이라는 이유로 심각한 타격을 받게 되었다. 그는 군대를 제대하고 공장에서 직공으로 일하다, 맨몸으로 창업의 길로 뛰어들었다. 전국 각지의 판매

대리점과 연락을 취하기 위해 그는 거의 하루 24시간 차를 타고 돌아다니며 계약 협상을 진행했다. 배가 고프면 물 한 병과 빵 한 조각으로 끼니를 때웠고, 시간이 늦어 모든 가게가 문을 닫아 버린 뒤에는 물로 배를 채우며 고픈 배를 움켜쥐었다.

신은 진실한 사람에게 호의를 베푸는 법이다. 전국 각지의 대리상들은 그의 성실함과 고집스러움에 감동해 그와 협력 관계를 맺기 시작했다. 이렇듯 외부 협력 관계가 순조롭게 진행되자 그는 다시 공사 현장으로 비집고 들어가 공장 건설에 열중했는데, 재정 악화로 임금을 제때에 지불하지 못하자 이번에는 인부들이 태업을 일으켰다. 그는 인부 한 사람, 한 사람을 찾아다니며 그가 갖고 있던 돈 전부를 나눠 주었다. 돈이 바닥나 밥을 사 먹을 수 없게 되자 매일 찐 쌀밥으로 허기를 때웠는데, 어느 때는 열흘 이상 맨밥만 먹기도 했다. 결국 그의 진실한 마음은 공사 인부들의 마음을 움직여 공장은 놀라운 속도로 완성을 보게 되었다. 그가 성공을 이루자 많은 사람들은 그를 부러워했다. 그러나 성공을 이루기까지 그가 겪었던 어려움을 그 누가 알겠는가?

그는 다음과 같은 말을 자주 한다.

"저는 경험을 통해 한 가지 사실을 깨달았습니다. 고난은 우리들이 필요한 지식을 배울 수 있도록 단련시켜 준다는 사실을 말입니다. 어려움이 크면 클수록 우리의 의지는 더욱더 강해지고 싸워 나가야 할 목표는 더욱 뚜렷해집니다. 인생의 기회는 스스로가 고난을 겪으며 싸워 나가는 과정 속에서 획득하는 것입니다."

이것이야말로 그가 창업에 뛰어든 수천 수백만 명의 사람들 가운데 가장 뛰어난 사람이 될 수 있었던 이유일 것이다.

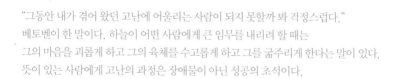

"그동안 내가 겪어 왔던 고난에 어울리는 사람이 되지 못할까 봐 걱정스럽다."
베토벤이 한 말이다. 하늘이 어떤 사람에게 큰 임무를 내리려 할 때는
그의 마음을 괴롭게 하고 그의 육체를 수고롭게 하고 그를 굶주리게 한다는 말이 있다.
뜻이 있는 사람에게 고난의 과정은 장애물이 아닌 성공의 초석이다.

적극적인 고독은
창조와 발전의 원동력

베이컨은 "고독을 즐기는 자는 야수가 아니면 신이다."라고 말했다. 어느 누가 형제나 이웃, 친구도 없이 혼자서 외롭게 이 세상을 살아가고 싶겠는가. 사람은 사회적 동물이다. 만일 사람과 사람 사이에 왕래가 없다면 이 세상은 마치 쥐죽은 듯 고요하고 황량한 사막처럼 그 어떤 생명력이나 활력도 찾아볼 수 없을 것이다. 그러나 고독을 좋아하든, 좋아하지 않든 우리가 생애 첫 울음소리를 내며 태어난 순간부터 고독은 그림자처럼 우리를 따라다니며 평생을 함께한다. 인생이란 본시 고독한 것이며, 이것은 약점이 아니라 사람이 살아가는 데 필요한 진정한 토대이다.

고독은 일종의 진실이다. 루소는 "오직 고독과 깊은 사색의 순간

속에서만 난 비로소 진정한 자신, 나의 천성에 들어맞는 자신으로 돌아가 모든 근심과 구속에서 자유로워진다."라고 말했다. 고독과 함께할 때 사람의 마음은 솔직해지고 티 없이 맑아진다. 고독은 마치 거울과 같아서 우리는 그 앞에 서서 진실한 자신을 비춰 보고 진정한 자아를 발견할 수 있다. 또한 고독은 언제나 묵묵하고 충실한 동반자로서 우리 곁에 머문다. 모든 사람이 고독을 유쾌하게 마주 대할 수 있는 것은 아니다. 고독은 상실감과 같이 사람을 우울하게 만들기 때문이다. 그래서 쉴 새 없이 떠들어 대는 사람은 고독 앞에 서면 입을 다물겠지만, 활발히 사유 활동을 하는 철학자는 고독과 함께 자신의 생각과 사색을 키워 나갈 것이다.

한 노인이 고독한 그림자를 늘어뜨리며 샹젤리제 거리와 퐁텐블로 숲, 파리 교외의 풀숲 사이를 걸어 다녔다. 사람들은 그가 인생의 최고봉에 올라섰다가 이제는 천국의 꽃밭으로 들어설 일만 남은 별 볼 일 없는 노인이라 여겼다. 그 누구도 그가 어떤 기적을 만들어 낼 것이란 기대를 품지 않았다. 노인에게 다가가 질문을 던지는 사람도 없었고, 그가 한때 한 세대를 풍미하며 사람들을 매료시켰던 기억의 불꽃을 아직도 가슴속에 태우고 있는지 살펴보는 사람도 없었으며, 이 시대가 그 고독한 노인에게 무엇을 주는지 주의 깊게 주시하는 사람은 더더구나 없었다.

그러나 위대성은 영원불변한 것이며, 뛰어난 재능은 사람들이 내동댕이치고, 헐뜯고, 욕설을 퍼붓는다고 해서 퇴색되지 않는다. 뜨거운 생명의 피가 가득 넘쳐흐르던 루소의 영혼은 고독에 새로운 의미를 부여했다. 고독과 마주 앉은 그의 머릿속에는 끊임없이 떠오르는 생각들로 가득 찼고, 마침내 그는 고독 속에서 '인간 사회에서 떨어져 남을, 혹은 자신을 위하여 유용하거나 유익한 일을 할 수 없는 불행한 사람'이 할 수 있는 보상을 찾아냈다. 이러한 보상은 바로 '느낌 그대로 우러나오는 내면의 모습'과 '주위의 객관적 사물이 상호 융합되어' 이루어진 하나의 창작품이었다. 고독은 루소 말년의 창작활동에 유일한 영감이 되었다. 오직 고독에 빠져 있을 때 그의 마음은 아무런 구속도 받지 않은 채 마음껏 생각의 나래를 펼 수 있었고, 그는 고독한 산책 속에서 매력적인 사색에 깊이 빠져들었다.

루소는 황혼의 석양 아래 사유의 양 날개를 다시 한 번 활짝 폈다. 끊임없이 샘솟는 즐거운 생각들이 맑은 영혼을 스쳐 지나 고요한 호수 위에 일으킨 잔잔한 물결이 마음속 깊은 곳까지 유유히 흘러들어오도록 내버려두었다. 그는 풍부한 상상력에 의지하여 야생화와 잡초의 줄기와 꽃망울 속에서 인생의 온갖 맛들을 느꼈다. 생피에르 섬의 즐거움 속에서 그가 누린 대자연의 달콤함은 파리 상류사회의 요란스러운 파티 속에서는 결코 얻을 수 없는 또 다른 종류의 생존에 대한 용기였다. 이 노인은 '평안하고 고요하게 살아가야 한다.'는 것을 명확하게 깨달았기 때문에 한가로운 고독 가운데서도 분주한 사색활동에 여념이 없었고, 이로써 황혼의 빛 속에서 가물거리던 그의 생명은 다시금 찬란한 빛을 발산하기 시작했다.

고독은 일종의 아름다움이자 비장미라고 할 수 있다. 루소는 고독했다. 그는 시대를 앞서 걸어가는 외로운 선구자로서 죽은 뒤에야 그의 위대한 가치를 인정받을 수 있었기 때문에 살아 있는 동안에는 고독하고 쓸쓸했다. 이렇듯 세속과 거리를 둔 사람일수록 더욱 위대하고 고독한 법이다. 고독은 삶의 본질을 파악하고 더욱 현명하게 관찰할 수 있도록 만들어 주기 때문이다.

고독은 독창성을 촉진시켜 준다. 때문에 창의적인 연구를 하든, 사업 발전에 대한 구상을 하든 반드시 자신을 고독 한가운데 놓고 깊이 사색하는 시간을 가져야 한다. 이러한 고독의 시간이 비록 혹독할 만큼 견디기 어려울 수도 있지만 우리는 그 시간 속에서 무한대의 것들을 얻을 수 있다.

고독은 사람에게 유익하지만 모든 일들이 장점과 단점을 지니고 있듯이 고독 또한 예외는 아니다. 오랜 시간 고독에 의해 영혼을 갉아 먹힌 사람은 편집적이며 포악하고 괴팍하거나 혹은 용기를 잃어 의기소침해지고 게을러진다. 이와 더불어 시간도 그 자리에 멈춰 버려 더 이상 미래를 찾아볼 수 없게 된다. 이러한 소극적이고 비활동적이며 위축된 고독은 일종의 병든 심리상태라고 할 수 있다. 이럴 때는 여러 사람들과의 교제를 통해 고독으로부터 빠져나와야 한다.

에리히 프롬은《자유로부터의 도피》에서 다음과 같이 말하고 있다.
"생리적인 욕구만이 인성 가운데 유일하게 강제성을 지니지 않은
욕구이다. 또 다른 강제성을 지닌 욕구가 있는데, 그것은 육체적 과
정에서 형성되는 것이 아니다. 사람의 존재방식 그 자체와 사회생활
속에서 형성된다. 그것은 바로 자신 밖의 세계와 관계를 맺고 싶어 하
고, 고독에서 도피하고 싶어 하는 욕구이다. 완전한 고독을 느끼게
되면 정신이상을 유발하게 되는데, 이는 신체적 기아 상태에 빠졌을
때 죽음을 초래하는 것과 마찬가지이다."

무언가를 이루고 싶은 사람은 자신의 소극적인 고독을 없애도록
노력하고, 이를 창조와 발전에 도움이 되는 적극적인 고독으로 전환
시킬 수 있어야 한다. 그러기 위해서는 여러 방법을 통해 의식적으로
자신의 영혼을 강화하고 의지를 단련시킴으로써 진정한 독립성을 이
룩하여 인생의 방향을 스스로 결정해야 한다.

고독은 고통이고 또한 아름다움이다.
시간이라는 강물 속에서 고독과 고통을 마주할 수 있다면
그것은 영원성을 얻었다는 사실과 다름이 없다.

신념은 사막을 건너는 자가
손에 쥔 작은 희망

신념이란 무엇일까? 신념은 어떠한 관점의 정확성을 굳게 믿으며, 그러한 믿음이 그 사람의 행동을 지배하는 특정한 성향을 가리킨다. 다시 말해 신념은 자신의 관점, 원칙, 세계관에 따라 행동하는 것을 격려해 주는 일종의 사고이다. 또한 오랜 시간 다져 온 경험과 지식을 바탕으로 심사숙고하여 결정하는 노력의 방향과 성취 목표이다.

일흔 살이 된 두 할머니가 있었다. 이들은 미래에 대해 각기 다른 신념을 지니고 있었고, 그 신념은 서로 다른 결과를 가져다주었다. 한 노인은 이제 일흔이라는 나이에 이르렀으니 인생의 막바지에 도달한 셈이라 여기고 사후의 일을 정리하기 시작했다. 반면, 또 다른 노인은 무슨 일을 할 수 있는가의 여부는 나이와 상관없이 자신의 생각에 달린 문제라고 여겼다. 그래서 자신에 대한 더욱 높은 기대치를 안고 일흔 나이에 등산에 입문해, 그 뒤 25년 동안 고산을 정복하는 험난한 모험을 계속했다. 그 가운데는 세계적으로 이름난 고산도 여러 개 포함되었다. 그 노인은 최근 아흔다섯 살의 고령임에도 일본의 후지산을 등반하여 최고령 기록을 갱신했다. 그녀가 바로 후다 크룩스 할머니이다.

위의 사례를 통해 우리는 한 사람의 일생을 결정하는 요소는 환경이나 처지가 아니라 그 사람이 어떠한 의미를 부여하느냐에 달렸다는 사실을 알 수 있다. 다시 말해 어떠한 신념을 갖고 이 모든 것을 대하느냐에 따라 현재와 미래가 결정되는 것이다.

아프리카에서 실제로 있었던 이야기이다. 여섯 명의 광부가 지하 갱 안에서 석탄을 캐던 중 갑자기 수직갱도가 무너져 내리면서 출구가 막혀 버렸다. 광부들은 순식간에 외부와 단절되었고, 갱 속에 남은 공기로는 4시간 정도밖에 생명을 유지할 수 없었다. 그들은 구조요원들이 도착하기만을 조용히 기다렸다. 사방은 칠흑 같은 어둠에 둘러싸여 시간을 점치기 어려웠는데, 다행히 그들 가운데 야광시계를 가진 사람이 있었다. 다섯 명의 광부들은 끊임없이 그 사람에게 시간을 물었다.

"몇 시간 지났소?"

"이제 몇 시간 정도 남은 거요?"

"지금 대체 몇 시요?"

그들에게 1분은 한 시간과도 같았고, 대답을 들을 때마다 절망감은 더욱 커졌다. 일행과 함께 있던 현장 책임자는 이대로 마음을 애태우다가는 호흡이 더욱 거칠어져 목숨이 위태로울지도 모른다고 생각했다. 그래서 그는 자신이 시계를 넘겨받고는 30분마다 한 번씩 시간을 알려 주는 대신 그 누구도 시간을 묻지 못하도록 했다. 모두들 책임자의 명령대로 따랐다. 첫 번째 30분이 지나서 그가 "30분이 지났다."고 알려 주자, 낮은 웅성거림과 함께 그들을 에워싸고 있던 공기는 금세 암담함과 처참함으로 가득 찼다. 책임자는 시간이 지남에 따라 모두에게 최후의 순간이 다가왔음을 통보하는 일이 더욱더 힘들어지는 것을 느꼈다. 그는 동료들을 고통 속에서 죽어 가게 놔둘 수만은 없다고 생각했다. 그래서 일부러 시간을 늦추어 45분이 지난 뒤에야 두 번째 30분이 지났음을 알려 주었다. 그의 동료들은 그를 믿었기 때문에 아무도 그 사실을 눈치 채지 못했다.

첫 번째 거짓말을 성공시킨 이후 그는 한 시간을 더 연장한 이후에야 세 번째 시간을 알렸다. "또 30분이 지났다."라는 그의 말에 나머지 다섯 명은 각자 마음속으로 자신에게 남아 있는 시간들을 헤아리는 데만 열중했다. 시간은 계속 흘러갔고, 갱도 안에 갇힌 사람들은 마지막 순간을 알려 오는 소리를 듣게 될까 봐 마냥 두려움에 떨고만 있었다. 이때 밖에서는 구조 작업에 더욱더 박차를 가하였고, 구조요원들은 4시간 30분이 지나서야 마침내 여섯 명의 광부를 찾아낼 수 있었다. 생존자는 다섯 명이었고 오직 한 명만 질식해 숨져 있었다. 숨진 사람은 바로 시계를 갖고 있던 책임자였다.

확고한 신념은 어두컴컴한 밤을 밝히는 햇불이 되어 당신이 새벽 노을 속을 걸어서 아침 햇살을 맞이할 수 있도록 비추어 준다. 그래서 신념을 갖는 것은 바로 새로운 태양 하나를 갖는 것과 같다고 할 수 있다.

한 젊은이가 혼자서 드넓은 사막을 여행하다 갑자기 몰아닥친 모래폭풍으로 길을 잃고 말았다. 더욱 심각한 것은 모래폭풍으로 식량과 물을 날려 버렸다는 것이었다. 그에게 남은 거라곤 사과 하나가 전부였다. 그는 사과를 손에 쥔 채 어딘지도 모를 길을 터벅터벅 걸어갔다. 피곤이 몰려왔지만, 그는 입술을 깨물며 뜨겁게 타오르는 태양 아래 계속해서 걸어 나갔다. 수없이 굴러 넘어지고 비틀거리면서도 그는 한 걸음, 한 걸음 앞을 향해 걸어가며 끊임없이 마음속으로 생각했다.

'나에겐 아직 사과가 있어.'

사흘째가 되던 날, 그는 마침내 사막을 벗어날 수 있었다. 그의 손에는 이미 바싹 말라 쪼글쪼글해진 사과가 있었다.

사과 한 알에 의지한 채 자신의 마음속 신념을 지키면서 험준한 사막을 빠져나온 이 젊은 여행자에게서 우리는 많은 것들을 깨달을 수 있다. 우리의 인생이라는 여정은 기회로 가득 차 있는 동시에 갖가지 실패와 좌절, 괴로움과 절망이 함께한다. 자신에게 "나는 아무것도 가진 게 없다."라는 말을 함부로 해서는 안 된다. 절망해서도 안 되고 포기해서는 더더욱 안 된다. 인생을 사막에 비유한다면 신념은 사과와도 같다. 만약 당신이 손에 희망과 신념을 단단히 움켜쥐고 있다면 언젠가는 반드시 환희의 순간을 맞이할 수 있을 것이다.

승리를 쟁취하는 것을 전부로 생각하지 말라.
신념을 갖는 것이 더욱 중요하다.
신념이 없다면 승리 자체에 무슨 의미가 있겠는가.

명품으로 치장한 옷차림은 그 사람의 부유함을 드러내고,
우아한 옷차림은 그 사람의 취향을 보여 준다.
그러나 정작 중요한 건강하고 강인한 영혼은 무엇으로 판별할 수 있을까?
확고한 신념을 기르고 원칙에 입각한 자신의 처세 원칙을 세운 뒤에
우리는 활기 넘치고 강한 추진력을 지닌 존재가 될 수 있다.

Chapter

2

태도의 중요성

당신의 인생에서
가장 현명한 선택

세 명의 기사가 말을 타고 사막을 지나가고 있었다. 그들이 말라붙은 강을 건너고 있을 때 갑자기 하늘에서 "멈추어라!" 하는 소리가 들려왔다. 기사들이 말을 멈추자, 이번에는 "말에서 내려 너희들의 부대 자루에 돌을 가득 담아라."라는 명령이 떨어졌다. 세 명의 기사들은 묵묵히 목소리가 시키는 대로 따랐다. 그러자 다시 목소리가 들려왔다. "잘했다. 이제 말을 타고 떠나도록 해라. 내일 해가 떠오를 때쯤 너희는 기쁨을 누리는 가운데 다시 슬픔에 잠기게 될 것이다."

기사들은 말을 재촉하여 길을 떠났다. 그들은 몹시 답답했다. 어떻게 기쁨과 슬픔을 동시에 느끼게 된다는 말인가? 사막의 타오르는 태양과 뜨거운 바람이 차츰 위력을 발휘하면서 기사들은 부대자루

안의 돌멩이들이 점점 무거워지는 것을 느꼈다. 세 사람은 함께 머리를 맞대고 의논한 끝에 자루 속의 돌멩이들을 한두 개만 남겨 놓고 다 버려도 최소한 그 목소리의 명령은 따른 셈이라는 결론을 내렸다. 그렇게 돌을 버리고 나자 그들의 여행길은 훨씬 가벼워졌다.

다음날 해가 떠올랐을 때 기사들은 자루 속을 헤집다 밤사이에 기적이 일어난 사실을 알았다. 몇 개밖에 남지 않았던 돌멩이들이 다이아몬드, 마노, 자수정으로 모두 변해 있었던 것이다. 뜻밖의 횡재를 하게 된 그들은 몹시 기뻐 어쩔 줄 몰랐지만, 문득 자신들이 버렸던 돌들이 떠오르자 금세 후회가 밀려오기 시작했다.

이것이 우리네 삶의 모습이다. 우리는 성공으로 인해 흥분하고 실패로 인해 낙담한다. 또한 현명하게 잘 이용한 기회로 인해 기뻐하고 어리석게 놓쳐 버린 기회로 인해 슬퍼한다. 무겁기만 하던 어제의 돌덩이가 오늘 아침에는 반짝반짝 빛나는 다이아몬드가 될 수 있다는 사실을 아무도 모른 채 말이다.

그러나 우리에게는 한 가지 단련시킬 수 있는 일이 있다. 우리의 주의력을 어제 잃어버린 돌덩이가 아닌, 현재 가지고 있는 보석들에 집중시키는 것이다. 또한 어제 이미 흘러가 버린 기회가 아닌, 오늘 가지고 있는 계기에 관심을 쏟는 것이다. 그리고 과거의 역경 때문에 슬퍼하지 않고 눈앞의 축복에 감사하는 것이다. 이렇듯 당신의 주의력을 긍정적인 사물에 집중시킨다면 즐거움과 활기로 가득 찰 수 있지만, 반대로 부정적인 사물에 집중시킨다면 슬픔과 낙담과 절망 속에서 헤매게 될 것이다.

이러한 긍정적인 인생 태도를 우리는 '적극적인 인생관'이라고 부르자. 당신이 부러워하고 감탄해 마지않는 이 세상의 위대한 사람들이 바로 이러한 인생관의 소유자이다.

한 스코틀랜드 왕자는 거미가 거미줄을 치는 광경을 바라보다 문득 인생의 참뜻을 깨달았다. 거미는 거미줄 하나를 치기 위해 나무 위에서 내려왔다 다시 위로 올라가기를 무수히 반복하다 마침내 거미줄을 완성한다. 인생이란 바로 이와 같은 것이 아닐까? 삶의 위기와 기회, 실망과 희망, 소극성과 적극성은 언제나 함께 엮여 있기 때문에 후퇴할 때가 있고 역경에 부딪힐 때가 있다. 진정한 용사는 후퇴해야 하는 역경 속에서도 변함없이 앞을 향해 싸워 나가는 자이다.

한 사람의 성공 여부를 결정짓는 가장 중요한 요소는 그가 어떠한 태도로 인생을 대하는가 하는 점이다. 성공을 원하는 사람은 적극적인 심리 태도라는 보물을 찾아내 실패를 이겨내고 계속해서 전진할 수 있는 힘을 얻어야 한다.

미국 굴지의 기업에서 부회장직을 맡고 있는 한 중국인이 있다. 그는 경영학을 전공했지만, 막상 미국에 도착해서 맡게 된 첫 업무는 창고 관리직이었다. 사람들이 보기에는 하찮기만 한 업무였지만 그는 전혀 개의치 않았다. 비록 지금은 일개 창고 관리원일지라도 훗날 반드시 경영진에 오르겠다는 굳은 의지로 의욕적으로 일을 처리해 나갔다. 그는 화물의 유통 과정을 깊이 파고들어 각종 화물의 유통 속도를 기준으로 회사 내 각 부서의 업무를 평가하였고, 유통 속도가 느려 조정이 필요한 업무를 찾아내 분석해서 지속적으로 상부에 보고서를 올렸다. 그는 회사의 문제를 자신의 문제로 삼고 이 모든 것을 자발적으로 해냈다. 그리고 불과 10년 만에 그는 일개 창고 관리원에서 부회장의 자리에 올라 100억 달러에 달하는 자금을 관리하게 되었다. 또한 그는 MBA 과정을 배운 적이 없지만 여러 대학의 MBA 특강 강사로 자주 초빙되고 있다.

적극적인 삶의 태도는 성공을 이루는 필수 요소이다.
적극적인 태도로 삶을 대할 때 신념과 꿈, 성공을 이루게 하는
모든 구성 요소들이 동원되기 때문이다.

침착성은 곤경 속에 숨겨진
탈출구도 찾아낸다

어느 성미 급한 사람이 헤링턴 공작의 서재로 뛰어들며 말했다.

"나는 아볼루온이오. 누군가가 당신을 죽이라고 나를 보냈소."

그러자 공작이 대답했다.

"나를 죽이라고? 거 참 이상하군."

그러자 자객은 다시 한 번 반복해서 말했다.

"나는 아볼루온이오. 반드시 당신을 죽이고야 말겠소."

공작이 궁금한 듯 물었다.

"꼭 오늘 나를 죽여야 하나?"

그러자 자객은 대답했다.

"그들은 나에게 언제 혹은 어느 때 죽이라고 알려 주지는 않았지만, 난 꼭 이 임무를 완성해야 하오." 그러자 공작은 "지금은 적절한 때가 아닐세. 난 지금 써야 할 편지가 많으니 나중에 다시 오게. 기다리겠네."라고 대답하고 계속해서 편지를 쓰기 시작했다.

자객은 공작의 매서움과 침착함, 그리고 대범함과 냉정함에 깜짝 놀라 그대로 물러나서는 다시는 찾아오지 않았다. 헤링턴 공작은 침착하고 냉정한 태도로 자신의 목숨을 구할 수 있었던 것이다.

반면에 처세 방식이 침착하고 냉정하지 못해 실패를 초래한 사례는 수 없이 많다.

촉나라의 유비는 의형제 관우를 살해한 원수를 갚기 위해 분노에 치를 떨며 군대를 일으켰다. 온 나라의 병사를 이끌고 손권을 무찌르러 갔지만, 결국엔 육손에 의해 병영이 불타는 큰 손실을 입었고, 급기야는 백제성에서 자신의 아들을 다른 사람 손에 부탁한 채 비참한 임종을 맞고 말았다.

장비 또한 관우가 살해되자 복수심에 불타 전쟁 준비를 시작했다. 부하 장수에게 3일 이내에 상복 수십만 벌을 준비하지 않으면 무조건 죽여 버리겠다는 명령을 내렸지만, 결과적으로는 강압에 못이긴 병사들이 장비의 목을 베어 동오에 항복하고 말았다.

침착성은 인생에 있어서 없어서는 안 될 중요한 성품이다. 침착성은 모든 일이 순조롭게 진행될 때 자신의 교만함과 성급함을 경계하며 맑은 정신 상태를 유지할 수 있도록 해 준다. 또 역경에 부딪혔을 때는 냉정한 사고력으로 장애물을 헤쳐 나가 성공을 이룩할 수 있도록 도와준다.

어느 농부가 기르는 당나귀가 실수로 마른 우물 속에 빠졌다. 농부는 갖은 지혜를 짜내 당나귀를 구하려고 했지만, 몇 시간이 지나도록 당나귀는 우물 속에서 애처롭게 울어 대기만 했다. 농부는 어차피 당나귀는 늙었기 때문에 애써 구할 만한 가치가 없다는 생각에 포기하기로 마음먹었다. 하지만 어쨌든 우물은 메워야 했기에 그는 이웃들을 불러다 우물 속의 당나귀를 흙으로 묻어 더 이상 고통을 느끼지 못하도록 해 주려고 했다. 농부의 이웃들은 삽을 들고 와 우물 속으로 흙을 집어넣기 시작했다. 이때 자신이 어떤 처지에 놓였는지를 깨닫게 된 당나귀는 처참한 울음소리를 내며 울기 시작하더니 뜻밖에도 금세 조용해졌다. 농부는 궁금한 마음에 우물 속으로 머리를 들이밀어 살펴보다 눈앞에 벌어진 광경을 보고 크게 놀랐다.

사람들이 삽질하여 우물 속으로 던진 흙이 당나귀의 등에 떨어질 때마다 당나귀가 이상한 행동을 보이고 있었던 것이다. 당나귀가 등의 흙을 한쪽으로 털어 낸 뒤 흙더미 위에 올라서고 있지 않는가! 이런 식으로 당나귀는 여러 사람이 삽질한 흙이 자신의 등으로 떨어질 때마다 그 흙으로 우물 바닥을 메우면서 위로 올라서고 있었던 것이다. 그리하여 얼마 지나지 않아 당나귀는 득의양양한 듯 우물 입구까지 올라와 사람들의 놀란 표정을 뒤로 한 채 신나게 달려 나갔다.

당나귀가 처했던 상황과 마찬가지로 우리는 삶의 여정 속에서 때로는 '마른 우물'에 빠져 각양각색의 '흙'을 온통 뒤집어써야 할 때가 있다. 이때 '마른 우물'에서 벗어날 수 있는 비결은 바로 그 '흙'을 털어 내고 그 위로 우뚝 올라서는 것이다. 우리가 삶에서 부딪히는 갖가지 곤경과 좌절은 우리 몸 위로 떨어지는 '흙'과 같다. 그러나 관점을 바꿔 생각해 보면 그 흙 하나하나는 바로 디딤돌이기도 하다. 인내심을 갖고 그 흙들을 털어 내어 위로 올라선다면, 설령 가장 깊은 우물 속으로 떨어졌다 하더라도 우리는 무사히 빠져나올 수 있다.

당나귀를 생매장하려는 것처럼 보였던 행동은 당나귀가 곤경에 대처하는 태도가 달라짐에 따라 실제적으로는 당나귀를 돕게 됐다. 이것 역시 운명을 바꾸는 요소 가운데 하나이다. 다시 말해 우리가 긍정적이고 침착한 태도로 곤경에 대처한다면 곤경 속에 감춰진 도움을 얻어 낼 수 있다는 말이다. 이 모든 것은 자기 자신에게 달려 있다.

진정한 영웅은 갑작스런 일에 직면해서도 놀라지 않고,
터무니없는 일을 당해도 성내지 않으며, 급할 때에도 침착하게,
천천히, 멈추지 않고 나아간다. 화가 치밀어 오르는 순간일지라도
침착하고 냉정하게 문제를 짚어 가면서 매사 신중히 대처한다.

사람과 더불어 살아가는 데
더없이 좋은 약

격의 없이 지내는 친구가 무심코 실수를 하거나 혹은 고의적으로 행동해서 상처받는 일이 가끔 생긴다. 이때 당신은 너그럽게 용서하는가, 아니면 즉시 관계를 끊거나 기회를 봐서 복수를 하는가? '눈에는 눈, 이에는 이'라는 말이 있다. 관계를 끊거나 복수를 하는 것은 인간의 본능적 심리에 가까운 행동이다. 그러나 원한은 점점 더 쌓여 갈 것이고, 원수는 점점 더 늘어나 서로 복수를 하느라 정신없을 것이다.

이와 반대로 당신이 뼈에 사무치는 고통을 당하고 난 뒤 다른 사람들이 상상조차 할 수 없는 태도로 상대방에게 관용을 베풀고 넓은 아량을 보여 준다면 당신의 이미지는 일순간에 극대화될 것이다. 당신의 넓고 큰 도량과 공명정대함은 스스로를 한 단계 더 높은 정신적 경지에 다다를 수 있도록 해 당신을 고매한 인격의 소유자로 만든다. 이렇듯 관용은 사람들에게 추앙받는 영원불변의 미덕이며, 동시에 인간관계에 있어 굉장히 중요한 심리적 요소이다.

제2차 세계대전 중 한 부대가 밀림 속에서 적군과 마주치게 되었다. 한바탕 격전을 치르는 과정에서 두 병사가 부대와 연락이 끊기고 말았다. 고향이 같은 두 병사는 십여 일 동안 밀림을 헤매면서도 서로 격려하고 위안했다. 다행히 사슴 한 마리를 잡아 고기로 끼니를 때우며 며칠을 버틸 수 있었지만, 포탄 소리에 놀라 도망갔는지 그 뒤로는 단 한 마리의 동물도 발견할 수 없었다. 그들에게 남은 거라고는 사슴 고기 한 덩어리뿐이었다.

그들은 밀림 속을 헤매다 적군과 마주쳐 한차례 격전을 치렀다. 그들이 이제 안전하다고 생각할 때쯤 갑자기 총성이 울리더니 앞에 걷고 있던 병사가 쓰러졌다. 뒤따르던 병사는 허겁지겁 뛰어와 잔뜩 겁에 질린 듯 횡설수설하며 전우의 몸을 껴안고 흐느꼈다. 그는 서둘러 자신의 속옷을 찢어 전우의 상처를 싸맸다. 총알은 어깨 부위를 스치고 지나갔다.

그날 밤, 부상을 입지 않은 병사는 멍하니 한 곳을 뚫어지게 바라보며 어머니라는 말만 되뇌었다. 그들은 모두 이번 고비를 넘기지 못할 것이라고 생각했다. 배고픔이 밀려왔지만 누구도 사슴 고기에는 손도 대지 않았다. 그들이 그날 밤을 어떻게 보냈는지는 하늘만이 알 것이다. 그리고 이튿날, 그들은 같은 부대원들에게 구출되었다.

그로부터 30년이 지난 후, 그때 부상을 입었던 사병 앤더슨은 다음과 같이 말했다.

"나는 그때 누가 나에게 총을 쏘았는지 알고 있습니다. 바로 나의 전우였습니다. 그가 허겁지겁 뛰어와 나를 껴안을 때 그의 뜨거운 총열이 몸에 닿는 바람에 눈치 챌 수 있었습니다. 처음엔 그가 왜 총을 쏘았는지 도무지 이해할 수 없었지만 그날 밤 저는 그를 용서해 주었습니다. 그는 내가 지니고 있던 사슴 고기를 혼자 차지하려고 했던 것입니다. 자신의 어머니를 위해 어떻게든 살아남으려 했다는 사실을 짐작할 수 있었기 때문입니다. 그 뒤로 30년이 지났고, 저는 짐짓 모르는 체하며 단 한 번도 그 일을 들먹이지 않았습니다. 전쟁은 너무도 잔혹합니다. 그의 어머니는 그가 돌아올 때까지 기다려 주시지 않았습니다. 내가 그와 함께 그의 어머니를 위한 추도식을 치른 날 밤, 그는 무릎을 꿇고 나에게 용서를 빌었지만 나는 그가 아무 말도 하지 못하게 했습니다. 저는 그를 너그럽게 용서했고, 그 뒤로 수십 년 동안 우리는 변함없이 친구 사이로 지내고 있습니다."

또 다른 이야기가 있다.

세 명의 아들을 가진 부자 노인이 있었는데, 그는 나이가 들자 자신의 재산을 세 명 가운 데 한 아들에게만 물려주기로 결심했다. 그는 세 아들이 일 년 동안 세상을 두루 돌아다니게 한 후 가장 고귀한 행동을 한 아들에게 재산을 물려주기로 했다. 일 년 후, 세 아들이 연이어 집으로 돌아오자 부자 노인은 그들에게 자신의 경험에 대해 말해 보라고 했다.

큰아들이 의기양양하게 말했다.

"저는 세상을 돌아다니던 중 한 낯선 사람을 만났습니다. 그는 저를 믿고 한 자루의 금화를 맡겼는데, 그만 갑작스레 죽고 말았습니다. 저는 그 금화에는 손도 대지 않은 채 그의 가족에게 고스란히 되돌려 주었습니다."

이번엔 둘째 아들이 자신만만하게 말했다.

"저는 여행 중에 어느 가난한 마을을 지나가다 한 거지가 실수로 호수에 빠진 것을 보았습니다. 저는 즉시 말에서 뛰어내려 그를 구해 주고 돈도 한 뭉치 건네주었습니다."

셋째 아들이 머뭇거리며 말했다.

"저는 두 형님이 경험했던 그런 일은 겪지 못했습니다. 저는 그저 여행 중에 한 사람을 만나게 되었는데, 그는 제 돈 자루를 탐내어 온갖 방법을 다 짜내 나를 해치려 들었습니다. 그 때문에 하마터면 목숨을 잃을 뻔했습니다. 하루는 벼랑 옆을 지나가고 있었는데, 그가 벼랑 옆에 있는 나무 아래서 낮잠을 자고 있었습니다. 그때 나는 간단하게 그를 벼랑 밑으로 차 버릴 수 있었지만 그렇게 하면 안 된다는 생각이 들었습니다. 그래서 혹시 그가 몸을 움직이다 벼랑 밑으로 떨어질까 하여 그를 깨우고 나서 다시 길을 떠났습니다. 이렇게 저는 별 의미 없는 여행을 마치고 돌아왔습니다."

부자 노인은 세 아들의 말을 듣고 난 뒤 고개를 끄덕이며 말했다.

"성실하고, 정의를 보고 용감하게 뛰어드는 것은 사람들이 마땅히 지녀야 할 품성이지만 고귀하다고는 말할 수 없다. 그러나 복수할 기회를 포기하고 오히려 자신의 원수가 위험에서 벗어날 수 있도록 도와준 관용의 마음이야말로 가장 고귀한 행동이다. 나의 전 재산은 셋째에게 물려주도록 하겠다."

은혜를 원수로 갚는 사람이나 그러한 사례는 수두룩하다. 그러나 복수할 기회가 있음에도 이를 포기하고 오히려 원수가 위험에서 벗어날 수 있도록 돕는 사람이나 사례는 드물다. 이렇듯 관용적이고 너그러운 사람만이 인생의 가장 높은 경지에 도달할 수 있는 것이다.

영국의 시인 키츠는 다음과 같이 말했다.

'사람들은 서로 포용해야 한다. 사람은 누구나 단점을 갖고 있고, 자신의 가장 나약한 방면에서는 누구나 찢겨지고 부서질 수 있다.'

사람은 누구나 약점과 결함을 갖고 있고 때로는 실수를 할 수도 있다. 때문에 일을 저지른 사람의 입장에서는 온 힘을 다해 타인에게 상처를 입히지 않도록 해야 한다.

미국 3대 대통령인 제퍼슨과 2대 대통령인 아담스처럼 악연에서 시작해 관용으로 끝난 관계는 아주 드문 사례이다. 제퍼슨은 취임 전 날 밤, 백악관을 찾아가 아담스에게 첨예하게 대립했던 경선 활동으로 둘의 우정이 깨지지 않기를 바란다고 말하려고 했다. 하지만 제퍼슨이 말을 꺼내기도 전에 아담스가 먼저 고함을 쳤다.

"당신, 나를 내쫓으려 하는군! 당신이 나를 쫓아내는 거야!"

그 뒤로 두 사람은 몇 년 동안 이야기조차 나누지 않았는데, 어느 날, 제퍼슨의 지인이 아담스의 집을 방문하게 되었다. 이 고집스러운 노인은 그때의 난감했던 일을 하소연하다 무심결에 "난 이제껏 제퍼슨을 좋아했으며, 지금도 여전히 그가 좋다."라는 말을 하게 되었다. 지인이 이 말을 제퍼슨에게 전하자, 제퍼슨은 곧장 두 사람 모두 친분 관계가 있는 친구를 불러다 자신의 깊은 우정을 아담스도 알 수 있게 말을 전하도록 했다. 그 뒤 아담스는 편지 한 통을 보냈고, 두 사람은 그때부터 미국 역사상 가장 위대한 서신 왕래를 주고받기 시작했다. 이 사례는 우리에게 관용이 얼마나 소중한 정신이고 고귀한 인격인가 하는 점을 말해 주고 있다.

끝끝내 마음속에 움켜쥐고 놓지 않는 아집으로 인해
영원히 치유될 수 없는 상처를 만드는 일이 종종 있다.
타인을 관대하게 대하면 분명 생각하지 못했던
좋은 결과를 얻어 낼 수 있는데도 말이다.

대세를 장악하려면
자기 자신부터 다스려라

교육자로 유명한 장백령<small>張伯苓</small>이라는 사람의 일화이다. 그는 오랫동안 대학 총장직을 맡았는데, 자신에게 매우 엄격했을 뿐만 아니라 학생들에게도 마찬가지였다. 한번은 한 학생의 손가락이 담배연기로 누르스름해진 것을 보고는 질책하며 말했다.

"손가락이 누렇게 될 정도로 담배를 피우다니, 흡연은 몸에 해로우니 앞으로는 담배를 끊도록 해라!"

그러자 학생은 반박하며 말했다.

"선생님도 담배 피우시잖아요? 근데 왜 저한테만 그러시죠?"

장백령은 학생의 대답에 할 말을 잃고 잠시 생각에 잠기더니 자신의 담배를 부러뜨리며 단호하게 말했다.

"나도 안 피울 테니 너도 피우지 마라!"

그는 조교를 불러 자신이 갖고 있던 시가를 모두 꺼내 사람들이 보는 앞에서 불태우라고 말했다. 그러나 조교가 아까운 생각에 차마 불을 지르지 못하자 장백령이 말했다.

"이렇게 하지 않으면 나의 결심을 보여 줄 수가 없다. 오늘부터 나와 모든 학생들은 함께 금연한다."

그 이후 장백령은 평생 동안 두 번 다시 담배를 피우지 않았다.

사람들 마음속에서는 언제나 이성과 감정이 서로 싸움을 하기 때문에 자신을 다스린다는 것은 그리 간단한 일이 아니다. 그 어떤 것에도 아랑곳하지 않고 자신의 목적만을 달성하는 것은 진정으로 인생과 자유에 대해 추구하는 것이 아니다. 자신의 감정과 운명을 다스릴 수 있는 능력을 지녀야 하며, 만일 자신의 행동이 감정에 끌려 다니도록 내버려둔다면 그것은 곧 감정의 노예가 되는 것과 다름 없다.

자율은 그 자체가 지혜이며, 자율적인 사람은 자신의 격정과 운명을 지배할 수 있다. 자율에서 가장 중요한 점은 자신의 욕망을 제멋대로 내버려두지 않는다는 것이다. 눈앞에 놓인 이익을 얻기 위해 미래의 희생을 대가로 치른다면 그 대가는 당신이 평생 동안 메울 수 없는 손실을 초래하게 될 것이다.

지혜로운 사람은 인간관계에서 타인과 일치하는 점은 취하고 의견이 서로 다른 점은 잠시 보류한다. 이러한 지혜를 자유자재로 활용하는 사람은 분명 고도의 자율성을 지닌 사람임에 틀림없다.

자율은 타인의 다른 관점, 의견, 습성 등을 배척하지 않는 것이다. 자율성을 키우기 위해서는 풍부한 사고력과 포용력으로 타인과 일치하는 점은 취하고, 의견이 서로 다른 점은 잠시 보류하는 사교술을 효과적으로 활용하는 것이 바람직하다. 그리고 이를 통해 자신과 타인과의 관계를 적절하게 조율하면서 삶의 기쁨을 얻는 것이다. 그렇기 때문에 타인과의 교제 혹은 집단생활에서는 위에서 말한 사교술의 개념을 항상 주지해야 하며, 한 사람, 한 사람의 독특한 개성을 존중해야 한다. 다른 사람이 자신과 다르다는 사실을 용납하지 않고, 개개인의 독특한 개성을 존중하지 않는다면 결국 혼자 고립되기 마련이다.

그렇다면 자제력은 어떻게 길러야 할까?

첫째, 자신의 생각을 다스릴 줄 알아야 한다. 사람은 의식이 이끌지 않으면 구체적인 행동을 할 수가 없다. 생각을 다스리려면 자신이 무엇을 원하고 또 무엇을 원해서는 안 되는지를 정확히 구별해야 하는데, 이는 바로 인식의 문제이다. 그 다음에는 할 수 없는 일을 어떻게 거부해야 하는지 정확히 깨닫고 마땅히 해야 할 일에 전념할 수 있도록 자신을 다스려야 하는데, 이는 방법의 문제이다. 마지막으로는 자신이 그 일을 하면 어떻게 되는지, 그리고 그 일을 하지 않으면 어떻게 되는지를 헤아려 봐야 한다. 이는 굳센 의지를 전제로 생각을 다스리는 부분에서 행동을 다스리는 부분으로 넘어가는 과도기이다.

둘째, 목표를 다스릴 줄 알아야 한다. 목표는 생각의 핵심이고 행동의 지침이다. 목표를 잘 다스릴 줄 아는 것은 성공을 이루는 중요한 방법 가운데 하나이다. 목표를 다스리기 위해서는 우선 목표를 세워야 하는데, 목표는 중장기적인 것과 단기적인 것이 있다. 중장기 목표와 단기 목표를 병행하여 실행하다 보면 모든 것이 계획된 범위 안에 놓이기 때문에 바빠도 흐트러짐이 없다.

셋째, 시간을 다스릴 줄 알아야 한다. 사람은 공간과 시간 속에서 생활하는데, 공간이 사람을 수용하는 개념이라면 시간은 사람을 변화시키는 개념이다. 많은 사람들이 일을 잘못 처리하는 것은 바로 시간을 잘 활용하지 못하기 때문이다. 그래서 자신이 하려고 하는 일을 개인적 주변 환경과 결합하여 전반적인 계획을 세울 수 있어야 하는데, 이것은 결코 간단한 일이 아니다. 사람들은 대개가 자신이 어떤 일을 해야 하는지 모를 뿐만 아니라, 언제 어느 정도의 시간을 기울여 그 일을 해야 하는지조차 모를 때가 많기 때문이다. 만일 산적해 있는 일들과 한정된 시간을 적절히 배합할 수 있다면, 시간 낭비 없이 일도 잘 처리할 수 있을 뿐만 아니라 자유자재로 시간을 활용하여 일을 하고, 놀이를 즐기고, 휴식을 취할 수 있다. 이렇듯 시간을 다스릴 줄 알면 자신의 모든 것을 바꿀 수 있다.

일상생활 속에서도 항상 자신을 다스려야 한다고 스스로 일깨우며, 의식적으로 자율성을 배양해야 한다. 예를 들어 자신의 성격상 결함이나 불량한 습관을 목표로 삼고 일정한 기간 동안 집중적으로 고쳐 나간다면 분명 좋은 효과를 거둘 수 있을 것이다. 자신을 엄격하게 대하며 절대로 자기방임이나 자신을 위한 핑계를 용납해서는 안 된다. 자신에게 엄격해지다 보면 시간이 지남에 따라 자신을 다스리는 것이 곧 습관이자 생활 방식이 된다. 그리고 이와 더불어 당신의 인격과 지혜 역시 더욱 완전해질 것이다.

성공하는 사람은 끊임없이 반성하며 스스로를 다스린다.
인생에 있어 최대의 적은 타인이 아니라 자기방임이다.
하버드 경제학과에서 성공한 사람 120명을 대상으로 실시한
설문조사에서 그들은 모두 자율성을 중시했다는 점을 알 수 있었다.

일종의 미덕이자
인생의 지혜

아인슈타인은 20세기 가장 위대한 과학자 가운데 한 명이다. 그의 상대성 이론과 물리학계의 기타 방면에서 거둔 연구 성과는 우리에게 어마어마한 과학적 재산을 남겨 주었다. 그러나 이렇듯 위대한 업적을 이루었음에도 그는 여생을 끊임없이 연구에 몰두하면서 죽는 순간까지 학문에 전념했다.

누군가 아인슈타인에게 물었다.

"당신은 이제 늙었고, 물리학계에서는 전무후무한 업적까지 이루어 놓았는데 지금까지도 부지런히 연구할 필요가 있습니까? 왜 편안하게 쉬지 않습니까?"

아인슈타인은 이 질문에 대해 곧바로 대답하지 않았다. 대신 펜과

종이를 가져다가 종이 위에 커다란 원과 작은 원을 그려 넣고서는 비로소 입을 열었다.

"현재 상황에서는 물리학이라는 분야에서 내가 다른 이들보다 좀 더 많은 지식을 알고 있겠지요. 당신이 알고 있는 것들이 이 작은 원이라면 내가 알고 있는 것들은 커다란 원이라고 할 수 있습니다. 하지만 물리학 전체의 지식이란 끝없이 넓습니다. 작은 원으로 말할 것 같으면 그 둘레가 작은 만큼 미지 영역과의 접촉면도 작기 때문에 자신이 모르는 지식이 그다지 많지 않다고 느낍니다. 그러나 커다란 원은 외부와 접촉하는 둘레가 크기 때문에 자신이 아직 모르고 있는 것들이 무척이나 많음을 느끼고 그만큼 더욱 노력하며 탐구하게 되는 거지요."

유명한 과학자 패러데이는 만년에 이르러서도 여전히 실험실을 찾아가 잡다한 일을 하곤 했다. 하루는 실험을 하던 한 젊은이가 바닥을 쓸고 있는 패러데이에게 말을 건넸다.

"이런 일을 하며 받는 돈이 꽤 되시죠?"

패러데이는 웃으며 말했다.

"더 준다고 해도 나에겐 쓸모가 없다네."

젊은이가 물었다.

"실례지만 할아버지 존함은 어떻게 되시는지요?"

그러자 패러데이는 담담하게 대답했다.

"마이클 패러데이일세."

젊은이는 깜짝 놀라 소리쳤다.

"오, 맙소사! 당신이 바로 그 위대한 패러데이 선생님이셨군요."

"아닐세."

패러데이는 다시 고쳐 말했다.

"나는 평범한 패러데이라네."

겸손은 일종의 미덕일 뿐만 아니라 인생의 지혜이다. 또한 공을 세우고 업적을 쌓는 데 전제가 되고 기반이 된다. 어떠한 직업에 종사하고 어떤 직책을 맡고 있는 것에 상관없이 겸손하고 부지런해야만 진취적 정신을 유지할 수 있고, 더욱 많은 지식과 재능을 쌓을 수 있다. 겸손하고 부지런한 성품은 자신과 타인의 격차를 바라볼 수 있게 해 주기 때문이다. 자만하지 않고 끊임없이 앞으로 나아가는 성품은 타인의 의견과 비판을 냉정하게 경청할 수 있게 만들고, 부지런히 일에 몰두할 수 있도록 한다. 반면에 교만하고 독단적이며 현재의 상황에 만족한 채 앞으로 나아가지 않는 성품은 작게는 업무에 손해를 초래하고, 크게는 사업을 중도에서 그만두게 만든다.

미국의 3대 대통령 토마스 제퍼슨은 귀족 출신이었는데, 아버지는 미군 중장을 지냈으며, 어머니는 명문가의 후손이었다. 당시 귀족들은 명령을 내릴 때를 제외하고는 일반인들과의 왕래가 매우 드물었고, 또한 그들을 업신여겼다. 그러나 제퍼슨은 귀족 계층의 악습을 따르지 않고 자발적으로 각계각층 사람들과 교제했다. 그의 친구들 중에는 유명 인사들도 많았지만, 정원사, 하인, 농민, 가난한 직공들이 더 많았다. 그는 사람은 누구나 자신만의 장점을 갖고 있다는 사실을 잘 알고 있었기에 여러 계층의 사람들에게서 본받을 점을 찾아냈다.

언젠가 그는 프랑스의 위대한 혁명가 라파예트에게 다음과 같은 말을 했다.

"당신도 나처럼 민중들의 집에 찾아가 그들의 살림살이를 살펴보고 그들의 빵을 먹어 봐야 합니다. 그렇게 해야만 민중들이 불만을 품는 이유를 이해할 수 있고, 이제 막 움트고 있는 프랑스 혁명의 의미도 이해할 수 있을 것입니다."

그는 성실한 태도로 민중들의 현실 속을 깊이 파고들었기 때문에, 대통령이라는 최고의 권자에 앉아서도 국민들이 무엇을 원하고, 무엇을 필요로 하는지 정확히 알 수 있었다. 이렇게 그는 민중과의 친밀한 관계를 기반으로 하여 위대한 정치가로 발전할 수 있었던 것이다.

겸손하고 부지런한 성품을 지닌 사람은 성공과 영예 앞에서도 자만하지 않고, 그것을 자신이 계속해서 전진할 수 있는 동력으로 이용한다. 그래서 명예와 성공의 기쁨 속에 빠져 헤어나지 못한 채 우쭐

거리며 더 이상 앞으로 나아가지 않는 어리석은 일은 결코 저지르지
않는다.

　퀴리 부인은 겸손하고 부지런한 성품과 탁월한 업적으로 세상 사
람들의 칭찬을 한 몸에 받았다. 영예를 대하는 그녀의 겸손한 태도는
공로를 세웠다고 자만하며 중간에 그만두는 사람들을 부끄럽게 만
들었다. 또한 그녀의 고상한 품성을 본받은 딸과 사위도 과학 연구의
길로 발을 디뎌 또 한 번의 노벨상을 받아 2대에 걸쳐 세 차례의 노벨
상을 받는 영광을 일구어 냈다.

　겸손은 미덕이며, 얻기 힘든 고귀한 품성이다. 어느 누구도 마음
껏 교만을 떨 수 있을 만큼의 능력을 지니지 않았다. 비록 어느 한 분
야에 대한 조예가 매우 깊다 하더라도 그 분야를 전부 다 연구해서 이
미 완전히 통달했다고는 말할 수 없다. 생명은 유한하지만 배워야 할
지식은 무한하다. 그 어떤 분야의 학문도 한결같이 무궁무진한 바다
이고, 끝없이 넓은 하늘과 같다. 자신이 이미 높은 경지에 이르렀다고
걸음을 멈추고 나아가지 않거나 우쭐거려서는 안 된다. 만일 그렇게
한다면 동료에게 추격당하여 금방 뒷사람에게 추월당하기 십상이다.

겸손함이 없는 그 어떤 박학다식한 인생도
모두 불합격이다.

역경 속에서도
출구를 찾아내는 요술봉

성공한 사람은 모두가 적극적이고 낙관적인 삶의 태도를 지니고 있다. 이러한 삶의 태도를 지니고 있는 사람의 눈빛은 언제나 내일을 향해 있다. 그래서 좌절에 직면하더라도 객관적이고 전면적으로 분석할 수 있기 때문에 책임을 다른 사람에게 미루거나 함부로 자신을 비하하지도 않고, 과도하게 집착하지도 않으며, 깊이 반성하여 지속적으로 노력한다.

우리는 삶에서 좌절을 비껴갈 수 없으며 늘 갖가지 대립과 갈등을 맞는다. 낙관적인 태도는 좌절이 주는 충격을 감소시키고, 갈등이나 대립의 곤혹스러움을 덜어 낸다. 먹구름이 개이고 난 뒤 하늘은 여전히 파랗고, 산은 여전히 푸르른 녹색인 것처럼 말이다.

나폴레옹은 전투 중에 적군의 완강한 저항에 부딪쳐 심각한 병력 손실을 입었다. 이렇듯 불리한 전세에 직면하게 된 때에 설상가상으로 나폴레옹은 진흙탕에 빠져 온몸이 진흙으로 뒤범벅이 되는 난감한 상황에 빠졌다. 그러나 나폴레옹의 마음속에는 어떤 일이 있더라도 이 전투를 꼭 이겨야 한다는 신념 하나밖에 없었다. 그는 자신의 모습에 전혀 아랑곳하지 않은 채 그저 "돌진!" 하는 고함소리만 크게 외쳤다. 사병들은 그의 우스꽝스러운 모습을 보고 웃음을 참지 못했지만, 동시에 나폴레옹의 낙관적이고 자신만만한 모습에 크게 고무되었다. 그리하여 일순간에 용기백배하게 된 병사들은 앞을 다투어 돌진했고, 마침내 나폴레옹 군대는 승리를 거둘 수 있었다.

호텔 관리를 맡고 있는 제리는 항상 즐거웠다. 누군가 그에게 근황을 물어 올 때면 "나는 요즘 정말 즐겁네."라고 대답하곤 했다. 기분이 언짢은 직원이 있으면 제리는 어떻게 해야 사물의 긍정적인 면을 볼 수 있는지 알려 주며 다음과 같이 말했다.

"매일 아침 눈을 뜨자마자 난 스스로에게 이렇게 말한다네. 제리, 너는 오늘 두 가지 선택을 할 수 있어. 유쾌한 마음과 우울한 마음 중 어떤 것을 선택하겠어? 그러면 나는 유쾌한 마음을 선택하지. 나쁜 일이 생겼을 때 나는 억울한 피해자의 입장을 선택할 수도 있지만, 반대로 그 나쁜 일을 경험으로 삼아 무엇인가 배울 점 한 가지를 찾아내는 긍정적인 태도를 선택할 수도 있지. 나는 주저 없이 후자를 선택한다네. 인생은 선택이고, 자네는 여러 가지 상황을 어떻게 대해야 하는가를 선택하는 거야. 결국 자네 스스로 어떻게 인생을 대할 것인지를 선택하는 거라네."

하루는 후문 잠그는 것을 깜박 잊어버린 탓에 제리는 총을 지닌 세 명의 악당과 맞닥뜨리게 되었다. 제리는 악당들에게 총을 맞았지만 다행히 일찍 발견되어 급히 응급실로 후송될 수 있었다. 18시간에 걸친 응급 수술을 받고 한두 달 뒤 간신히 퇴원할 수 있었지만, 제리의 몸속에는 여전히 총알 파편이 남아 있었다.

그 후로 여러 달이 지난 뒤, 그의 친구가 요즘 어떻게 지내냐고 묻자 그는 이렇게 대답했다.

"난 정말 즐겁다네. 내 흉터가 보고 싶지 않은가?"

친구는 그의 흉터를 보면서 총에 맞을 당시 어떤 생각을 했냐고 물었다. 제리는 다음과 같이 대답했다.

"땅바닥에 드러누운 채 나 스스로에게 두 가지 선택이 있다고 말했다네. 하나는 죽는 것이고, 또 하나는 사는 것이다. 나는 사는 것을 택했지. 의료진들은 모두 좋은 사람들이었고, 나에게 괜찮아질 거라고 말해 줬다네. 하지만 응급실로 실려 온 이후 난 그들의 눈빛에서 '그는 이미 죽은 사람이야.'라는 생각을 읽을 수 있었다네. 그때 나는 무언가 행동을 취할 필요가 있다는 걸 알았지."

친구가 물었다.

"그래, 자네는 어떤 행동을 취했는가?"

제리는 이어서 말했다.

"어느 간호사가 큰소리로 나에게 알레르기 증상이 있냐고 묻더군. 그래서 내가 '있다!'라고 대답했더니 모든 의사와 간호사들이 멈춰 서서 내 대답을 기다리고 있지 않겠나. 난 깊게 숨을 들이 쉰 다음 큰소리로 외쳤지. '총알이오!' 하고 말이야. 한바탕 웃음소리가 터져 나온 뒤에 나는 또다시 말했네. '나를 살아 있는 사람으로 생각하고 치료해 주시오. 난 죽은 사람이 아니오.'라고 말이지."

제리는 그렇게 해서 살아날 수 있었다. 인생은 셀 수 없는 번뇌들을 하나하나 꿰어 놓은 염주와 같다. 낙관적인 사람은 한편으로는 웃으면서 또 다른 한편으로는 염주를 센다. 어차피 하루하루를 즐거움 속에서 지낼 수도 있고 또 괴로움 속에서도 지낼 수 있는 거라면, 우리는 마땅히 즐거움을 선택해야 하지 않을까?

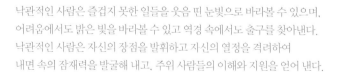

낙관적인 사람은 즐겁지 못한 일들을 웃음 띤 눈빛으로 바라볼 수 있으며, 어려움에서도 밝은 빛을 바라볼 수 있고 역경 속에서도 출구를 찾아낸다. 낙관적인 사람은 자신의 장점을 발휘하고 자신의 열정을 격려하여 내면 속의 잠재력을 발굴해 내고, 주위 사람들의 이해와 지원을 얻어 낸다.

양심과 존엄,
사명이 따르는 일

퓰리처상을 받았던 제임스 레스턴은 제2차 세계대전 기간에 뉴욕타임즈사로 영입되었다. 신문사에서 일하기 시작하던 초창기에 그는 런던에서 근무하면서 독일 나치군이 런던에 감행했던 무차별 폭격을 직접 목격했다. 전쟁의 불길에 휩싸인 런던에서 혈혈단신 근무하던 제임스 레스턴은 아내와 세 살배기 아들이 너무나 그리웠다. 그는 아들에게 보내는 편지에 다음과 같이 적었다.

'이렇듯 하루하루를 불안감 속에 살고 있는 내 주변의 사람들은 이전보다 더욱 강렬해진 책임감을 갖게 되었다. 그들은 보다 큰 사랑의 마음을 지니게 되었고, 타인을 더욱 배려하게 되었으며, 하루하루가 다르게 강인해지고 있다. 그들은 개인을 초월한 이상을 위해 싸우고 있으며, 이것은 너도 마땅히 노력해서 이루어야 할 이상이라고 생각한다. 내가 너에게 강조하고 싶은 점은 사람은 반드시 자신이 마땅히 짊어져야 할 책임을 져야 한다는 사실이다. 이번 전쟁은 무책임한 시대에 일어났다. 우리 미국인은 제1차 세계대전이 끝날 때 자신의 책임을 다하지 않았다. 미국인이 이상이라는 씨앗을 넓게 퍼뜨려 주기를 이 세계가 간절히 원하고 있을 때 우리는 오히려 도망치고 말았다. 그렇기 때문에 나는 네가 자신에게 주어진 책임을 —미국을 창건했던 사람들의 꿈을 현실로 만들어 너를 낳고 너를 길러 준 이 국가의 장래를 위해 노력해서 싸워 나가야 한다는— 반드시 완수해 주기를 간절히 바란다. 책임을 절대로 잊지 마라.'

제임스는 아들에게 국가의 일원으로서 국가의 앞날을 위해 노력하고 싸워 나가는 책임을 져야 한다고 훈계했다. 책임감은 잠재력을 불러일으키고 양심을 일깨워 준다. 또한 책임감에는 존엄과 사명이 뒤따르게 된다.

기차에서 임산부가 아이를 출산하게 되었다. 열차 승무원은 기차 안의 모든 승객에게 이 사실을 알리고 급히 산부인과 의사를 찾았다. 이때 한 여인이 일어서서 자신이 산부인과에서 일한다고 말했다. 열차 승무원은 침대 시트로 칸막이를 만든 임시 분만실로 그녀를 서둘러 데려갔다. 수건, 뜨거운 물, 가위, 집게 등을 갖추고 아기가 나오기를 기다리는 동안 산모는 난산으로 인해 매우 고통스러운 비명을 질렀다. 산부인과에서 일한다고 했던 그 여인은 매우 초조해하면서 승무원을 분만실 밖으로 끌고 나갔다. 그러고는 자신은 사실 산부인과의 간호사일 뿐이며 의료 사고 때문에 얼마 전 병원에서 해고됐다는 사실을 알렸다. 그리고 자신은 이 위급 상황을 처리할 능력이 없으며, 즉시 산모를 병원으로 옮겨 응급처치를 해야 한다고 말했다. 하지만 운행 중인 열차가 다음 역까지 가려면 한 시간여를 더 달려야 했다. 열차 승무원은 매우 정중하게 그 여인에게 말했다.

"당신은 비록 간호사지만 이 열차에서는 당신이 바로 의사입니다. 당신은 전문가이고 우리는 당신을 믿습니다."

열차 승무원의 말은 간호사를 감동시켰다. 그녀는 잠시 마음의 준비를 하더니 분만실로 들어가면서 다시 물었다.

"만약에 부득이한 상황이 발생하면 아이를 살려야 하나요, 아니면 산모를 살려야 하나요?"

"나는 당신을 믿습니다."

간호사는 승무원의 말뜻을 깨닫고 분만실 안으로 들어갔다. 승무원은 산모를 위로하며 유능한 산부인과 전문의가 있으니 마음을 편하게 갖고 시키는 대로 잘 따라 달라고 말했다. 얼마가 흘렀을까. 모두가 우려했던 것과는 달리 간호사는 혼자 힘으로 그녀 생애 가장 성공적인 조산 과정을 끝냈다. 우렁찬 갓난아이의 울음소리가 두 모자의 무사함을 알려 주었다. 그녀가 이렇듯 자신의 두려움을 이겨내고 사명을 완성하여 자신의 믿음과 존엄을 되찾을 수 있었던 것은 다름 아닌 책임감 때문이었다.

책임감으로 인해 인생이라는 길고 긴 여정에서 우리는 좌절에 굴복하지 않고 길마다 가로놓여 있는 험난한 문턱을 꿋꿋하게 넘어설 수 있다. 또한 우리는 책임을 완수할 수 있다는 굳센 믿음이 있기 때문에 매번 훌륭한 성과를 거둔 이후에도 담담함과 겸손함으로 또다시 새로운 목표를 적극적으로 추구할 수 있다.

이란 주재 미국 대사관에 억류된 인질 구출 작전이 실패로 돌아간 후 당시 미국 대통령이었던 지미 카터는 텔레비전에서 다음과 같이 정중하게 대국민 성명을 발표했다.

"모든 책임은 저에게 있습니다."

단지 이 한마디로 카터 대통령의 지지율은 순식간에 10% 이상 상승할 수 있었다. 이 세상에는 그 어떤 책임도 질 필요가 없이 두툼한 보상만을 받을 수 있는 공짜는 없다. 물론 일시적으로는 책임을 회피할 수 있겠지만 이 세상의 모든 책임을 피하려고 한다면 어마어마한 대가를 치러야 할 것이다. 감당해야 할 책임이 앞문으로 들어오는 사이에 당신이 뒷문으로 슬쩍 도망가 버린다면 당신은 책임과 함께 따라오는 기회를 잃어버리고 마는 것이다. 사회생활에서 대부분의 직위는 감수해야 할 책임과 그에 상응하는 보수가 직접적인 상호관계를 맺고 있다는 사실에 유념해야 한다.

적극적이고 자발적으로 책임을 지는 태도는 성공에 있어 필수적인 자질이다.
비록 어떤 일에 대한 책임을 정식으로 통고받지 않았다 하더라도
최선을 다해 그 일을 처리한다면 반드시 훌륭한 보상이 따르게 된다.

화려함과 질박함이
조화를 이뤄야

겸손하고 단정한 사람은 대체적으로 사람들의 환영을 받지만 제멋대로이고 오만한 사람은 남들의 눈총을 받기 마련이다. 그렇다면 중용의 도를 따르는 사람들의 사회적 이미지는 어떨까? 아마도 공정하고 절충하며, 쉽게 성내지 않는 것이라 할 수 있지 않을까? 공자는 "질박함이 화려함을 이기면 촌스럽고, 화려함이 질박함을 이기면 겉치레에 흐른다. 화려함과 질박함이 조화를 이루어야 비로소 군자이다."라고 하면서 군자가 갖추어야 할 품행의 척도를 언급했다.

최대한 공정함을 유지하면서 그 어떤 일에도 지나침이 없이 '극단을 피하고 중간을 취하는' 태도는 우리 삶에 있어 매우 중요한 철학이다. 중용의 철학 아래서 우리는 미소 짓는 얼굴 속에 심오한 표정을 띠고, 어떤 일에도 조급하게 행동하지 않는 슬기로운 사람들을 많이 보아 왔다. 중용의 도를 소중히 여긴 사람은 셀 수 없이 많다. 그렇다면 중용의 도를 중시하지 않은 사람들은 어떤 결말을 맞이했을까? 이것 역시 역사적으로 많은 기록이 남아 있는데, 그들 대부분은 비참한 결말을 맞았다.

한漢나라 장군 한신韓信이 제齊나라 땅을 점령하자, 항우項羽는 사람을 보내 그를 설득했다. 천하를 삼분하는 조건으로 초楚나라와 함께 연합하여 한나라를 공격할 것을 제의했지만 거절당하고 말았다. 그러자 한신의 책사인 형통蒯通이 그를 설득하며 말했다.

"장군님은 용기와 지략이 왕을 앞서면 신변이 위태롭게 되고, 천하를 뒤덮을 만큼의 공적을 세운 자는 오히려 상을 받지 못한다는 이치도 모르십니까? 장군께서는 지금 그와 같은 처지이기 때문에 초나라로 귀속되더라도 항우가 당신을 불신할 것이고, 한나라로 돌아가더라도 왕이 질겁하고 경계할 것입니다. 장군께서 스스로 왕위에 오르지 않는 이상 돌아갈 곳이 없습니다."

한신은 그의 말을 듣고 나서 손을 저으며 그것은 자신이 평소에 떠받들던 중용의 도에 크게 어긋나는 일이라며 이렇게 대답했다.

"더 이상 말하지 마시오. 한나라 왕은 나에게 수레와 입을 옷과 먹을 식량을 주며 많은 은혜를 베풀어 주었소. 선현들이 말하기를, 남에게 수레를 얻어 타면 그 사람의 근심을 함께 나눠 가지고, 남에게 옷을 얻어 입어도 근심을 나누며, 밥을 얻어먹으면 마땅히 그 사람을 위해 목숨을 바쳐야 한다고 했소. 그런데 내가 어찌 사욕에 눈이 어두워 왕이 베푸신 은혜를 저버리겠소?"

그러면서 한신은 형통의 건의를 사양했다. 하지만 이제 막 점령한 제나라 땅을 다스리기 위해서는 왕을 옹립하고 정권을 장악하여 민심을 안정시킬 필요가 있었다. 한신은 한나라 왕 유방劉邦에게 편지를 보내 민심을 안정시킬 동안만 자신을 가짜 제나라 왕으로 세워 줄 것을 부탁했다. 당시 유방은 형양滎陽에서 항우에 의해 포위된 상태였기 때문에 자신의 안전을 도모하는 것조차 벅찬 상태였다. 그는 편지를 열어 본 이후 벌컥 화를 내며 승낙하지 않으려 했으나, 그의 책사인 장량張良과 진평陳平의 의견을 들은 이후 태도를 바꿔 말했다.

"대장부가 제후를 평정했으면 그게 바로 진짜 왕이 아닌가, 가짜 왕은 맡아서 뭐하겠나!"

그리하여 한신을 제나라 왕으로 세우고 한신의 부대를 징집하여 초나라를 공격했다. 그러나 바로 이 '제나라 왕으로 세운' 중용에 어긋난 행위가 유방의 마음을 불안하게 만들었다. 한신이 훗날 유방의 아내인 여후呂后와 소인배의 손에 죽임을 당한 것은 아마도 이때 심어 놓은 화근 때문이었을 것이다.

중용의 도는 긴 세월 동안 처세의 원칙으로 전해 내려왔다. 중용의 도를 중시하는 사람은 마음속의 말을 전부 다 내뱉지 않는다. 때문에 차츰 시간이 지나면서 "사람을 만나 이야기를 하게 되거든 하고자 하는 말 열 개 가운데 셋만 말하고, 마음을 전부 다 내비쳐서는 안 된다."는 습관을 기르게 되었다. 바로 이러한 습관 때문에 중용의 진정한 본질은 매몰되고 말았다.

인간은 사유하는 존재이며, 외부 세계에 대한 감각과 지각 능력을 갖추고 있기에 자신만의 독특한 견해를 지닌다. 그러나 중용의 도를 취하면 독창적인 사유 능력은 교묘하게 말살된다. 왜냐하면 중간을 취하고 어디에도 치우치지 않는 것 자체가 하나의 속임수이기 때문이다. 사물의 발전과 변화 과정이 매우 복잡하며, 새로운 사물일수록 더욱 그러하다. 아직 그 모습을 완전히 다 드러내지도 않았는데, 어느 누가 한쪽으로 치우치지 않고 그 사물의 중간을 취할 수 있겠는가?

"군자는 거짓말을 하지 않는다."는 옛 선현의 말을 중용의 참된 진리라고 여기며 새로운 사물을 대했을 때 적극적인 표현이나 의견을 제시하지 않는다면 이는 잘못된 것이다. 진정한 중용의 도는 표현상의 중립에 머무르는 것이 아니다. 사물의 본질에 대한 이해와 관계의 협조이고, 균형 속에서 발전을 추구하는 일종의 문제 해결 방법이다.

공자의 《논어》나 자사子思의 《중용》에서는 한결같이 중용을 하나의 문제 해결 방법으로 활용해야 한다는 사실을 인정하고 있다. 예를 들어 밥을 지을 때는 설익거나 무르게 해서는 안 되고, 밥을 먹을 때는 적당히 먹어야 즐거운 식사를 할 수 있다. 젊은이들이 윗사람을 대할 때는 당연히 존경심으로 대해야 하지만, 만일 모든 일들을 윗사람이 시키는 대로 따른다면 의존심이 생겨 성장에 도움이 되지 않는다. 또한 장사꾼이 물건을 매매할 때 물건 값이 너무 비싸면 물건을 사는 사람이 적고, 물건 값이 너무 싸면 돈을 벌 수 없게 된다. 오직 물건을 파는 사람과 사는 사람의 상호관계를 잘 파악하고 있어야 장사꾼은 돈을 많이 벌 수 있고 사람들은 기분 좋게 물건을 살 수가 있다.

중용의 도는 대립의 갈등과 질적 변화를 부정하지 않으며, 오히려 그것이 점진적으로 진행될 수 있도록 도와준다. 우리는 눈앞에 놓인 강이 얼마나 깊은지도 모른 채 무작정 뒤로 물러서지는 않는다. 또한 밥이 무르거나 설익었다는 이유 때문에 밥을 먹지 않는 일은 없다. 중용의 도는 우리가 조심스럽게 강의 깊이를 측정하고 강을 건너는 데 필요한 디딤돌을 집어들 수 있게 해 준다. 중용의 도는 우리가 조심스럽게 불의 양을 조절하며 구수한 밥 냄새가 모락모락 피어나는 밥을 지을 수 있도록 만들어 준다.

아리스토텔레스는 "양쪽 끝은 극단 혹은 단점이라 할 수 있으며,
미덕과 장점은 그 중간에 있다."는 말로써 중용의 의미를 역설했으며,
공자 역시 이와 비슷한 이론을 제시했다.
대체 중용이란 무엇이기에 사상가들이 이토록 중요시하는 것일까?

미덕의 기초이자
성공의 동반자

미국 맨해튼에 월도프 아스토리아라는 유명 호텔이 있다. 그곳의 초대 사장 조지 볼트는 원래 한 호텔의 종업원이었다. 그러나 우연히 찾아온 기회를 '정성'으로 잡은 그는 마침내 일생의 운명을 바꾸었다.

폭풍우가 몰아치는 밤이었다. 호텔 종업원인 조지 볼트는 프론트에서 당직을 서는 중이었는데, 한 노부부가 로비에 들어서며 객실을 찾았다. 마침 그 호텔에는 회의에 참석하는 단체 손님으로 인해 빈 방이 없는 데다 부근의 호텔도 모두 만원이었다. 그러자 어찌할 바 모르는 노부부의 난감한 모습을 보고 그는 정성어린 마음으로 말했다.

"밤도 깊은 데다 이곳을 나가시면 마땅히 투숙할 만한 장소도 없습니다. 저로서는 그냥 두고 볼 수가 없으니 괜찮으시다면 제가 쉬는

방에서 하룻밤을 지내십시오. 비록 호화로운 객실은 아니지만 매우 깨끗합니다."

노부부는 겸손하고 예의바르게 볼트의 호의를 받아들였다. 그 다음날, 노부부가 볼트에게 숙박료를 지불하려고 하자 그는 완강히 거절하며 이렇게 말했다.

"제 방은 무료로 빌려드린 겁니다. 저는 어젯밤에 이미 시간급으로 초과 근무 수당을 벌었고, 방의 사용료는 근무 수당에 포함돼 있던 것입니다."

그러자 노인은 온화한 목소리로 볼트에게 말했다.

"이 세상의 모든 사장들은 자네 같은 직원을 구하려고 애를 쓴다네. 언젠가는 자네를 위해 호텔 하나를 지어 주겠네."

볼트는 그 노인이 농담을 한다고 여겼기 때문에 그저 미소만 지었을 뿐 노인의 말을 깊이 새겨듣지 않았다.

몇 년 뒤, 볼트는 여전히 그 호텔에서 종업원으로 근무하고 있었다. 하루는 낯선 노인으로부터 편지를 한 통 받았는데, 그를 맨해튼으로 초청한다는 내용과 함께 타고 갈 비행기표가 들어 있었다. 그는 맨해튼 5번가와 34번가가 교차하는 길목에 있는 호화스러운 건물 앞에서 노인을 다시 만났다. 노인은 놀란 표정의 볼트를 보고 미소 지으며 말했다.

"내 이름은 윌리엄 월도프 아스토일세. 이 건물은 내가 자네를 위해 지은 호텔이네. 난 이 호텔을 관리할 최고 적임자가 바로 자네라고 생각하네."

이렇게 해서 조지 볼트는 이 호텔의 초대 사장이 되었다. 그는 노인의 기대를 저버리지 않고 호텔을 잘 운영하여 불과 몇 년 사이 호텔은 미국 전역으로 명성을 떨쳤다. 누군가는 조지 볼트가 한 번의 우연한 기회로 행운의 여신이 내린 은총을 받았다며 그를 행운아라고 말한다. 그러나 대부분의 사람들은 조지 볼트가 성공할 수 있었던 이유는 그의 훌륭한 처세 때문이었다고 여긴다. 정성과 사랑을 지닌 사람이었기 때문에 그에 대한 보상을 받은 것이라고 말이다.

가난한 소년이 학비를 모으기 위해 집집마다 찾아다니며 물건을 팔고 있었다. 하루 온종일 돌아다니느라 지친 소년은 무척 배가 고팠지만, 가지고 있는 돈이라곤 10센트 한 닢뿐이었다. 춥고 배고팠던 소년은 다음 차례 집에 가서 밥을 구걸하기로 마음먹었다. 그러나 막상 아름다운 젊은 여인이 현관문을 열고 나오자 소년은 어찌해야 할 바를 몰라 밥 대신 물 한 잔을 구걸했다. 여인은 소년의 허기진 모습을 보고 큰 컵에 우유 한 잔을 가득 따라서 갖다 주었다. 소년은 우유를 다 마신 후 그녀에게 물었다.

"얼마를 드리면 될까요?"

젊은 여인은 웃으며 대답했다.

"한 푼도 줄 필요 없단다. 우리 어머니는 나에게 항상 사랑을 베풀어야 한다고 가르치셨거든. 그리고 절대로 그 어떤 보상도 바라서는 안 된다고 말씀하셨지."

소년은 말했다.

"그럼, 진심에서 우러나오는 저의 감사의 뜻만이라도 받아 주세요!"

그러고 나서 소년은 그 집을 떠났다. 이때 소년은 온몸에서 힘이 솟아날 뿐만 아니라 신이 그를 향해 고개를 끄덕이고 있는 것을 느낄 수 있었다.

그 뒤로 몇 년이 흘러 그 여인은 희귀병을 앓게 되었다. 마을의 의사도 그녀의 병에 대해 속수무책이었다. 그녀는 도시로 옮겨와 큰 병원에서 치료를 받게 되었다. 그때 그 소년은 어느덧 명성이 자자한 의사가 되어 희귀병의 치료 방안을 찾는 연구에 참여하고 있었다. 그가 환자의 병력카드를 보는 순간 불현듯 어떤 생각이 머리를 스치고 지나갔다. 그는 곧장 병실로 뛰어갔다. 병실에 들어선 의사는 병상에 누워 있는 환자가 자신에게 우유를 주었던 은인임을 한눈에 알아볼 수 있었다. 그는 자신의 진료실로 돌아와 반드시 온 힘을 다해 그녀의 병을 고치겠다고 결심했다. 그는 힘든 노력 끝에 마침내 희귀병 치료에 성공할 수 있었다. 치료가 끝난 이후 의사는 원무과에 병원비 청구서를 자신에게 보내 달라고 요청하고 청구서 옆에 서명했다.

병원비 청구서가 환자의 손에 쥐어졌을 때 그녀는 차마 열어 볼 수가 없었다. 자신의 병이 난치병이었던 만큼 분명 전 재산을 병원비로 지불하게 될 거라고 믿고 있었다. 한참을 망설인 끝에 용기를 내어 병원비 청구서를 펼친 그녀는 옆에 쓰인 작은 글씨를 발견했다.

"병원비는 한 잔의 우유입니다. _ 닥터 하워드 켈리."

신용을 지키는 것은 인생의 보배로운 재산이다. 하워드 켈리는 자신이 가장 힘든 시기에 그 여인으로부터 정성어린 도움을 받았다. 그리고 자신이 성공을 이루었을 때 자신에게 도움의 손길을 내밀었던 사람을 결코 잊지 않았다. 그의 약속은 빈말이 아니었다. 그는 정성어린 마음과 경제적인 도움으로 그녀에게 은혜를 갚았던 것이다.

경제학자는 가장 희소가치가 높은 물건이 가장 비싸다고 말한다.
그렇다면 사업에 있어서는 무엇이 가장 희소가치가 높을까?
그것은 바로 정성이다. 정성을 다해 더욱 많은 사람을 돕는다면
성공은 당신 곁으로 다가와 동반자가 되어 줄 것이다. 삶이란 원래 그런 것이다.

어떤 곤경 앞에서도
두려워하지 않는 자세

근면은 시간을 충분히 활용할 줄 알며, 곤경 속에서 용감히 잘 싸워 이겨 내는 것을 의미한다. 다시 말해 근면은 학업과 사업상의 성공을 위해 하루하루를 보람 있게 잘 보내는 것이며, 그 어떤 곤경에도 두려워하지 않는 것이다.

중국 속담 가운데 '부지런하면 이 세상에 못 해낼 일이 없다.'라는 말이 있다. 매우 깊은 이치를 담고 있는 말이다. 모든 사업의 성공은 근면을 기본 조건으로 한다. 근면하기만 하면 성공의 문은 활짝 열려 당신이 들어오기만을 기다린다. 근면은 성공의 비결일 뿐만 아니라 진리의 문을 여는 열쇠이기도 하다.

경극 배우인 매란방梅蘭芳은 젊은 시절 스승의 문하생으로 들어가

희극을 배우려고 했다. 그러나 스승은 그에게 자질이 없다며 제자로 받아들이려 하지 않았다. 그는 자신의 부족한 자질을 보완하기 위해 부지런히 연습했다. 비둘기에게 모이를 주면서 비둘기가 날아다니는 모습을 유심히 관찰했고, 금붕어를 기르면서 헤엄쳐 노니는 모습을 깊이 연구했다. 이러한 노력을 통해 그는 두 눈빛만으로도 다양한 감정을 표현할 수 있는 경극의 대가가 될 수 있었다. 매란방은 비록 천부적인 자질을 지니고 있지는 않았지만, 부지런함으로 자신의 부족한 점을 메웠고 이렇듯 근면했기 때문에 성공할 수 있었다.

동서고금을 막론하고 큰 업적을 이룬 사람들은 한결같이 뼈를 깎는 노력을 기울인 근면의 본보기가 되었다. 오직 근면으로써 일생의 사업을 성공적으로 이룩해 냈다. 퀴리 부인은 프랑스에서 공부하던 시절, 매일 아침 가장 먼저 교실에 들어서서 저녁 내내 도서관에서 지냈다. 밤 10시가 되어 도서관이 문을 닫으면 집으로 돌아와 석유램프 아래에서 새벽 2시까지 공부하곤 했다. 베토벤은 음악가로서 최고봉의 자리에 섰을 때 갑자기 귓병을 앓아 두 귀가 멀고 말았다. 이것은 음악가에게 치명적인 타격이 아닐 수 없었지만, 그는 완고한 끈기와 굳센 의지로 마침내 〈영웅교향곡〉, 〈운명교향곡〉 등을 완성할 수 있었다.

일본의 보험왕 하라 잇페이가 강연하는 자리에서였다. 누군가 그에게 성공적으로 판로 확장을 할 수 있는 비결에 대해 물었다. 그는 그 자리에서 자신의 구두와 양말을 벗고 질문자에게 연단 위로 올라오라고 했다. 그다음 그에게 "제 발바닥을 한번 만져 보시겠어요?"라고 말했다. 질문자는 그의 발을 만지고 나서 매우 놀란 듯이 말했다.

"당신 발바닥에 아주 두꺼운 못이 박혀 있군요!"

하라 잇페이가 말했다.

"내가 다른 사람들보다 더 많은 길을 걸어 다니고 더 열심히 뛰어다녔기 때문입니다. 그 결과, 제 발에는 이렇듯 두꺼운 못이 박히게 됐습니다."

하라 잇페이는 보험 영업을 하면서 매일 열다섯 명의 고객을 방문하여 상담하였고, 매달 평균 1,000장의 명함을 사용하면서 평생 동안 28,000명의 고객을 모집했다. 그가 보험왕으로서 기적을 만들어 낼 수 있었던 것은 부지런한 발 때문이었던 것이다.

《자본론》을 집필한 마르크스는 40년 동안 고군분투하면서 많은 양의 책과 간행물을 독파했다. 그 가운데 그가 수필로 기록한 것만 해도 1,500종 이상이다. 《사기》의 작가 사마천은 스무 살 때부터 유랑 생활을 시작했다. 그의 발걸음은 황하와 장강 유역을 아울렀고 방대한 역사적 소재들을 모아 《사기》 창작의 기반을 닦았다. 독일의 위대한 시인이자 소설가인 괴테는 58년에 걸쳐 엄청난 양의 자료를 수집

하여 대작 《파우스트》를 완성했다. 이 같은 사례들은 성공은 바로 근면에서 나온다는 진리를 증명해 준다. 지혜는 태어나면서부터 자연적으로 부여받는 것이 아니라 근면의 결과물이다. 근면의 열쇠를 꽉 움켜쥐고 있다면 지식이 쌓여 있는 보물 창고의 대문을 여는 것은 시간문제이다.

　송나라에 유명한 신동이 있었다. 어린 나이임에도 시를 곧잘 지어 모든 사람들의 찬사를 한 몸에 받았고, 또래의 아이들에게는 부러움의 대상이었다. 소년은 자신이 똑똑하기 때문에 고생하며 공부를 할 필요가 없다고 여기고 하릴없이 이곳저곳을 기웃거리며 세월을 보냈다. 같은 또래의 아이들은 오히려 부지런히 공부하여 신동을 추월할 수 있었고, 신동은 두 번 다시 사람들에게 찬사를 듣지 못했다. 천부적인 자질을 지녔다 하더라도 자신의 부족한 점을 찾아 부지런히 공부해야 하며, 자만심에 빠지는 일이 있어서는 안 된다. 오직 근면한 사람만이 성공을 거둘 수 있다. 막심 고리끼는 "천재는 노력에서 나온다."라고 말했고, 칼라일은 "천재, 그것은 무엇보다도 고생을 아끼지 않는 비상한 능력이다."라고 말했다.

　자신에게 천부적인 자질이 없다고 생각하는 사람들은 비관해서는 안 된다. 믿음을 갖고 부지런히 노력한다면 분명 성과를 거둘 수 있다. 반면에 자신이 똑똑하다고 자부하는 사람들은 자만해서는 안 된다. "밭을 가는 만큼 수확한다."라는 사실을 명심해야 한다. 부지런히 밭을 갈지 않으면 풍작의 계절이 오더라도 큰 열매를 거둘 수 없다. 근면은 일종의 미덕이고 지혜에 불을 붙이는 횃불이다. 한 사람이 가진 지식의 크기나 그가 이룩한 업적의 크기는 부지런함의 정도에 달려 있다. 성공은 휘황찬란한 것이며, 근면은 성공을 얻는 데 반드시 거쳐야 하는 길인 동시에 필수적인 정신이다.

노신魯迅은 말했다. "위대한 업적과 부지런히 일하는 것은 정비례를 이룬다.
일을 하는 만큼 성과를 거둘 수 있고,
세월이 쌓이면 성과도 늘어나 기적을 만들어 낼 수 있다."

행동의 지혜는 '선택의 기술'에 대한 이해이다.

기교 있게 얻는 방법을 배우고, 필요할 경우에는 포기하는 방법을 터득하는 것은

인생길을 걸어가는 데 매우 중요하다.

총명과 지혜는 한 발자국 거리에 놓여 있다. 그리고 바로 이 한 발자국 거리는

사물에 대한 명확한 인식과 효과적인 선택에 대한 이해에 따라 결정된다.

Chapter

3

행동하는 나

혹여 잘못된 것일지라도
결단은 신속하게

성공을 가져오는 효과적인 방법은 어떻게 일을 처리해야 하는지 신속하게 결정하는 것이다. 모든 방해 요소를 배제하고, 일단 결정을 내리면 더 이상 망설이는 일이 없어야 한다. 때로는 망설이는 것 자체가 상실을 의미하기도 한다. 우유부단하여 결단을 내리지 못하고 망설이거나 혹은 자신의 선택에 대해 아무런 의미를 두지 않는 사람은 새로운 상황에 부딪힐 때마다 쉽게 자신의 결정을 번복하게 되어 그 어떤 일도 이룰 수가 없다.

이가성李嘉誠은 그의 일거수일투족이 홍콩과 아시아 경제계에 중대한 영향을 끼칠 만큼 중요한 위치에 올라선 사람이다. 이가성이 성공을 이룰 수 있었던 데는 그의 과단성 있는 정책 결정이 주요한 작용을 했다. 그는 민첩한 반응과 과단성 있는 일처리로 앞으로 나아갈 때는 망설임 없이 나아갔고 물러서야 할 때는 주저 없이 물러섰다.

1950년대 중반, 유럽과 아메리카 시장에는 플라스틱으로 만든 조화가 열풍을 일으켰다. 사무실과 집집마다 플라스틱 꽃, 과일, 나무 등을 서너 개씩 놓아두는 것이 유행이었다. 이가성은 즉시 결단을 내리고 다른 사업은 내던진 채 플라스틱 조화 생산 공장에 전력을 투자했다. 그가 세운 '장강 플라스틱 공장'은 단번에 세계에서 가장 큰 플라스틱 조화 생산 공장으로 성장했고, 그에게는 '플라스틱 조화의 왕'이라는 별명이 붙었다. 1960년대 초반까지도 플라스틱 조화 생산 업종은 여전히 미래 전망이 좋은 사업처럼 보였지만, 그는 앞으로 이 업종이 점점 사양길로 접어들 것이라는 사실을 예감하고 곧바로 완구 업종으로 전환함으로써 위기를 모면할 수 있었다.

1960년대 후반, 홍콩의 경제가 급속히 발전하면서 땅값이 상승하기 시작하자 그는 서둘러 대량의 토지를 매입했다. 1977년, 홍콩 정부가 지하철역사 건설을 위해 공개 입찰을 진행하자 대규모 재단들이 건설권을 따내기 위해 치열한 경쟁을 벌였다. 이가성의 경쟁 상대는 영국 펀드가 장악하고 있던 치지회사였다. 이 회사는 홍콩 정부의 전폭적인 지원을 등에 업은 데다 막강한 재력이 뒷받침을 해 주고 있었다. 그러나 치열한 경쟁의 결과는 예상을 뒤엎었다. 이가성의 장강실업이 막강한 위력을 갖고 있던 치지회사를 누르고 승리를 거둠으로써 중국 자본이 영국 자본을 점유하는 기폭제가 되었고, 이 일화는 사람들 사이에서 '작은 뱀이 코끼리를 삼켰다.'며 널리 회자되었다.

1970년대 후반은 홍콩 주식시장의 열기가 뜨겁게 달아오른 시기였다. 그는 신속하게 주식 투자를 시작했고 일말의 망설임도 없었다. 그는 우선 이화재단의 구룡창을 목표로 삼아 주식을 차츰 매입하기 시작하다가 과감하게 팔아넘겨 5,900만 홍콩달러를 벌어들인 뒤, 1978년에는 또 다른 영국계 펀드 청주영니로 목표를 전환해서 단기간 동안 25% 주식을 매입하여 회사의 주주가 되었다. 그리고 곧바로 영국계 펀드 화기황포를 집중적으로 공략하여 그 회사의 주식을 대량으로 흡수하기 시작했으며, 1년 동안의 끊임없는 노력을 기울인 끝에 1980년 11월에는 40% 이상의 주식을 소유하는 데 성공했다. 그리하여 1981년 1월 1일, 그는 마침내 영국 자본의 외국상사였던 화기황포 이사회의 이사장직을 정식으로 맡게 되었고, 이가성의 자산은 풍선처럼 팽창하여 홍콩 최고의 재벌이 될 수 있었다.

두 가지 관점 사이에 서 어찌할 바를 모르고 망설이거나 혹은 두 가지 사물 가운데 어느 것을 선택해야 할지 모르는 우유부단한 사람은 자신의 운명을 효과적으로 이끌어나갈 수 없다. 이러한 사람은 태어난 순간부터 타인의 영향력 아래 놓이게 되어 타인의 주위를 맴도는 작은 위성이 될 뿐이다. 과단성 있고 영민한 사람은 좋은 기회가 찾아오기를 결코 앉아서 기다리지 않는다. 그들은 자신이 가진 조건을 최대한으로 활용하여 신속하고 정확한 행동을 취한다. 역사적으로 영향력 있는 인물들은 한결같이 중대한 정책을 과감하게 결정할 수 있는 사람들이었다.

웨스트포인트 사관학교를 졸업한 조지 패튼 장군은 의지가 굳고 과단성 있는 사람이었다. 그의 이러한 성격은 현대 전쟁사에서 가장 걸출한 전술가 가운데 한 명이라는 명예로운 이름을 얻게 해 주었다.

1944년 6월, 연합군과 독일군의 마지막 대결전은 노르망디 상륙을 선두로 시작되었다. 연이은 일련의 중대 전투 지역에서 패튼은 대전차 군단의 신속함과 기동력, 막강한 화력 등의 장점을 발휘하여 장거리 기습과 신속한 이동 전술을 펼쳤다. 그의 군단은 정규 속도를 초월한 놀라운 속력으로 유럽 대륙을 향하여 거침없이 전진하였다. 그 어떤 위험도 꺼리지 않고 맹렬하게 공격하며 파죽지세로 쳐들어가 프랑스와 독일을 통과하고 마지막에는 체코슬로바키아까지 도달했다. 미친 듯이 나아가는 돌진 속에서 패튼은 유리한 전투 기회를 포착하는 데 주의를 기울이며 신속하고 과감하게 적군을 포위하여 섬멸했다.

281일 동안의 전투 기간 중 패튼의 전차군단은 직선거리 100마일 넓이의 작전 범위를 유지하며 1,000여 마일을 전진한 끝에 130개의 도시와 마을을 해방시키고 140여만 명의 적군을 섬멸하였다. 그리고 프랑스, 체코슬로바키아 등 여러 국가의 자유를 위해 독일 나치를 최종적으로 격파하는 큰 공을 세웠다.

패튼 장군은 전투 중에 "신속하게, 무자비하게, 용맹스럽게, 쉴 새 없이 진격하라!"라는 말을 입버릇처럼 외쳤다. 부하들에게는 "우리는 기진맥진해질 때까지 진격하고 또 진격해야 한다. 그런 뒤에는 다시 일어서서 계속해서 진격해야 한다."라고 명령했으며, 때로는 "탱크가 움직이지 못할 때까지 싸워야 하고, 그 다음엔 탱크에서 기어나와 다시 걸어 나가야 한다."라고 말했다. 이렇듯 용감무쌍한 공격정신은 패튼의 전차 부대가 가는 곳마다 승리를 거둘 수 있도록 만들었다. 패튼은 용맹성과 과단성으로 '흉악한 늙은이(Old Blood and Guts)'라는 별명을 얻었으며, 제2차 세계대전에서 혁혁한 전공을 세움으로써 4성 장군으로 임명되었다.

대부분의 사람들은 지체하거나 시기를 놓치는 탓에 경쟁에서 참패한다. 반면에 성공한 사람들은 가장 중요한 순간에 위험을 무릅쓰고 신속한 결정을 내림으로써 부를 창조해 낸다. 신속한 결정력과 대담성은 성공한 사람들이 위기와 난관을 극복할 수 있도록 하지만, 가장 중요한 순간의 우유부단함은 재난에 버금가는 결과를 초래한다.

승객을 가득 채운 증기선 스티븐휘트니호가 한밤중에 아일랜드 인근에서 절벽에 부딪히고 말았다. 배가 절벽 근처에 멈추어 섰을 때 일부 승객들은 재빨리 암반 위로 뛰어내려 목숨을 구할 수 있었다. 그러나 나머지 승객들은 망설이며 주저하다 몰아치는 파도에 휩쓸려 영원히 바닷속으로 잠기고 말았다.

결단을 내리지 못하고 망설이는 사람들은 항상 일의 좋고 나쁨을 걱정한다. 이로 인해 그들은 수많은 기회를 놓치고 수많은 아이디어를 폐기처분하게 된다. 좋은 기회는 조금만 머뭇거려도 금세 사라져 버리기 때문에 우유부단한 사람은 기회를 붙잡기가 매우 어렵다. 비록 신속하게 행동하다 실수를 저지르더라도 아무것도 하지 않는 것보다는 훨씬 낫다.

어느 현자가 말했다.
"과단성은 자아가 성장하는 과정에서 지극히 중요한 부분이며 필수적인 것이다. 때로 우리의 결단이 잘못된 것일 수도 있지만 그래도 결정을 하지 않는 것보다는 낫다."

인생은 무수한
선택의 연속이다

사람은 일생 동안 선택에서 벗어날 수 없으며, 언제 어디서든 선택에 직면하게 된다. 인생은 선택이며, 일상생활 역시 선택이다. 선택의 옳고 그름이나 적합성과 부적합성, 우수성과 열등성은 인생에 직접적인 영향을 미치고, 사람의 운명을 결정짓는다. 어떤 선택을 해야 하는가에 대해서는 사람들마다 다른 태도를 보인다. 장래성이 없는 사람은 갈림길 앞에서 엉엉 울다 되돌아오고, 발전성이 없는 사람은 미덕과 향락 가운데 향락을 선택하며, 이성적인 사람은 유혹 앞에서 굳건함을 선택하고, 용감한 사람은 불의의 세력 앞에 투쟁을 선택하며, 고매한 인격을 지닌 사람은 민족의 대의 앞에서 진리를 선택한다. 삶이란 복잡하고 세상 물정은 변화무쌍하다. 인생에서 정확한 선택을 하기 위해서는 순결하고 순박하며 선량한 마음을 지니고 있어야 할 뿐만 아니라 풍부한 지혜와 지식, 정확한 사고방식을 지니고 있어야 한다.

세 사람이 3년 동안 감옥 생활을 하게 되었다. 간수는 한 사람마다 한 가지씩 요구 사항을 들어주겠노라고 했다. 세 사람 가운데 미국인은 시가를 즐겨 피운다며 시가 세 상자를 요구했고, 낭만적인 프랑스인은 함께 있어 줄 아름다운 여인을 요구했으며, 유태인은 외부와 연락할 수 있는 전화 한 대를 요구했다.

3년이 지난 후 제일 먼저 출소한 사람은 미국인이었다. 그는 입과 코와 귀에 시가를 가득 쑤셔 넣은 채 "불! 불!" 하고 고함을 외치며 뛰어나왔다. 알고 보니 그는 담배를 지필 성냥불을 요구하는 일을 까먹었던 것이다. 그 다음에는 프랑스인이 출소했다. 그는 아이 한 명을 안고 있었고, 아름다운 여인 역시 또 한 명의 아이 손을 이끌고 나왔는데, 그녀는 뱃속에 세 번째 아기를 임신하고 있었다. 제일 마지막에 출소한 사람은 유태인이었는데, 그는 간수의 손을 꼭 쥐면서 말했다.

"지난 3년 동안 매일 외부와 연락을 취할 수 있었던 덕분에 저는 지속적으로 사업을 경영할 수 있었고, 200% 이상 성장시킬 수 있었습니다. 감사의 뜻으로 롤스로이스 한 대를 선물로 드리겠습니다."

이 이야기는 우리에게 어떤 선택을 하느냐에 따라 삶이 결정된다는 사실을 알려 주고 있다. 오늘의 삶은 3년 전 자신의 선택에 따라 결정된 것이며, 오늘 자신이 결정한 선택에 따라 앞으로 3년 후의 삶이 결정되는 것이다. 선택을 하기 위해서는 사고력이 필요하다. 정확한 선택은 심사숙고를 통해서 이루어지지만, 종종 선택은 우리에게 생각할 수 있는 충분한 시간을 주지 않는다.

어떤 사람이 자동차 운전면허 시험을 치르러 갔다. 감독관이 그에게 물었다.

"운전하다가 개 한 마리와 사람 한 명이 당신 차 앞으로 동시에 뛰어든다면, 개를 치겠소, 아니면 사람을 치겠소?"

응시자가 "당연히 개를 치지요."라고 대답하자 감독관이 다음에 다시 오라고 말했다. 응시자가 "아니, 개를 치지 않으면 나더러 사람을 치란 말이요?"라며 따져 묻자 감독관은 화가 난 듯 말했다.

"나 원 참! 바보 같으니라고! 당연히 브레이크를 밟아야 할 것 아니오!"

비록 우스갯소리지만 상황에 따라서는 단순한 생각이 정확한 선택을 이끌어 주는 좋은 방법이 될 수 있다는 점을 설명해 주고 있다.

두 명의 탐험가가 무인도에 도착했다. 둘 다 잔뜩 굶주려 있을 때

신이 나타나 낚싯대 하나와 물고기 한 바구니를 주었다. 만약 당신이 그 가운데 한 사람이라면 어느 것을 선택하겠는가? 여기에는 여러 가지 시나리오가 있을 수 있다. 물고기를 선택한 사람은 즉시 배를 채웠지만 모두 먹어치운 뒤에는 더 이상 먹을 것이 없어 굶어 죽고 말았다. 낚싯대를 선택한 사람은 비록 당장 배를 채울 수는 없었지만 곧 물고기를 낚아 배불리 먹을 수 있었으며, 낚싯대를 생존의 도구로 삼아 지속적으로 먹을거리를 장만해 목숨을 연명할 수 있었다. 또 다른 시나리오도 있다. 물고기를 선택한 사람은 마찬가지로 굶어죽고 말았지만, 낚싯대를 선택한 사람도 결국에는 바다까지 가는 거리가 너무 멀어 배고픔에 기력을 잃고 중간에 죽고 말았다.

그렇다면 두 명의 탐험가의 선택은 어땠을까? 두 사람은 각각 한 가지씩 선택하지 않고 공동으로 소유하기로 결정하고서 함께 바다를 찾아 나섰다. 바다까지 가는 동안 온갖 고초를 다 겪었지만, 이들에게는 물고기가 있었기 때문에 배부르게 먹을 수는 없어도 굶주림은 면할 수 있었다. 그리고 마침내 바닷가에 도착한 뒤에는 물고기를 잡아 연명하며 무인도에서 무사히 살아남을 수 있었다. 이와 같이 각기 다른 결말은 분리와 단결, 단기적 안목과 장기적 안목에 따른 다른 선택의 결과라고 할 수 있다.

많은 사람들의 실패는 그들이 선택을 제대로 할 줄 모르기 때문이며, 선택의 기술을 잘 알지 못하기 때문이다. 우리는 늘 선택의 기로에 놓여 있다. 아침에 일어나 뿌옇게 먼동이 트는 하늘을 바라보며 웃음을 지을 것인가, 근심스러운 얼굴을 지을 것인가 역시 당신의 선택에 달려 있다. 이때 잊지 말아야 할 점은 조금이라도 긴장을 풀면 소극적인 태도는 기회를 비집고 들어와 당신을 휘감고 놓아 주지 않을 것이란 점이다. 한번 휘감기게 되면 그 뒤부터는 끊임없이 소극적인 결과로 인해 활기와 창조력을 잃게 되고 의욕마저 상실하게 된다.

결혼에도 선택이 필요하다. 결혼을 하지 않는 사람도 있고 결혼을 한 사람도 있지만, 어느 쪽이든 여전히 행복하지 못하다. 그 이유는 그들이 사랑 이외의 요소를 더욱 중시하기 때문이다. 결혼은 조건상의 비교 대상이 아니라 우리 생명이 새로운 경지를 펼쳐나가는 최대의 창조물이다.

일에도 선택이 필요하다. 자신의 일이 더 순조롭게 진행되고 더 즐거워지기를 바라면서도 항상 자신이 싫어하는 일을 하는 사람이 있다. 이것은 그가 직장을 바꿀 수 있음에도 스스로 선택을 포기했기 때문이다.

우리의 육체도 선택이 필요하다. 몸이 더욱 건강하고 강해지기를 원하지만 항상 시간이 없어서 운동을 못한다고 말하다 건강을 해치는 사람이 있다. 이것은 그가 없는 시간을 쪼개어 운동할 수 있음에도 게으름을 선택했기 때문이다.

우리의 생활에도 선택이 필요하다. 돈을 더 많이 벌기를 바라면서 항상 수입이 적다고 불평하는 사람이 있다. 이것은 그가 더욱더 노력해서 돈을 벌어들일 수 있음에도 노력을 하지 않는, 무능을 선택했기 때문이다.

요컨대 인생에서는 어떻게 행동해야 한다는 것이 그다지 중요하지 않을 때가 있다. 가장 중요한 것은 어떻게 선택을 해야 하는가이다. 그리고 올바른 선택을 하기 위해서는 지혜와 경험, 지식, 방법이 필요하지만 이보다 중요한 것은 정확한 사고와 뛰어난 인품, 덕성, 그리고 독특한 세계관과 인생관, 가치관이다.

삶에서 행복, 번영, 성공을 이룰 수 있느냐는
정확한 선택을 할 수 있느냐, 없느냐에 달려 있다.
인생에는 자신에게 유익한 요소가 있고 해로운 요소가 있다.
행복은 이를 따져 보고 정확한 선택을 하는 사람의 것이다.

| 적정선 |

지나친 것은
미치지 못함과 같다

사람이 이 세상에 태어나는 것은 희망과 동경을 가득 실은 배가 닻을 올리고 머나먼 항해 길에 나서는 것과 같다. 우리는 항해의 여정에 막 발을 내딛는 순간부터 항해가 순조롭게 진행되고 그 어떤 방해물도 앞길을 가로막지 않기를 바란다. 그러나 실상은 항해 중에 종종 태풍이 불고 파도가 거세게 몰아치기도 하며, 사방에 암초가 빽빽하게 들어차 있기도 한다. 이때는 항해 방향을 바꾸고 배가 가벼이 더 멀리 갈 수 있도록 무거운 희망과 동경을 버려야 할 필요가 있다. 그렇다면 인생이라는 여정에서 어떻게 하면 시기와 형세를 잘 판단하여 여유 있게 일을 처리할 수 있을까? 그러기 위해서는 인생의 중량을 잘 가늠할 수 있어야 한다.

준치는 바닷속에 사각형의 그물을 매달아 놓아 기른다. 준치는 그물 속을 빙빙 헤엄쳐 다니며 양식업자가 주는 먹이를 먹으며 자란다. 하루는 준치를 양식하는 노인이 그물 속 구석진 모퉁이에 숨어서 게으름을 피우며 헤엄치지 않는 준치를 발견했다. 노인은 준치가 헤엄을 치지 않으면 잘 자라지 못할 거라 생각하고 한 가지 방법을 강구해 냈다. 그물을 원형으로 만든 것이다. 그 방법은 아주 효과적이었다. 준치들은 적당히 쉴 수 있는 후미진 모퉁이를 찾지 못해 원형의 그물 속에서 쉬지 않고 헤엄쳐 다녔던 것이다. 그러나 몇 개월 후, 준치들은 모두 죽어 버렸고, 노인은 뒤늦게야 준치들이 모두 지쳐서 죽었다는 사실을 알았다. 노인은 예전처럼 그물을 다시 사각형으로 만든 후 준치들을 자세히 관찰했다. 그 결과, 준치들이 서로 번갈아가며 적당한 휴식을 취한 다음 다시 헤엄친다는 것을 발견할 수 있었다.

우리는 많은 일을 단번에 해치우려고 하는 경향이 있다. 그 편이 효율적이라고 생각하는 듯하다. 그러나 바로 그로 인해 업무 시간이 연장되기도 하고 효율성이 더 떨어지는 사례가 빈번하게 일어난다.

프랑스 문학의 거장 발자크가 말했다.

"인생의 대 풍랑 속에 직면했을 때 우리는 세차게 몰아치는 폭풍우 속에서 육중한 화물을 바닷속으로 내던져 배의 중량을 줄이는 선장의 행동을 본받아야 한다."

여기서 그가 말한 '화물'은 과도한 욕망에서 나오는 정신적 부담을 가리킨다. 모든 성장에는 그에 상응하는 준칙이 있어 그 규율을 어겼을 경우에는 역효과가 나타난다. 이 세상의 모든 동식물은 자연의 생존법칙을 지켜야만 순조로이 성장할 수 있다. 사람이 살아가면서 삶의 문제를 해결하는 것도 이와 마찬가지이다. '정도'를 잘 지켜야만 각자가 처한 환경 속에서 정확한 위치를 찾을 수 있다.

한(漢)나라 장군 이광(李廣)은 일생 동안 무수히 많은 적을 무찌르며 수차례에 걸쳐 크나큰 공훈을 세웠다. 한무제가 대대적으로 흉노족을 토벌하려 할 때 이광은 자신도 출전하게 해 달라고 요구했지만, 황제는 그가 연로한 것을 우려하여 동의하지 않았다. 그러나 그의 간청에 마지못해 동의했고, 결과적으로 이광은 전쟁 중에 길을 잃어버려 전승의 기회를 놓치는 우를 범하고 말았다. 이광은 일생 동안 탁월한 전공을 세웠지만, 자신이 늙었음을 인정하지 않고 자신만만해하다 그의 명예를 훼손시키고 말았다. 입신공명에 대한 과욕으로 용기 있게 물러날 줄 몰라 결국에는 일을 그르치고 말았던 것이다. 하물며 영웅도 이럴진대 보통 사람들은 더 말할 나위 없을 것이다.

《중용》에서는 모든 사물의 운행에는 가장 알맞은 위치와 한도, 시간이 있다고 말한다. 이 이론은 사람의 처세 방법 가운데 '정도'에 대한 해석과 다름없으며, 옛 선현들의 "물이 차면 넘치고 달이 차면 기운다."라는 말과도 같은 이치이다. '정도'를 잘 지켜야 한다는 말은 무조건 규율을 따르며 자아를 상실한 채 가장 좋은 처세 관념만을 뒤쫓으라는 의미가 아니다. 옳고 그름과 선악을 정확히 구별할 수 있는 인생관을 확립하여 망설임 없이 용감하게 앞을 향해 나아가라는 뜻이다.

사회가 복잡하고 위험하니 사람은 자기 스스로 보호할 줄 알아야한다. '정도'를 잘 지켜야 하는 이유가 거기에 있다. 따라서 처세 방법을 정확히 운용하고 자신의 무지함을 잊지 않고 소양을 가꾸기 위해 노력하며, 문제를 객관적으로 가늠하여 판단하면서 규범적인 행동을 실천할 수 있다면, 길고 긴 인생길에서 두고두고 후회할 일은 남기지 않을 것이다.

자공子貢이 공자에게 다른 제자인
자장子張과 자하子夏에 대해 물었다. "자장과 자하 중 누가 어집니까?"
공자가 답하기를 "자장은 지나치고 자하는 미치지 못한다."
다시 자공이 물었다. "그럼, 자장이 낫다는 말씀입니까?"
공자가 답했다. "지나친 것은 미치지 못함과 같다."

맹렬한 불길로
단단한 얼음을 녹이는 것

많은 사람들이 '인(忍)'이란 글자를 자신의 좌우명으로 내세운다. 어떤 사람은 '인'이라고 쓰인 액자를 집에 걸어 놓기도 하고, 어떤 사람은 '인'이 새겨진 열쇠고리를 지니고 다닌다. 심지어 '인'이란 글자를 마치 문신처럼 팔뚝에 새기고 다니는 사람도 있다. 이들은 각양각색의 방법을 통해 스스로에게 인내를 강요하며 참을성을 키우려고 한다. 물론 이러한 방법으로 인내심을 키우려고 하는 것이 효과가 없다고는 말할 수 없다. 그러나 현실 생활에서 진정으로 인내를 발휘하려면 반드시 일정한 대가와 희생을 치를 수 있어야 한다. '인'의 경지에 도달하기 위해서는 먼저 참을성과 용서하는 마음을 길러야 한다.

덕성이 높아 많은 사람들의 흠모와 존경을 한 몸에 받는 어느 일본인 고승이 있었다. 하루는 그가 사는 작은 마을의 한 소녀가 결혼도 하기 전에 임신을 하게 됐는데, 소녀는 아이의 아버지가 바로 고승이라고 밝혔다. 그러나 수양 높은 고승은 이렇듯 엄청난 수모 앞에서 단지 "그래?"라는 한마디만 내뱉을 뿐, 아무런 동요 없이 소녀와 그녀의 가족이 건넨 갓난아기를 정성 들여 길렀다. 그는 많은 사람들에게 냉대와 조소를 받았지만 묵묵히 참고 견뎠다.

일 년 후, 그를 모함했던 소녀는 양심의 가책을 이기지 못하여 사람들에게 사실을 알리고 고승을 찾아가 잘못을 빌고 아이를 데려갔다. 사실을 알고 난 사람들이 너도나도 분개하며 불평을 늘어놓았을 때도 고승은 여전히 "그래?"라는 한마디만 할 뿐 그 어떤 행동도 취하지 않았다.

그의 언행은 이미 모든 것을 설명해 주고 있었다. 그는 자신의 인내와 관용으로 그 세상 물정을 모르는 소녀를 감동시켰고, 그의 크나큰 사랑으로 버림당할 처지에 몰린 갓난아이의 생명을 구했던 것이다. 비록 그는 일 년 동안 자신의 명예를 훼손당했지만, 오히려 사람들에게 값을 따질 수 없는 고귀한 깨달음을 주었으며, 더욱 많은 사람들로부터 존경을 받게 되었다.

인내는 그럭저럭 참고 대충 넘어가거나 혹은 외부의 압력을 참고 견딘다는 의미가 결코 아니다. 운명의 신이 보내는 유혹과 지시에 기꺼이 굴복한다는 뜻은 더더구나 아니다. 인내는 일종의 힘을 비축하는 수단으로서 그 속에는 크나큰 지혜가 함축되어 있다. 또한 인내는 목적을 지닌 행동으로서 자신의 목표를 달성하기 위해 잠시 동안 침묵을 지키는 것이며, 사소한 이익이나 심지어 자신의 존재까지도 잠시 동안 잊고 지내는 것이다.

영화 〈스파르타쿠스〉 중에 이런 내용이 있다. 검투사로 전락한 스파르타쿠스는 세 명의 용맹스럽기 짝이 없는 적수와 맞서게 되었다. 한 사람씩이라면 문제가 없지만 만일 세 명의 적수가 함께 덤빈다면 의심할 여지없이 그의 패배였다. 이렇듯 긴박한 순간에 스파르타쿠스는 갑자기 방향을 바꿔 도망치기 시작했다. 도망가는 과정에 그를 뒤쫓던 세 명의 적수 간에 거리가 생겼고, 바로 이때 스파르타쿠스는 불현듯 몸을 돌려 첫 번째 적수를 때려눕힌 뒤에 다시 연이어 두 번째, 세 번째 적수를 차례로 해치웠다. 그러자 관람석에서 쏟아지던 멸시와 조소는 금세 환호성으로 바뀌었다.

공자가 말하기를, "작은 일을 참지 못하면 큰일을 도모할 수 없다."고 했다. 인내에는 목표가 있어야 하며, 맹목적인 인내는 단지 무감각해진 습관과 타성일 뿐이다. 큰일을 위해 치욕을 참는 것과 구차하게 살아남기 위해 치욕을 참는 것은 전혀 별개의 개념이다. 전자는 기회가 오기를 기다리며 준비하는 것이고, 후자는 남은 목숨을 겨우 부지해 나가는 것이다. 한신韓信이 사람의 가랑이 밑을 빠져나가는 치욕을 참지 않았더라면, 그리고 항우(項羽)가 강동 지방으로 돌아와 군비를 강화하지 않았더라면 역사는 어떻게 되었을까? 인내심은 끊임없는 훈련을 통해 배양된다.

미국의 과학자가 어린이를 대상으로 실험을 했다. 어린이들을 두 개 조로 나누어 각 조에게 케이크 한 조각씩을 준 뒤, 그 가운데 한 조의 어린이들에게만 만일 정해진 시간 동안 케이크를 먹지 않고 참는다면 더 큰 케이크를 먹을 수 있다는 사실을 알려 주었다. 실험 결과는 각각 달랐다. 미리 그러한 사실을 알려 주지 않은 조의 아이들은 기다리는 과정에서 먹고 싶은 유혹을 참지 못해 케이크를 먹고 말았지만, 다른 조의 아이들은 먹고 싶은 마음을 꾹 참았다가 더 큰 케이크를 보상으로 얻었다. 실험 이후 과학자들은 수십 년에 걸친 추적 조사를 진행했는데, 실험 당시 참고 견뎠던 조의 아이들은 그 뒤 성장하여 사회 활동에서 눈부신 성과를 거두었지만, 참지 못해 케이크를 먹었던 아이들은 한결같이 평범한 삶을 꾸려 가고 있다는 사실을 발견했다. 이 이야기에서 인내는 성공의 비결이며, 인내심은 지속적인 일상생활의 실천 과정에서 배양된다는 사실을 쉽게 알 수 있다.

인생에서 우리는 때때로 잘못된 선택이나 결정을 하게 되는데, 대부분 감정이 격앙되거나 억제력을 상실할 때, 그리고 인내심이 부족할 때 그런 잘못을 저지른다. 인내심은 매우 중요한 품성이다. 인내심을 기르면 자신의 감정을 안정시킬 수 있는 동시에 혈압, 심장, 팔다리 등 모든 신진대사 활동이 통제되기 때문에 희로애락의 감정을 냉철하게 다스릴 수 있다. 인내는 일종의 정신이자 의식이며, 또한 인품이다. 나아가 성공으로 향하는 계단이며 보증수표로서 구름이 걷히고 밝은 달을 볼 수 있을 때까지 기다릴 수 있는 대범함이다. 그리고 인내는 굳건한 의지로서 마음이 원하는 대로 따라하는 자기방임을 용납하지 않는다. 때문에 비록 자유나 과감성은 부족하지만 사업과 인생에서 최후의 영광을 누릴 수 있게 해 준다.

임어당林語堂은 인내의 가치에 대해 다음과 같이 말했다.

"인내는 그 자체로서 존재 이유를 지니고 있다."

인내는 의지를 단련시키고 폭발력을 응집시켜 준다.
인내는 소리 없는 분투 속에서 장애물을 돌파하고
보이지 않는 맹렬한 불길로 단단한 얼음을 녹이는 것이다.
우리는 인내 속에서 분발하여 용맹스럽게 싸워 나가야 한다.

진정으로
포기 못할 일은 없다

외적이 침략하자 사람들은 고향을 버리고 피난길에 올랐다. 강가에 도착한 그들은 단 한 척밖에 남지 않은 작은 배로 몰려들었다. 배가 막 떠나려 할 때였다. 해안 쪽에서 또 한 사람이 손을 흔들며 달려와 배에 태워 달라고 하자 뱃사공이 말했다.

"배가 곧 적재량을 초과할 것이니 당신이 지고 있는 그 큰 보따리는 버리시오. 그렇지 않으면 배가 가라앉게 되오."

그 사람은 매우 중요한 물건을 등에 지고 있던 터라 계속해서 망설이며 결단을 못 내렸다. 뱃사공이 말했다.

"누구는 자기 물건이 안 아까워서 버린 줄 아시오? 저 사람들도 중요한 물건들을 미련 없이 다 버렸단 말이오. 만일 버리지 않았더라면 배는 진작 가라앉았을 거요."

그러나 그 사람은 여전히 결단을 못 내렸다. 뱃사공은 다시 말했다.

"이보시오. 도대체 사람이 중요하오, 아니면 보따리가 중요하오? 이 배에 타고 있는 사람들이 중요하오, 아니면 당신 혼자만 중요하오? 이 배에 타고 있는 모든 사람들이 당신 보따리 하나 때문에 안절부절못하며 마음을 졸여야겠소?"

원래 모든 일은 이렇듯 간단한 법이다. 지금 당신이 차마 버리기 힘든 아주 난감한 상황에 직면해 있다 하더라도 그 보따리를 버려야 한다. 비록 보따리는 당신의 것이지만, 만일 기어코 내려놓지 않는다면 배에 타고 있는 모든 사람들이 보따리 때문에 엄청난 심적 부담을 느껴야 하며, 심지어는 그로 인한 대가를 치러야 한다. 사람은 가질 줄도 알고 내려놓을 줄도 알아야 한다는 말을 많이 하지만 내려놓는 일은 참으로 어렵다. 자녀가 학교에 들어가면 부모는 마음을 놓지 못해 안절부절 못한다. 남편이 승진하거나 혹은 큰돈을 벌게 되면 부인은 돈이 여유로워진 남편이 외도를 할까 봐 전전긍긍 마음을 놓지 못한다. 때로 좌절감이나 상실감에 부딪혔을 때, 말실수나 업무상 실수로 상사와 동료로부터 질책을 받았을 때, 혹은 자신의 호의를 상대방이 오해하여 억울한 일을 당했을 때 우리의 마음속에는 이내 단단한

응어리가 똬리를 틀게 된다. 어떤 사람들은 그로 인해 깊은 시름에 잠기며 근심 걱정이 태산같이 쌓이게 되는데, 만약 이와 같은 상태가 장기간 지속된다면 심리적 피로감이 생기고 결국엔 심리적 장애로까지 발전하게 된다.

옛 선현이 말했다.

"두 가지 해로운 일을 저울질할 때는 가벼운 것을 택하고, 두 가지 이로운 일을 저울질할 때는 무거운 것을 택해야 한다."

포기는 일상생활에서 시시때때로 마주치는 분명한 하나의 선택이다. 포기할 줄 알아야 삶이 주는 갖가지 무거운 보따리를 내려놓고 홀가분한 마음으로 혹독한 시련과 맞설 수 있다. 그래야만 그 이후에는 편안하게 삶의 전환점을 기다릴 수 있다. 진정한 포기를 이해하게 되면 좀 더 성숙해질 수 있으며, 충실하고 평온한 마음으로 홀가분하게 살 수 있다.

우리는 이 세상의 수많은 일들을 경험하고 난 뒤에야 비로소 깨닫게 된다. 감정상의 일도 마찬가지이다. 한차례 아프고 난 뒤에야 어떻게 자신을 보호해야 하는지를 깨닫고, 한차례 어리석은 짓을 저지르고 난 뒤에야 시의적절하게 견지하는 방법과 포기하는 방법을 깨닫게 된다. 이렇듯 얻고 잃어 가는 과정 속에서 우리는 점차 자신에 대한 올바른 인식을 키워 나간다. 사실 우리의 삶은 그다지 집착을 필요로 하지 않을 뿐더러 진정으로 포기 못할 일도 없다. 포기하는 방법을 배우게 되면 살아가는 일이 더 편해진다.

포기는 하나의 지혜이다. 한나라 사마상여司馬相如는 《간렵서諫獵書》에서 다음과 같이 말하고 있다.

"현명한 사람은 일이 일어나기 전에 미리 알아 이를 멀리하고, 지혜로운 자는 아직 나타나기 전에 위험을 알고 이를 피한다."

춘추시대 월越나라 군대는 오吳나라 군대에 의해 산산이 부서지고 말았다. 그러자 월나라 왕 구천勾踐은 잠시 왕위를 버리고 치욕을 참으며 오나라 왕 부차夫差의 노예가 되었다. 3년 후 석방된 구천은 나라의 치욕을 씻고 국력을 향상시키기 위해 굳은 결심을 한다. 매일 풀더미 위에서 잠을 자고, 밥을 먹을 때마다 쓸개의 쓴맛을 보며 망국의 치욕을 잊지 않으려 한 것이다. 그리하여 기원전 473년, 구천은 대군을 이끌고 오나라를 쳐부수어 춘추시대 마지막 맹주가 되었다.

우리 실생활에서도 포기하는 지혜가 필요하다. 다른 사람과 갈등이나 충돌이 빚어졌을 때 원칙의 문제가 아닌 이상은 이기려고 하는 마음을 포기할 수 있다. 더 나아가 자신의 잘못을 스스로 인정한다면 곧 싸움은 평화로 바뀌어 두 사람 모두 감정상의 상처를 입지 않을 수 있다.

포기는 일종의 깨달음이다. 진晉나라 육기陸機는《맹호행猛虎行》에서 다음과 같이 말했다.

"아무리 목이 말라도 도둑이 파 놓은 물은 마시지 않으며, 아무리 더워도 나쁜 나무 그늘에서는 쉬지 않는다."

여기서 말하고자 하는 바는 유혹 앞에서 포기는 하나의 깨달음이라는 사실이다.

호문虎門에서 아편을 소각한 일로 대내외적으로 이름을 알리게 된 청나라 장군 임칙서林則徐는 포기의 도리를 깊이 통달하고 있었다. 그는 '사욕을 버리면 더욱더 강해진다.'를 좌우명으로 삼으며 권력, 돈, 아름다운 미인 앞에서 자신의 청렴결백을 지키며 40년 동안의 관직 생활을 꾸려 나갔다. 그는 두 아들에게도 "아버지의 권력에 기대려고 하지 말라."고 가르쳤는데, 이는 곧 자신의 처세 원칙이기도 했다. 그는《자정분석가산서自定分析家産書》에 다음과 같은 말을 남겼다.

"전답과 가산을 돈으로 환산하니 은화 3백 냥이며, 더구나 지금 나눠 줄 현금이 없다."

그의 청렴이 어느 정도였는지 짐작하고도 남는 구절이다. 또한 그는 일생 동안 처첩을 두는 풍습을 따르지 않았는데, 이는 당시 고관대작의 보편적인 생활상에 비춰 보면 매우 보기 드문 일이었다.

우리의 현실 생활에서도 포기의 깨달음이 필요하다. 물욕이 넘쳐 흐르고 사치스럽고 방탕한 생활로 가득한 오늘날, 우리 앞에는 너무도 많은 유혹들이 있다. 특히 권력을 가진 사람에게 세상은 힘들이지 않고 손쉽게 얻을 수 있는 유혹 투성이라고 해도 과언이 아니다. 이러한 때 우리에게는 냉정한 사고력으로 과감히 뿌리칠 수 있는 행동이 필요하다. 자신이 갖고 싶은 것들을 붙들고 끝없는 탐욕을 부린다면 심적 부담감과 괴로움, 불안감이 뒤따르게 되며, 더 나아가서는 자신을 파멸의 구렁텅이로 빠뜨릴 수 있다.

인생은 복잡하지만 때로는 얻는 것과 버리는 것, 단지 두 가지로 판별할 수 있을 만큼 단순하기도 하다. 마땅히 얻어야 할 것에 대해서는 당당하게 나서고, 얻지 말아야 할 것에 대해서는 의연히 포기할 줄 알아야 한다. 얻는 것은 쉽고 마음도 편하지만 포기에는 큰 용기가 필요하다. 생명의 배를 잘 이끌어 가기를 원한다면 나에게는 영원한 과제 하나가 주어졌다 생각하라. 그것은 바로 포기하는 법을 배우는 것이다.

사람은 욕망을 추구하며 살아갈 수밖에 없는 존재이다.
하지만 우리는 욕망의 노예가 아닌 자기 자신의 지배자가 되어야 한다.
수많은 사람들이 너도나도 물욕을 추구할 때
그 욕망을 내던질 수 있다면 행복과 기쁨은 내 몫이 된다.

가장 중요한 일을
가장 먼저 하라

시간 관리에 대한 강의 시간이었다. 교수는 탁자 위에 물이 담긴 알루미늄 병 하나를 놓아두고, 다시 탁자 밑에서 병 입구 크기만 한 조약돌들을 꺼내 집어넣은 다음 학생들에게 말했다.

"이 병이 가득 채워져 있을까요?"

"가득 채워져 있습니다."

학생들이 이구동성으로 대답하자 교수는 "과연 그럴까요?"라고 말했다. 그리고 다시 탁자 밑에서 자갈 한 봉지를 꺼내 병 속으로 쏟아 붓더니 잠시 흔들다가 좀 더 집어넣고서는 학생들을 향해 물었다.

"이제는 이 병이 가득 채워져 있을까요?"

이번에는 학생들이 재빨리 대답을 하지 못했다. 마지막에 한 학생이 쭈뼛거리며 가는 목소리로 대답했다.

"아마 아직 채워지지 않은 것 같습니다."

"그렇군요."

교수는 말을 끝내고 나서 탁자 밑에서 모래 한 봉지를 꺼내 천천히 병 속으로 쏟아 붓고는 학생들에게 물었다.

"자, 다시 한 번 대답해 보세요. 이 병이 가득 채워져 있을까요, 아니면 아직도 다 채워지지 않았을까요?"

"아직 전부 채워지지 않았습니다."

학생들 모두 자신 있게 대답했다.

"아, 그렇군요!"

교수는 탁자 밑에서 커다란 물병을 꺼내 이미 조약돌과 자갈, 모래로 가득 채워져 있을 법한 깡통에 물을 부었다. 이 모든 일을 다 마치고 나서 교수는 학생들에게 물었다.

"방금 내가 한 일에서 어떤 점을 배울 수 있었나요?"

강의실 안에는 일순간 침묵이 맴돌았다. 잠시 후에 한 학생이 대답했다.

"우리가 하는 일이나 계획해 놓은 일정이 아무리 빠듯하더라도 좀 더 시간을 쪼개면 충분히 다른 많은 일을 할 수 있다는 사실입니다."

학생의 대답은 매우 자신만만했다.

교수는 고개를 끄덕이며 미소를 지은 채 말했다.

"아주 훌륭한 대답이에요. 하지만 내가 여러분들에게 말하고자 하는 내용은 그게 아니랍니다."

여기까지 말하고 나서, 교수는 일부러 잠깐 말을 멈춘 채 강의실 안의 모든 학생들을 훑어보고는 다시 말을 이었다.

"내가 여러분에게 알려 주고자 하는 중요한 사실은, 만일 이 병 속에 가장 먼저 조약돌을 집어넣지 않았더라면 아마도 영원히 조약돌을 집어넣지 못했을 거라는 사실입니다."

위의 이야기가 우리에게 알려 주는 이치는 어떤 일을 하든 일의 순서가 있어야 하며, 일의 경중을 판별하여 가장 중요한 일을 가장 먼저 해야 한다는 사실이다.

인생은 시험과도 같다. 사랑, 결혼, 가정, 학업, 사업, 우정 등 많은 과목을 포함하고 있으며, 누구나 이 세상을 떠날 때 성적표 한 장을 갖게 된다. 우리는 우리가 할 수 있고, 또한 반드시 해야 하는 각 과목 모두 동등한 중요성으로 대하며 최대한 높은 점수를 얻어야 한다. 어떤 사람은 한두 개 과목에서는 매우 우수한 성적을 거두면서 다른 과목은 엉망진창을 만들어 놓는다. 예를 들어 사업에서는 대단한 성공을 이루었지만 도무지 사랑이 무엇인지를 몰라 행복한 가정조차 갖지 못한 사람이 있다. 반면에 행복한 가정을 이루고 있지만 사업이 순조롭게 잘 풀리지 않는 사람도 있다. 또 친구들과는 잘 지내면서도 부인이나 남편과는 의사소통이 안 되는 사람이 있는가 하면, 오직 자신의 가족만 돌볼 줄 알며 가족 이외의 사람들에게는 전혀 무관심한 사람도 있고, 학업 성적은 매우 좋지만 인간관계는 엉망인 사람도 있다.

우리는 인생의 각 과목에서 균등한 성적을 거둘 수 있고, 한 발 더 나아가 몸과 마음의 조화를 이룰 수 있다. 여기서 관건이 되는 것은 인생에서 중요한 것과 중요하지 않은 것, 시급한 것과 시급하지 않은 것을 판별하고, 각각 다른 단계에서 짊어져야 하는 임무를 구별해야 한다는 점이다. 즉 학문을 탐구해야 하는 젊은 시절에는 학습이 매우 중요하기 때문에 노는 데 열중해서 학업을 망치지 말아야 한다. 창업을 하는 시기에는 사업이 최우선이기 때문에 연인과의 사랑에만 빠져 있어서는 안 된다. 그리고 성공을 이룩하여 기쁨을 누릴 때는 축하가 아니라 냉정한 사고력을 유지하는 것이 중요하므로 승리감에 도취되어서는 안 된다. 반면에 실패와 시련을 겪을 때는 실망과 낙담을 한쪽으로 밀어 두고 실패의 원인을 분석하여 자신이 추구하는 바를 견지하는 것이 중요하다.

이번에는 범위를 좁혀서 살펴보자. 어떤 업무든지 그것을 수행할 때는 중점을 두는 바가 있어야 한다. 임무를 맡았을 때 혼자 잘난 듯이 맡은 업무 내용을 제멋대로 변경해서는 안 된다. 자신이 해야 할 일이 무엇인지를 정확히 파악하고, 일에 있어서 중요한 것과 중요하지 않은 것, 시급한 것과 시급하지 않은 것을 구별해야 한다. 만일 모르는 것이 있으면 상사에게 자문을 구하면 된다. 자기 멋대로 임무의 요지를 변경해서는 안 된다. 만일 상사의 요구 사항에 따르지 않을 경우에는 잘난 체한 덕분에 자신이 쏟아 부은 모든 노력이 한순간에 물거품이 될 수 있고, 이로 인해 상사의 명령에 따르지 않는 개인주의자로 낙인찍히기 쉽다.

평생 동안 정도와 분별을 하나의 학문처럼 중시하며 배우려 애쓰는 사람이 있는 반면에, 평생 동안 그에 대해 생각조차 하지 않는 사람도 있다. 그리하여 어떤 사람은 이 세상을 떠날 때 훌륭한 성적표를 얻게 되고, 또 어떤 사람은 평균 미달의 성적표를 얻게 된다.

사람들은 무엇을 최우선으로 두어야 하는가를 잘 모른다.
인생에서 주된 것과 부차적인 것을 구별하지 못하고
일의 경중을 판별하지 못한다면 사업에서 성공하기란 매우 어렵다.

인생의 장애물을
산산조각 낼 수 있는 돌덩이

부유한 노인이 있었다. 두 아들이 장성하자 노인은 누구에게 유산을 물려줘야 할지 고심했지만 도무지 방법을 찾아낼 수가 없었다. 그러다 자신이 무일푼으로 재산을 모으던 젊은 시절을 돌이켜보니 두 아들을 시험해 볼 방법이 생각났다. 그는 어려운 문제 하나를 주어 잘 해결하는 아들에게 재산을 물려주기로 했다. 노인은 대문을 걸어 잠그고 두 아들을 100리 밖에 있는 도시로 데리고 갔다. 그 다음, 두 아들에게 각각 열쇠 한 꾸러미와 말 한 마리를 주고는 누가 먼저 집에 도착해서 대문을 여는지 알아보았다.

말은 날아갈 듯이 빨리 달렸으며, 두 형제는 거의 동시에 집에 도착했다. 하지만 굳게 잠긴 대문 앞에 서자 두 사람은 걱정이 앞섰다.

먼저 형이 열쇠 꾸러미를 들고 이리저리 시도해 봤지만 적합한 열쇠를 찾을 수가 없었다. 게다가 동생은 방금 전에 말을 타고 달려오는 데만 열중하다 도중에 열쇠 꾸러미를 잃어버려 그나마 열쇠조차 없었다. 초조한 마음에 두 사람의 얼굴은 진땀으로 금세 뒤덮였다. 그때 갑자기 동생이 좋은 방법이 생각난 듯 이마를 한대 툭 치더니 큰 돌덩이 하나를 가져왔다. 동생은 그것으로 자물쇠를 몇 번 내리찧어 부수고는 간단하게 문을 열고 집 안으로 들어섰다. 결국 유산은 동생의 차지가 되었다.

인생이라는 대문에서도 종종 열쇠를 찾지 못해 발을 동동 구를 때가 있다. 운명이 판가름 나는 중요한 순간에 우리에게 가장 필요한 것은 낡은 틀에 매달린 구태의연한 열쇠가 아니라 장애물을 산산조각 낼 수 있는 돌덩이이다. 그 돌덩이는 다름 아닌 융통성이다.

한 철학가는 이렇게 말했다.

"어떤 문은 밀쳐야 열 수 있지만 어떤 문은 잡아당겨야 열 수 있다. 만일 당신이 잡아당겨야 할 문을 필사적으로 밀치기만 한다면 그 문을 때려 부수지 않는 이상 영원히 통과할 수 없다."

모든 성장에 직선형이란 없다. 우리가 자주 듣는 말 가운데 '앞날은 창창한데 가야 할 길은 멀고 험하다.'라는 말이 있다. 앞날이 과연 창창하기만 한지에 관해서는 잠시 뒤로 미루더라도 가야 할 길이 멀고 험하다는 말은 어디에나 다 적용되는 보편적인 진리이다. 단언하건데, 우리가 살고 있는 지구상의 그 어디에도 진정한 의미의 직선형 탄탄대로는 없다. 하물며 각양각색의 인생길에 있어서야 말할 나위가 있겠는가?

자신의 인생길을 훌륭하게 완주하고 싶다면 성심을 다해 융통성을 배워야 한다. 융통성을 터득해야만 새 삶을 얻을 수 있기 때문이다. 사력을 다해 고군분투했지만 아무런 결과를 얻지 못했을 때 한 발 뒤로 물러선다면 또 다른 출구를 찾아낼 수 있는 것이다. 어떤 사람들은 결국에는 그 일에서 아무런 이득도 얻을 수 없다는 사실을 알면서도 자기 의견을 고집하여 끝까지 밀고 나가다 시간과 정력만 소비하고 낭패를 당할 때가 있다. 조금이라도 평탄한 인생길을 걸어가고 싶다면 어리석은 생활 방식과 처세 방식은 배제해야 한다. 당신의 인생은 고집 때문에 품격이 떨어질 수 있고, 반면에 융통성으로 새 삶과 한 단계 높은 성장을 이룰 수 있다.

자연계의 모든 사물과 법칙은 끊임없이 변화한다. 우리 역시 고정불변의 상태로 남아 있어서는 안 되며, 자신이 이용할 수 있는 모든 것을 융통성 있게 활용할 줄 알아야 한다. 자신의 미래에 대한 책임은 오직 나 혼자서 짊어져야 하며, 가족과 친구를 포함한 그 누구도 내 의무를 대신 짊어질 수 없다. 자신을 위해 얼마나 많은 책임을 질 수 있는가에 따라 얼마나 많은 성공을 이룰 수 있는지 여부가 결정된다. 자신의 성장에 한계를 긋고 환경이 정해 주는 대로 따르기만 한다면 영원토록 성공과는 인연을 맺을 수 없다. 진정한 성공을 이루기 위해서는 틀에 박힌 규칙을 깨뜨리고 융통성을 발휘하며 더 많은 성과를 거둘 수 있도록 해야 한다.

성공하고자 하는 사람은 반드시 자신의 미래를 책임질 수 있어야 한다. 그리고 자신이 하는 모든 일들은 인생의 목표를 실현하는 데 도움이 되어야 한다. 자신의 결정이나 취사선택, 행위에 대해서 책임을 다해야 하며, 개인적 상황에 대한 심사숙고가 우선적으로 선행되어야 한다는 사실을 잊어서는 안 된다.

궁하면 변하고, 변하면 통하고, 통하면 오래 간다.
예로부터 사람들은 곤란에 부딪쳤을 때는 관점을 바꿔서 문제를 생각해 보라고 했다.
이러한 융통성이야말로 멋진 성장을 가져오는 엔진이다.

진정한 안전을 원한다면
모험을 즐겨라

모험과 안전은 전혀 다른 두 가지 상태이다. 일반적으로 사람들은 안전을 일종의 자유에 대한 보장이라고 간주한다. 다시 말해 근심걱정과 위험, 공포로부터 사람들을 자유롭게 만들어 준다고 여긴다. 이런 생각 아래 사람들은 안전에 대해 다양하게 인식한다. 어떤 사람은 미래의 삶에서 앞으로 어떤 일이 발생할 것인지를 미리 아는 게 안전이라고 여긴다. 그렇게 되면 미리 준비를 할 수 있기 때문이다. 또 어떤 사람들은 충분한 경제적 수입과 집, 자동차, 안정된 직업, 충실한 반려자를 갖는 것을 안전이라고 여긴다. 그러나 이러한 안전은 외부로부터 공격이나 재난을 당하기 쉬운 것으로서 결코 진정한 의미의 안전이라고 할 수 없다. 모든 물질적인 것과 사람들과의 상호관계는 우리가 잠에서 깨어나는 것과 동시에 연기처럼 사라져 버릴 수 있기 때문이다.

   진정한 안전은 오직 자신의 마음속에서 비롯된다. 그리고 안전이 주는 시련은 자신이 무엇인가를 획득하거나 상실했을 때 한결같은 평상심을 유지할 수 있는지를 시험하는 것이다. 당신이 충분히 얻을 수 있으며, 또한 영원히 유지할 수 있는 그러한 안전만이 당신이 삶에서 맞닥뜨리는 위기를 헤쳐 나갈 수 있게 도와줄 수 있다. 우리는 삶에서 어떤 뜻밖의 사고나 재난이 발생하지 않기를 바라며 그래야만 우리가 안전감을 느낄 수 있다고 믿는다. 거주지나 직업이 오랫동안 변함없기를 바라고, 자신의 생활 방식을 본의 아니게 바꿔야 하는 불상사가 발생하지 않기를 바란다. 그러나 이러한 심리 상태의 배후에는 바로 자신에게 불안감을 주는 요소가 내재되어 있다. 우리는 겉에 드러나는 여러 가지 상징적인 안전을 과도하게 신뢰하기 때문에 곧잘 근심 걱정에 빠지는 것이다. 실직당하면 어떻게 하나, 살 집이 없으면 어떻게 하나, 심지어 결혼생활이 파탄나거나 가정이 파괴될지도 모른다는 걱정까지 하게 된다. 이러한 심리는 우리를 현 상황에 만족하게 하며 모험을 거부하게 만든다. 생활 속에서 새로운 시도나 모험을 감행할 수 없도록 방해할 뿐만 아니라 미지의 영역에 발을 디뎌 새로운 삶을 만들어 내는 것 자체를 두려워하게 만든다.

   이러한 안전은 우리에게서 삶 자체에 내재되어 있는 열정과 도전,

자극, 신기함 등을 모두 빼앗아 간다. 삶이 현재의 궤적대로 유지되는 것이 가장 안전한 보증이라고 한다면 당신은 성장을 포기하고 당연히 누려야 할 진정한 삶을 포기하는 것이다. 물론 모험에 도전하고 구태의연한 낡은 틀을 과감하게 벗어던지는 과정에서 겉보기에는 아주 심각한 뜻밖의 상황에 직면할 수 있다. 그러나 만일 시도조차 하지 않는다면 영원히 무지 상태에 머물러 있을 수밖에 없다.

한 소년의 집에 커다란 대추나무가 있었다. 해마다 대추나무에 크고 붉은 대추가 주렁주렁 열릴 때면 소년은 그 탐스럽게 익은 대추를 따먹고 싶은 마음이 간절했다. 그러나 소년의 아버지는 아들에게 주의를 주면서 이렇게 말하곤 했다.

"얘야, 저 대추는 크고 붉은 게 무척 탐스럽지만 절대로 경솔하게 따먹으려고 하지 마라. 저 나무는 너무 높아서 만일 네가 나무 위로 기어 올라갔다가는 떨어져서 다리가 부러질 게야."

소년은 아버지의 말을 잘 따랐기 때문에 매년 대추나무가 익어가는 것을 바라보며 그저 군침만 삼킬 뿐이었다.

그러던 어느 날, 소년은 대추를 따먹고 싶은 유혹을 견디지 못해 아버지가 집에 없는 시간을 틈타 대추나무 위로 기어 올라갔다. 그러고는 대추를 잔뜩 따서 재빨리 나무에서 내려와 대추를 입에 넣는 순간, 그 달콤함은 뭐라 형용할 수 없을 정도였다. 대추를 다 먹고 났을 때 소년은 문득 아버지가 당부했던 말이 떠올랐다. 그래서 자신의 다리를 쳐다보고 손으로도 만져 보았지만 두 다리는 멀쩡했다. 소년은 비로소 한 가지 이치를 깨닫게 되었다. 모험 정신이 없다면 그 어떤 일도 달성할 수 없다는 사실이었다.

우리는 자신이 규정한 안전 지역을 벗어나 진정으로 확고한 안전 감이 무엇인지 탐색할 필요가 있다. 일단 그러한 내재적인 안전을 소유하게 되면, 일상생활에서 뜻밖의 사고가 발생하여 자신의 생활 방식을 바꾸게 되더라도 그로 인해 자신의 삶이 파괴될 것이라는 걱정을 하지 않게 된다. 모험은 새로운 체험을 가져다준다. 다시 말해 이제껏 알지 못했던 미지의 영역을 체험할 수 있게 해 준다. 모험을 경험하는 것은 삶의 질적 향상과 기쁨의 근원이 된다. 그러므로 미지의 사물에 대한 두려움을 가질 필요가 없으며, 일상생활의 모든 것들을 사전에 계획하려는 불필요한 일에 신경 쓸 필요가 없다. 만일 자신의 삶이 더욱 풍요롭고 다채롭기를 원한다면 자신의 생활에 좀 더 많은 뜻밖의 일들과 생활의 유연성을 만들어야 한다. 일이든 생활이든 항상 똑같은 형식과 내용으로 반복된다면 어떻게 새로운 성과를 이룰 수 있겠는가?

삶은 미리 설계할 수 없다는 사실을 명심해야 한다. 그러므로 알 수 없는 미래에 대해 미리 걱정하고 두려워할 필요가 없다. 용감하게 남들보다 앞장설 수 있는 모험정신으로 규율과 폐쇄성을 벗어던지고 모험이 가져다주는 즐거움을 체험해야 한다. 우리는 자신의 삶에 더욱 많은 변화를 가져올 수 있다. 새로운 지방으로 거주지를 옮겨 새로운 환경에서 생활한다거나 직업을 바꿔 자신이 더욱 좋아하는 일을 할 수도 있고, 틀에 박힌 불편한 정장을 벗어던지고 식습관을 바꾸며 이전에는 경험해 보지 않았던, 아니 생각조차 할 수 없었던 일들을 할 수 있다. 그 결과, 기쁨을 얻을 수 있고 자신을 좀 더 단련시킬 수 있으며, 무엇보다도 마음속에서 비롯되는 진정한 안전감을 얻을 수 있다.

진정한 안전은 자신의 마음에서 비롯된다.
시련은 자신이 무엇인가를 획득하거나 상실했을 때
한결같은 평상심을 유지할 수 있는지를 시험하는 것이다.

보이지 않는 곳에서
나를 도와주는 비밀무기

말을 능숙하게 잘하는 사람과 이야기를 나누는 것은 일종의 즐거움이다. 감칠맛 나게 줄줄 쏟아내는 말은 마치 음악처럼 우리의 귓속으로 파고 들어와 영혼을 움직이며, 정신력을 진작시키고 위안을 준다. 어떤 장소에서라도 당신이 분명하고 간결한 용어와 소리의 높낮이가 조화롭고 리드미컬한, 감칠맛 나는 어조로 자신의 의견을 표현할 수 있다면, 당신은 순식간에 청중을 매료시킬 수 있고 타인의 마음을 움직일 수 있다. 이것은 보이지 않는 곳에서 당신의 사업이 성공할 수 있도록 도와주는 자신만의 비밀무기나 다름없다. 당신이 훌륭한 말솜씨에 예절바르고 품위 있는 행동까지 겸비하고 있다면 그 어떤 장소에서도 아무런 장애물 없이 사람들의 환영을 받을 수 있다. 사람들은 이런 이들과 교제하기를 좋아한다.

칼 슐츠는 링컨과 처음 만났을 때를 다음과 같이 회고했다.

"기차가 막 작은 시골 역을 떠났을 때 승객들 사이에서 갑자기 소동이 일어났습니다. 사람들이 기다릴 여유조차 없이 좌석에서 일어나 방금 전에 기차에 오른 키 큰 사람을 에워싸며 익숙한 말투로 그에게 인사를 했습니다. '야, 에이브러햄, 잘 있었니?' 그러자 그 사람도 열정적으로 대답했습니다. '안녕, 벤! 존! 너도 잘 지냈니? 만나서 반갑다, 딕!' 그런 뒤에 무슨 말을 했는지 한바탕 웃음이 쏟아져 나왔지만, 기차 안의 북적거리는 소리 때문에 난 그의 말을 정확히 알아들을 수 없었습니다. 그때 나의 동료가 그를 알아보고 외쳤습니다. '아니! 저 사람 링컨이잖아, 그가 맞아!' 그는 사람들 틈새를 비집고 들어가 나를 에이브러햄 링컨에게 소개시켜 줬는데, 이것이 그와의 첫 대면이었습니다. 그는 마치 우리가 오래전부터 알고 지낸 사이처럼 상냥하고 친절한 어조로 말을 걸었으며 우리는 동석했습니다. 그의 말소리는 매우 높았고 듣기 좋았습니다. 그의 모습과 소박하고 꾸밈없는 말은 조금도 어색하지 않았으며 그 어떤 우월감도 섞여 있지 않았기에, 마치 우리가 어린 시절부터 알고 지내온 오래된 친구라는 느낌을 주었습니다. 대화를 나누는 중에 그는 자주 신기한 이야기들을 끼워서 말했고, 그가 들려준 이야기들은 한결같이 그때의 화제에 들어

맞는 것들이었습니다."

링컨은 대화 상대가 엄숙한 과학자이든지, 노련하고 용의주도한 정객들이든지, 오만한 외국 원수들이든지, 겸손하게 자신을 낮추는 농민들이든지 상관없이 여러 부류의 사람들과 유쾌하게 이야기를 나눌 수 있었다. 그의 말투는 농부처럼 순박했기 때문에 높은 권좌에 앉아 거들먹거리는 거물급의 인물이 아니라 쉽게 친할 수 있는 정다움을 느낄 수 있게 해 주었다. 그는 역사 이래로 사람들과 이야기 나누기를 가장 좋아하는 미국 대통령이었다. 재임 기간 동안 백악관의 문을 활짝 열어 놓고 누구나 대통령을 접견할 수 있도록 했으며, 대화의 분위기를 주도하는 사람은 언제나 냉철함과 민첩한 사고력을 지닌 대통령이었다.

하루는 그랜트 장군에 대해 시기심을 품고 있던 사람이 링컨에게 그랜트가 대통령을 권좌에서 축출하게 만들 가능성이 있다고 헐뜯었다. 그러나 링컨은 "만일 그랜트가 대통령이 된다면 반란을 진압하는 데 훨씬 유리할 테니, 아예 그가 대통령직을 맡는 게 낫겠소."라고 대답하여 그는 그만 말문이 막히고 말았다.

또 한 번은 어느 중년 여인이 백악관에 뛰어 들어와 자신의 아들에게 장교 직위를 달라고 대통령에게 당당하게 요구했다. 이유인즉 그녀의 할아버지는 렉싱턴 전투에 참가했고, 그녀의 숙부는 브래튼스성 전투에서 유일하게 도망가지 않았으며, 그녀의 부친은 뉴올리언스 전투에 참가했다는 것이었다. 그러자 링컨이 말했다.

"부인, 당신의 가문은 삼대가 국가를 위해 봉사하며 참으로 많은 공헌을 했습니다. 진심으로 경의를 표하는 바입니다. 이제 다른 사람에게 국가를 위해 봉사할 수 있는 기회를 주시는 게 어떻겠습니까?"

링컨은 옛이야기를 이용하여 암시하거나 혹은 자신의 관점을 강조하기를 즐겼다. 그는 단순한 설교보다는 옛이야기가 훨씬 더 설득력이 있다는 사실을 알고 있었던 것이다.

그는 다음과 같이 말했다.

"여러 사람들이 제가 옛이야기를 잘한다고 칭찬하는데, 제 생각에도 확실히 그런 것 같습니다. 저는 오랜 기간의 경험을 통해 온종일 생업에 종사하느라 바쁜 일반 국민에게는 이해하기 쉬우며 익살맞고 재미있는 사례를 들어 이야기하는 편이 다른 어떤 방법보다 훨씬 효과적이라는 사실을 깨달았습니다. 제가 옛이야기하는 사람으로 유명해졌다는 것은 저도 익히 들어 알고 있습니다. 그러나 제 관심의 대상은 이야기 자체가 아니라 그 목적과 효과입니다. 옛이야기를 통해 저의 관점을 설명하면 다른 사람들의 지루하고 무미건조한 논의를 피할 수 있고, 저 또한 힘들여 설명할 필요가 없어서 좋습니다. 적절한 옛이야기 하나로 거절이나 비평이 초래하는 격렬한 흥분을 완화시킬 수 있고, 대화의 목적을 달성하는 동시에 감정을 상하지 않게 할 수 있습니다. 저는 전문적으로 이야기를 하는 이야기꾼이 아닙니다. 단지 그것을 하나의 완충제로 이용하여 불필요한 충돌과 고민을 피할 따름입니다."

일상생활에서 이따금씩 사용할 기회가 주어지는 특별한 기교나 혹은 언제 어디서나 활용해야 할 능력 가운데, 과연 언어 능력이 미치는 효과와 견줄 만한 것이 있을까? 사람들은 자신의 일생을 다 바쳐 과학과 문학 혹은 각종 전문지식을 연구하고 싶어 하면서도 언어 능력을 훈련하여 향상시키는 일을 소홀히 해서 끝까지 고지식하고 딱딱한 사람으로 남는다. 자신의 전공 분야에서는 박학다식하면서도 사교 장소에서는 보잘것없는 사람인 양 부끄러워 말을 못하고 침묵을 지키고 있다면 이보다 더 사람을 의기소침하게 만드는 일이 있을까?

자신이 지닌 재능의 십분의 일도 못 미치는 사람이 대중 앞에서 유창하게 말을 하고 있는데, 자신은 한쪽에 우두커니 앉아 그저 듣고만 있다면 마음이 편할까? 이 두 사람의 차이점은 한 사람은 평상시에 자신의 언어 표현 능력에 주의를 기울이며 훈련했지만, 다른 한 사람은 전혀 신경조차 쓰지 않았다는 데 있다. 얼마나 웅대한 이상과 포부를 지니고 있는지의 여부에 상관없이 우선 언어 구사 능력을 키워 사람들이 부러워할 만한 말재간을 지녀야 한다.

당신은 변호사, 의사 혹은 사업계의 뛰어난 인재가 못 될 수도 있다. 그러나 우리는 매일 말을 하며 살아야 하기 때문에 기교 있는 언어 구사는 누구에게나 필수적인 능력이다. 언어 구사 능력을 키우는 중요한 방법 가운데 하나는 일정한 시간과 노력을 기울여 수사력에 대해 공부하는 방법이다. 같은 의미를 각각 달리 표현하는 것에 주의해서 자신이 사용하는 용어를 훨씬 풍부하게 만들고 말투는 더욱 고상하게 다듬어야 한다. 또한 단어의 양을 최대한 늘리고 수시로 사전을 들춰 보며 꾸준히 실력을 쌓아가는 데 중점을 두어야 한다. 이러한 훈련은 자아교육 과정의 일환으로서 자신의 성장에 큰 도움을 줄 수 있다.

말재간이 좋은 사람은 첫 만남에서 상대방에게 강렬한 인상을 남긴다.
성공한 사람들은 대개 능숙한 말솜씨로 좌중을 휘어잡으며
깊은 인상을 심어 준다.

성공에 이르는
마지막 시련이자 시금석

번스는 확고한 신념을 지니고 있는 사람이지만 이렇다 할 자본이 없었다. 그가 위대한 발명가인 에디슨과 동업하기로 마음먹고 에디슨의 사무실을 찾아갔을 때 볼품없는 그의 용모는 직원들의 비웃음을 샀다. 특히 그가 에디슨의 동업자가 되기를 원한다는 결의를 내비쳤을 때는 모두들 웃음을 터트리고 말았다. 에디슨은 이제까지 특별히 동업자라고 할 만한 사람을 두지 않았으며, 번스의 의연한 성품에 깊은 인상을 받았지만 그를 자신의 동업자로 받아들이기에는 부족하다고 여겼다. 하지만 번스는 에디슨의 사무실에서 잡역부로 일할 수 있는 기회를 얻었다.

번스가 에디슨의 사무실에서 여러 해 동안 설비 청소와 수리공 일을 도맡아 하던 어느 날이었다. 그는 에디슨의 판매원이 최신 발명제품인 축음기를 두고 비웃는 소리를 들었다. 판매원은 사람들이 왜 비서를 놔두고 기계를 사용하겠는가 하며 이 물건이 팔리지 않을 것이라고 단정하고 있었다. 이때 번스가 일어나서 말했다.

"제가 그 물건을 팔 수 있습니다!"

이로 인해 그는 축음기 판매 업무를 맡게 되었다. 번스는 잡역부 일을 하며 받았던 봉급으로 한 달 동안 뉴욕 전체를 돌아다녔고, 그 결과 일곱 대의 축음기를 팔 수 있었다. 그리고 그가 전국 판매를 목표로 한 판매기획안을 세워 에디슨의 사무실로 돌아왔을 때 에디슨은 그에게 축음기 생산 영업의 동업자가 되어 달라고 부탁했다. 이로써 그는 에디슨의 동업자가 될 수 있었다. 한때 비웃음을 받았던 번스는 굳은 의지 하나로 마침내 자신의 꿈을 실현할 수 있었던 것이다.

굳은 의지는 성공의 가장자리에 있는 마지막 시련이며 시금석이다. 만일 우리가 신념을 필요로 할 때에 변함없이 굳은 의지를 고수한다면 성공의 서광은 더욱 가까운 곳에서 우리를 비출 것이다.

한 기자가 성공한 기업가를 방문했다.

"당신은 사업하면서 그토록 많은 어려움과 장애를 겪었으면서 왜 포기하지 않았습니까?"

기업가가 대답했다.

"당신은 석공이 돌을 두드리는 모습을 관찰한 적이 있습니까? 돌 덩이를, 그것도 똑같은 위치를 100여 차례 두들겼을 테지만 돌덩이 는 꿈쩍도 하지 않습니다. 그러나 101번째가 되었을 때 돌덩이는 갑자기 두 조각으로 쪼개집니다. 그렇다면 101번째의 망치질이 돌덩이 를 쪼갠 것일까요? 아닙니다. 앞서 한 100여 차례의 망치질이 돌덩이 를 쪼갠 것입니다."

그렇다. 굳은 의지란 일종의 인내력이자 완강한 정신으로서 자신 이 하고 싶어 하는 일을 하는 것이다. 그러나 어떤 사람들은 이러한 정신이 부족해서 성공을 바로 눈앞에 두고 놓치고 만다.

굳은 의지는 생존 능력이며 인내심이고 기다림이다. 굳은 의지를 지켜 나가는 과정은 단련의 과정이다. 이 과정에서 꽁무니를 빼고 도 망가는 사람은 실패를 대가로 얻고, 난관에 굴하지 않고 나아가는 사 람은 성공을 대가로 얻는다. 이른바 '끝까지 최선을 다하는 사람이 승 리자다.'라는 말 그대로이다.

리차드 바크가 쓴 《갈매기의 꿈》은 열여덟 군데의 출판사로부터 거절을 당했다가 마지막에 맥밀란출판사를 통해 초판이 발행되었 다. 그리고 5년 동안 미국에서만 700만 권이 팔려 나갔다. 《바람과 함 께 사라지다》의 작가 미첼은 자신의 작품을 갖고 출판업자를 찾아가 상담하는 과정에서 80차례 거절을 당했다가 81차례에 이르러서야 출판업자의 발행 동의를 받아 냈다. 그 어떤 일도 이루지 못하는 사람들은 추구하는 목표가 없어서가 아니라 난관에 부딪힐 때마다 자신의 목표를 포기하기 때문이다.

인생 최대의 실패는 바로 당신이 포기를 선택한 것이다. 모든 일들이 뜻대로 이루어지지 않더라도 굳은 의지를 지니며 꿋꿋하게 헤쳐 나간다면 성공은 반드시 당신을 찾아온다.

성공에 있어서 굳은 의지를 고수하는 것보다
더 큰 의미를 지니는 것은 이 세상에 존재하지 않는다.

먼 길을 걸어가기 위해서는 신발 속의 작은 모래 알갱이들을 제때에 털어 줘야 한다.

성공을 얻기 위해서는 생활의 세세한 부분까지도 관심을 가져야 한다.

사소하게 보이는 많은 일들이 실은 인생의 여러 가지 단면을 표현해 주며,

미래의 흥망성쇠를 예시해 준다.

일상의 순간순간들을 잘 처리해 나간다면 삶은 더욱 안정되고 많은 성과 또한 뒤따라온다.

Chapter

4

결코 소소하지 않는
생활의 편린

자신의 의지를 시험하고
이에 도전하는 것

어떤 운전기사는 이렇게 말한다.

"사장님이 매일 차에 올라 제일 먼저 하는 일은 비서에게 오늘 하루의 계획을 보고받는 거고, 내가 매일 차에 올라 하는 일은 사장님한테 일정을 보고받는 거야. 그러니까 나는 그저 사장님이 시키는 대로만 하면 된다는 거지!"

대다수의 사람들은 어떠한 업무에 대해 계획을 세우는 일은 관리자들의 몫이며, 자신의 사소하고 잡다한 일은 계획을 세울 만한 가치조차 없다고 생각하는 오류를 범한다. 계획은 우리가 하는 일들이 매일매일 향상되고 있음을 느낄 수 있게 해 준다. 때문에 자신의 업무가 그다지 중요하지 않더라도 반드시 계획을 세워야 한다. 물론 때로는 그 발전 정도가 매우 미미하기도 하고, 때로는 몇날 며칠 동안의 계획이 똑같을 수도 있다. 그러나 수많은 우수 직원들의 성공 사례는 성실하게 계획을 세우면 그 계획에 구속당하지 않을 뿐만 아니라 자신의 일을 더욱 훌륭하게 완수할 수 있다는 사실을 알려 준다.

계획을 실천하는 것은 결코 쉽고 간단하지 않다. 하지만 계획을 훌륭하게 실천한다면 자신의 업무 영역에서 특출한 사람이 될 수 있다. 계획을 실천하는 일은 의지와 끈기에 대한 시련이며 도전이다. 수많은 사람들이 자신의 계획을 단호하게 접거나 실천하지 않는 이유는 대부분 용기나 끈기가 부족하거나 자기 자신을 제멋대로 내버려두기 때문이다. 표면상으로는 이것이 가져오는 개인적 손실이 대수롭지 않을 것 같지만 지속적인 업무 수행 과정에서는 확연한 차이점을 드러낸다. 계획에 충실하고 끊임없이 자신을 개선시키는 사람은 더욱 뚜렷한 발전을 보임으로써 행동 역시 타인의 관심을 끌게 되고, 더 나아가서는 한 집단의 귀감이 되기도 한다. 그러나 계획이 없는 사람들은 하루 온종일 무질서한 업무 상태에 놓여 있기 때문에 효율성은 뒤떨어지고 업무 성과 역시 변변치 않을 수밖에 없다.

당신이 계획을 세울 당시에는 그다지 타인의 관심을 끌지 못할 수도 있고, 일부 사람들에게 매우 유치한 방법이라고 비웃음을 당할 수도 있다. 다시 말해 당신을 격려하고 도와주는 사람은 많지 않다는 것이다. 그러나 중도에 포기하지 않고 꿋꿋하게 계획을 실천할 수 있는 근성을 길러야 한다. 자신이 세워 놓은 계획에 대한 확고한 믿음과 용기가 있다면 어떠한 시련에 부딪히더라도 절대로 포기하지 말고 끝까지 밀고 나가야 한다. 일상의 사소하고 잡다한 일은 사전 계획이 미흡하더라도 비교적 쉽게 보완할 수 있지만, 인생의 여정에서는 계획을 세우지 않으면 심각한 문제가 초래될 수 있다. 인생에 계획이 필요한 이유는 아주 간단하다. 그것은 건축물 시공에 앞서 설계도를 먼저 작성하는 것과 같다. 만일 누군가가 설계도가 완성되기도 전에 착공부터 한다면 그는 분명 그 어리석음에 대한 대가를 치러야 할 것이다.

자주 여행을 다니는 사람은 차를 운전하기 전에 우선 몇 분 동안 여정을 계획하고, 이용할 도로 노선을 확인해야 한다는 점을 잘 알고 있다. 비록 짧은 몇 분 동안의 계획이지만, 여행 도중 급작스레 길을 찾다 당할 수 있는 교통사고의 위험을 미연에 방지해 주는 역할을 한다. 마찬가지로 인생에 대한 계획을 미리 세워 놓으면 기회가 왔을 때 어찌할 바를 몰라 당황하는 일이 없으며, 곤경에 처하게 되더라도 이미 사전 준비를 갖춰 놓을 수 있기 때문에 우리 모두가 갈망하는 침착하고 여유 있는 삶을 살 수 있다.

어느 날, 소크라테스는 그의 학생들에게 과수원에 가서 자신이 생각하기에 가장 좋은 열매를 하나씩 따오라고 했다. 학생들은 자신이 따야 할 가장 좋은 열매를 남이 먼저 따갈까 봐 서둘러 행동에 옮겼고, 어느 정도 시간이 지난 후 저마다 자신이 따온 과일을 소크라테스에게 보여 주었다. 그러나 어느 누구도 자신의 선택에 만족한 사람이 없었다. 너무 늦게 과일을 따는 탓에 가장 좋은 열매를 차지할 수 없었다고 여기는 학생도 있었고, 너무 서두른 탓에 어떤 과일을 따야할지 생각할 틈조차 없었다고 푸념하는 학생도 있었다. 이들은 모두 두 번째 기회가 다시 주어지기를 원했다. 그러나 인생 자체가 단 한 번밖에 주어지지 않듯이 두 번째 기회란 없는 것이다. 사람은 누구나 자기 자신에 대한 책임을 져야 하며, 책임을 지는 정도는 성숙함을 나타내는 지표가 된다. 일주일 단위로 약간의 시간을 쪼개 자신의 미래를 생각하고 자신의 인생을 계획한다면 당신의 삶은 180도 달라질 것이다.

계획은 속박과 통제가 아니다.
계획을 세우는 과정은 완벽한 자아를 이루어 나가는 과정이다.
자신이 세운 계획을 반드시 실현할 수 있다는
굳은 믿음을 꿋꿋하게 지켜 나가야 한다.

한 마리 물고기처럼
자유로워지리라

만족이라는 단어는 사람들에게 저마다 다른 의미로 작용한다. 어떤 사람은 영원토록 만족할 줄 몰라 끝없이 탐욕스러워지는 반면에 어떤 사람은 현재 상태에 만족하며 항상 즐겁게 지낸다. 만족이란 무엇일까? 각자 다른 삶을 살아가는 사람들마다 만족에 대한 해석은 다양하다. 길거리를 헤매는 거지에게 '죽 한 그릇'은 하늘이 그에게 내리는 최대의 은혜라고 할 수 있다. 잔뜩 굶주려 있을 때는 설혹 그 죽 속에 독이 들어 있다 하더라도 별반 문제가 되지 않는다. 배부르게 먹는 일이 그들에게는 최대의 만족이기 때문이다. 반면에 부유한 사람들은 죽이나 밥을 먹는 것으로는 만족할 수 없다. 전화 한 통화나 간단한 사인, 혹은 카드 결제만으로도 온갖 산해진미가 집까지 배달

되기 때문이다.

　사람의 욕망은 끝이 없다. 그래서 옛 선현들은 "천하가 태평하면 모든 사람들이 이익을 위해 몰려들고, 천하가 어수선하면 모든 사람들이 이익을 위해 떠나간다."라고 말했다. 이 말이 반드시 정확하다고는 할 수 없지만, 어떤 사람들은 태어나면서부터 사리사욕의 노예가 되어 영원토록 바쁘게 돌아다니며 혹사당한다. 만일 인생이 단지 욕망을 만족시키기 위해 살아가는 거라면 영원토록 만족을 느낄 수가 없을 것이다. 하나의 욕망을 만족시켰다 하더라도 동시에 열 가지의 욕망에 사로잡히고, 또다시 백여 가지의 욕망이 잇달아 생기기 때문이다.

　한 노인이 누군가에게 버림받은 아이를 데려와 친아들처럼 키웠다. 그러나 장성한 아들은 배은망덕하게도 차츰 늙어가는 노인에게 고마워하기는커녕 거치적거린다고 귀찮아하더니, 급기야는 숲 속에 허름한 오두막을 지어 그곳에 살게 했다. 숲에서 그럭저럭 살아가던 노인은 어느 날, 땔감으로 쓸 나무를 패다가 우연히 샘물을 발견하게 되었다. 차고 맑은 샘물을 보자 마침 목이 말랐던 노인은 그 자리에서 물을 마셨다. 그런데 웅덩이 속에서 무언가 반짝반짝 빛을 내고 있는 것을 발견한 노인이 조심스럽게 그 물체를 꺼내 살펴보았다. 그것은 다름 아닌 사금이었다. 그날 이후로 노인은 일정한 간격을 두고 샘물에 가서 사금을 채취하였다. 그리고 사금을 팔아 집을 새로 짓고 가축도 몇 마리 사면서 그의 생활은 하루하루가 다르게 풍족해졌다.

불효막심한 아들은 노인이 풍족하게 사는 모습을 보고 자신의 집에서 함께 살자고 했지만 노인은 더 이상 아들을 믿지 않았다. 그는 아들이 자신의 돈을 탐내고 있을 뿐 진정으로 후회하는 것이 아니라는 사실을 알고 있었기 때문에 화를 내며 아들을 내쫓아 버렸다. 그러나 아들은 노인의 뒤를 살그머니 따라다니며 부자가 된 비결을 캐내려고 했다. 그리고 마침내 노인이 물웅덩이에서 사금을 채취하는 모습을 발견했다. 이튿날, 아들은 일찌감치 물웅덩이가로 나와 아직도 남아 있는 사금을 보면서 문득 생각했다. '샘물을 더 크게 파면 더 많은 사금이 나오지 않을까?' 그는 삽으로 바위틈을 넓게 파고 웅덩이를 더욱 깊게 파내려 갔다. 그리고 이곳에서 엄청나게 많은 사금이 나올 것이라 기대했지만, 그후 한 달, 일 년이 지나도록 물웅덩이에서는 두 번 다시 사금이 나오지 않았다. 더 많은 사금을 얻으려다 결국에는 눈곱만큼도 얻을 수가 없게 된 것이다. 뒤늦게 후회를 해 봤자 소용없는 일이었다.

독일의 철학자 쇼펜하우어는 그리스 신화의 세 가지 이야기를 인용하여 인간의 끝없는 욕망을 설명했다.

첫 번째 이야기의 주인공은 라피타이 왕 익시온이다. 그는 신을 사랑하며 그것에 연연해한 나머지 끊임없이 돌아가는 거대한 바퀴에 묶이고 마는데, 이는 정욕의 허황됨을 설명해 주고 있다.

두 번째 이야기의 주인공은 아르고스 왕 다나오스의 딸들이다. 그 녀들은 저승에서 쉬지 않고 밑 빠진 독에 물을 채우는 벌을 받게 되는데, 이는 욕망이란 항상 대바구니로 물을 푸는 것처럼 헛되다는 사실을 말해 준다.

세 번째 이야기의 주인공은 제우스의 아들 탄탈로스이다. 그는 저승의 연못 속에 선 채로 벌을 받는데, 그가 목이 말라 마시려고 하면 턱까지 닿았던 물이 밑으로 빨려 내려가고, 과일을 따려고 하면 나뭇가지가 위로 올라가 버린다. 이는 욕망이란 바라볼 수는 있으나 도달하기 어렵다는 사실을 설명한다.

욕망을 만족시키기 위해 악착같이 일하고, 또한 욕망을 만족시키지 못해 애태우는 사람은 참으로 어리석고 고생스러우며 피곤한 삶을 살아가게 된다. 그러나 만족을 알고 낙관적이며 적극적인 태도로 세상을 바라본다면 세상이 끝없이 아름답다는 사실을 느낄 수 있을 것이다.

자신의 단점과 타인의 장점을 비교하기보다 자신의 업무에 대한 열정, 의욕, 헌신의 정신을 비교 대상으로 삼아 보라. 업무 환경, 생활환경, 봉급, 복리대우 등을 과거와 비교하기보다는 차라리 당신 자신과 비교해 보라. 그러면 마음이 더욱더 편안해지고 훨씬 더 만족스러워짐을 느낄 수 있을 것이다. 만족하는 마음을 갖게 되면 마음속의 괴로움이 사라지고 활력으로 가득 차게 되는데, 이것은 바로 우리 생활의 원동력이 된다.

만족함을 알고 무리하게 많은 것을 구하려 하지 않는다면
불필요한 모욕이나 수치를 당하지 않아도 된다.
그러면 우리 인생은 좀 더 가뿐하고 유쾌해질 것이다.
마치 물속에서 자유로이 헤엄치는 물고기처럼.

나는 책임감도 없고
나약하며 영악한 사람이다

일상생활에서 우리는 여러 가지 변명을 자주 듣는다. 출근 시간에 늦었을 때는 '차가 밀려서', '시계가 고장 나서', '집에 일이 많아서' 등의 변명을 하고, 시험에 떨어졌을 때는 '출제 문제가 너무 편중됐다', '시험문제가 너무 많았다'는 등의 변명을 하며, 장사하다 원금을 손해 봤을 때도, 실직을 당했을 때도 이런 유의 변명을 한다. 변명거리는 어디에나 있다. 이렇듯 허울 좋은 변명을 방패막이로 삼아 어떤 일에 실패하거나 일을 망쳤을 때 타인의 이해와 용서를 구하는 것이다.

변명의 장점은 자신이 저지른 과실을 감출 수 있으며, 이로써 마땅히 자신이 짊어져야 할 책임을 회피하고 일시적인 심리적 안정을 얻는 데 있다. 그러나 변명은 일종의 거짓말이기 때문에 늘 이대로 나아간다면 백해무익할 따름이다. 변명을 거짓말이라고 단언하기에는 과장된 면이 있지만 곰곰이 생각해 보면 꽤 일리가 있다. 거짓말은 다른 사람을 속이는 것이지만 변명은 자신을 속이는 것이다. 우리는 '환경 조건이 나쁘다', '몸이 안 좋다', '시간이 없다' 등과 같은 여러 가지 말들을 자주 하는데, 한마디로 말하면 마음이 안 좋거나 기분이 나쁠 때 얼토당토 않는 다양한 말로 스스로 엄호하는 것이다. 사실 이러한 변명이 타인에게 상처를 주지는 않는다. 다만 자기 스스로 마음을 갉아먹고 자신에 대한 타인의 신뢰감마저 갉아먹는 행위임에는 틀림이 없다.

미국 웨스트포인트 사관학교에는 오래된 전통이 하나 있다. 군관에게 질문을 받았을 때 오직 네 가지 대답만 할 수 있다. "네!", "아닙니다!", "모릅니다!", "변명할 여지가 없습니다!" 이 말 이외에는 단 한마디의 말도 보탤 수가 없다. 어떤 임무를 맡았다가 여러 가지 원인으로 완수하지 못했을 경우 그 이유조차 변명할 수 없다. 그곳의 상급 군관은 일의 결과만을 중시하기 때문에 그 어떤 설명도 듣지 않는다. 얼핏 듣기에는 인지상정에 어긋나고 인간미가 부족하다고 하겠지만, 웨스트포인트 사관학교는 바로 이런 규율을 통해 모든 학생들의 잠재력을 최대한도로 자극한다. 그리하여 그들이 외부에서 오는 각종 압력에 적응하는 방법을 터득하게 하고, 실패에는 그 어떤 변명의 여지가 없다는 사실을 깨닫게 해 주는 것이다.

변명을 하는 행위는 개인의 작은 이득을 위해 시작되지만, 시간이 지나다 보면 하나의 습관으로 변한다. 그리고 점차 이득을 위해, 무엇인가를 계산하여 따지기 위해 변명을 하게 됨으로써 편협하고 이기적인 사람으로 변하게 된다. 변명은 회사와 책임자에게 손실을 가져다줄 뿐만 아니라 당신의 창조력과 책임감을 억눌러 없애 버린다.

실패자는 곧잘 변명과 핑계를 댄다. 그렇게 하면 이미 실패한 사실로부터 도망갈 수 있다고 여기지만, 그와 동시에 타인에게 하나의 정보를 전달하는 셈이 된다. 바로 '나는 책임감 없고 나약하며 영악한 사람이다.'라는 사실을 말이다. 손길 닿는 대로 마구잡이로 주워 온 변명은 사람의 진취적 성향을 무너뜨리고 허영심을 만족시키면서, 스스로 되돌아볼 수 있는 거울을 산산조각 내어 진실의 꽃망울을 땅속에 묻어 버리고 만다. 사람에게 상상력이 남아 있는 이상 무수한 변명거리는 언제든지 샘솟듯 흘러나와 우리의 시선을 가로막고 잘못된 길로 인도할 것이다.

절대로 변명을 하지 마라. 현실 생활에서 우리에게 부족한 것은 엄격히 준수하는 행동 원칙과 단호하게 관철시키겠다는 과감한 실천력이다. 사람들은 심혈을 기울여 짜낸 그럴 듯한 변명으로 자신을 책임감의 범위 밖으로 밀어낸다. 이는 더 큰 의미에서 보면 자신에게 질서를 지키거나 규칙에 따르는 능력이 없음을 검증하는 셈이 된다. 변명으로 고군분투와 노력을 대신하고 제멋대로의 규칙으로 정의와 질서를 없애 버린다면, 비록 일순간의 이익과 기쁨은 얻을 수 있을지라도 영원한 재앙의 뿌리를 심게 될 것이다.

'변명은 필요 없다.'라는 말은 언뜻 보기에는 냉혹하고 인정미가 부족해 보이지만 사람의 잠재력을 최대한도로 불러일으킬 수 있다. 인생에서 너무 많은 시간을 변명을 찾아 헤매는 데 낭비하지 말아야 한다. 실패하면 그만이고, 실수를 저지르면 그만인 것이다. 이미 벌어진 일을 다시 그럴 듯한 변명거리로 치장한다 한들 무슨 소용이 있겠는가? 차라리 다음 단계의 일을 어떻게 처리해야 할지 고민하는 게 더 낫다.

회사 업무나 혹은 일상생활에서 일이 뜻대로 되지 않더라도 변명을 하지 않을 수 있을까? 순조롭게 풀리지 않는 일상생활이나 업무를 편안한 마음으로 대할 수 있을까? 적극적인 마음가짐으로 자신이 직면하고 있는 문제점을 마주할 수 있을까? 이성적인 사고력으로 자신에게 내재되어 있는 잠재력을 발굴하고 이로써 가장 좋은 해결방법을 찾을 수 있을까? 물론 '할 수 있다!' 우리는 반드시 할 수 있다. 이 문제의 관건은 자기 스스로 노력하여 최선을 다해 실행하기를 원하는가, 원하지 않는가에 있다.

좌절에 부딪히며 곤경에 처하고, 모든 일이 뜻대로 이루어지지 않는 것이 우리가 실패했다는 사실을 의미하는 것은 아니다. 반대로 그것은 우리가 성장해 가고 있다는 뜻이다. 실패는 두려운 것이 아니다. 진정으로 두려운 것은 우리가 항상 자신의 실패에 대한 변명거리를 찾는 일이다. 실패에 대한 변명보다는 성공을 이룰 수 있는 방법을 찾아야 한다. 실패란 존재하지 않는다. 그저 잠시 성공의 길에 멈춰 섰을 뿐이다. 과거가 곧 미래를 의미하는 것은 아니다.

그 어떤 변명도 하지 않는 것은
업무의 완벽함을 추구하는 가장 강력한 행동의 보증수표이며
가장 우수한 사람이 되기 위한 필수적인 보증수표이다.

천국과 지옥은
마음먹기에 달렸다

누군가 축구황제 펠레에게 이런 질문을 했다.

"축구계에는 우수한 신예 선수들이 무수히 배출되고 있는데, 거기서 오는 스트레스가 많습니까?"

펠레는 가볍게 대답했다.

"이전에는 많은 스트레스를 받았지만, 지금은 그러한 스트레스를 다른 운동선수들에게 선물했습니다."

참으로 똑똑하기 그지없지 않은가! 정세가 복잡하고 급변하게 돌아가는 축구계에서 선수 개개인이 받는 스트레스는 실로 엄청나기만 한데, 하물며 축구왕 펠레는 오죽하겠는가? '축구왕'이라는 칭호는 영원히 펠레의 소유로 남을 수 없는 것이다. 그래서 펠레는 '스트레스를 다른 선수들에게 선물하는' 지혜로운 선택을 함으로써 자신은 가벼운 마음으로 시합에 임할 수 있었다. 이 말이 펠레가 대중의 환심을 사기 위해 한 말일까? 절대 아니다. 현실이 모든 것을 증명해 주기 때문이다. 모두가 알다시피 펠레는 여전히 축구왕으로 남아 있지 않는가?

대문호 발자크는 부유한 상인의 가정에서 태어나 안락하고 풍족한 유년 시절을 보냈다. 그러나 차츰 나이를 먹고 지식이 쌓이면서 근심 걱정 없이 편안하게 보내는 삶이 자신의 일생을 타락하게 만들어 어떤 성과도 이룰 수 없게 될 것이라고 생각했다. 그래서 그는 열정 하나만을 갖고 의연하게 집을 떠나 삶의 중압감으로 가득 찬 생활 속으로 뛰어들었다. 그는 생계유지를 위해 장사를 시작했지만 실패하고 난 뒤 다시 돈을 벌기 위해 글을 쓰지 않을 수 없었다. 그리고 삶의 중압감 속에서 그는 전에 느끼지 못했던 것들을 체험하면서 마침내 거작《인간희극》을 완성할 수 있었다.

사람들은 누구나 한평생 행복하고 즐겁게 살기를 희망한다. 서양 속담에 '천국과 지옥은 마음먹기에 달렸다.'라는 말이 있다. 스트레스는 대부분 자신에 대한 가혹한 요구, 탐욕, 과도한 비교, 열등감, 삶에 대한 명확한 목표의 부재에서 비롯된다. 우리의 삶 속에는 암담한 날들과 먼지로 뒤덮인 기억, 슬픔, 실망, 괴로움들이 너무나 많다. 옛 선현들은 "경계는 마음에서 생겨난다."라고 했다. 즐거운 삶을 누릴 수 있는가의 여부는 자신이 받는 스트레스의 크고 작음에 달려 있는 것이 아니라, 그것을 어떻게 처리하느냐에 달려 있다. 다시 말해서 어떠한 삶을 소유하는가 하는 문제는 순전히 그가 삶을 어떻게 대하느냐에 달려 있다.

스트레스는 우리 모두가 생활 속에서 반드시 대응해야 할 난제이다. 삶을 이해하고, 어떻게 자신의 스트레스를 관리해야 하는지 깨달은 사람은 중압감에 무너지지 않을 뿐만 아니라 고통과 불행의 늪 속으로 빠져들지도 않는다. 오히려 자신이 받는 스트레스를 인생에서 싸워 나가는 동력으로 여겨 삶의 행복과 즐거움을 쟁취하는 데 이용한다.

우리가 스트레스를 올바르게 바라봄과 동시에 과학자들도 우리가 기뻐할 만한 연구 성과를 제공해 주고 있다. 그것은 바로 사람에게는 적당한 열정과 긴장, 스트레스가 필요하다는 사실이다. 만일 달콤하면서도 고통스러운 모험이라는 영양분을 공급받지 않으면 인간이라는 유기체는 생존할 수가 없으며, 이러한 감정에 대한 체험은 때때로 약물이나 마약과 같이 사람을 중독시킨다. 그래서 사람을 혼자 격리시켜 놓는다면 편안함은 느낄 수 있겠지만 다양한 감정을 체험할 수 없게 되어 얼마 지나지 않아 곧 미쳐 버리고 만다. 이렇듯 스트레스는 우리의 생활 속에서 없어서는 안 될 필수 요소이며, 어차피 우리는 매일 스트레스를 안고 산다. 따라서 적극적인 마음가짐으로 자발적으로 스트레스에 대처하며 자신의 친구로 삼아 함께 어울려야 할 필요가 있다. 그러면 평범한 일상들이 흥미로운 일로 가득 차게 되고 무겁게만 여겨지던 삶이 가볍고 활기가 넘치게 되며 고난에 가득 찬 시간들은 아름답고 소중한 경험으로 변하고 사소하고 잡다한 일들도 간단하게 해치울 수 있게 된다.

세상은 참으로 넓고 크지만 우리의 삶은 너무나도 짧다. 또한 수많은 욕망과 논쟁으로 넘쳐나는 인생길을 걸어가고 있다. 이 길 위에서 우리는 스트레스를 어떻게 대해야 하는가를 깨우쳐 행복으로 가는 길을 찾아야 한다. 자신의 스트레스를 정확하게 인식하고 관리함으로써 좌절을 극복하고 중압감을 없앤다면 즐거움과 행복을 창조해 낼 수 있다.

구직, 진학, 생계유지 등 사람들은 여러 방면에서 스트레스를 받는다.
어떤 사람들은 그러한 중압감을 견디지 못해 도피를 선택하는 반면,
어떤 사람들은 스트레스를 효과적으로 조절하여
자신이 한 단계 더 성장할 수 있는 계기로 삼는다.

아름다움과 추함의 기준은
영혼의 선과 악

영화 〈노트르담의 꼽추〉를 본 사람들은 콰지모도가 낯설지 않을 것이다. 비록 추하게 생겼지만 선량하고 충실하며 정직한 그의 성품은 그를 사랑스럽고 존경스럽게 만들었다. 콰지모도의 운명은 결코 순탄치 않았다. 괴이할 만큼 추한 생김새에 귀머거리인 데다 한쪽 눈마저 앞을 보지 못했고, 사람들은 자주 조롱하고 비꼬았으며, 그를 맡아서 기른 노트르담 사원의 부주교는 노예처럼 부려 먹었다. 그러나 집시 처녀 에스메랄다가 나타났을 때 사람들은 콰지모도에게서 진정한 아름다움이 무엇인지를 볼 수 있었다.

콰지모도가 형장에서 에스메랄다를 구해 등에 업고 노트르담 사원으로 들어섰을 때 그는 흥분한 듯 큰소리로 외쳤다.

"도망가요, 어서 도망가요!"

많은 사람들이 이 장면에서 크게 감동받았을 것이다. 추한 몰골을 하고 있지만 감출 수 없는 아름다움을 지니고 있었으며, 그러한 아름다움은 생기 가득 찬 그의 애꾸눈에서 밀물처럼 밀려 나오고 있었다. 선량하고 충실한 콰지모도의 눈빛에서는 승리감과 자부심을 엿볼 수 있었으며, 정의를 위한 자랑스러움과 기쁨은 그를 어린아이처럼 즐겁게 만들어 주었다. 필경 누군가는 왜 그렇게도 추하게 생겼을까 하며 콰지모도를 안타까워할 것이다. 그러나 그 추한 용모로 인해 영혼의 아름다움이 더욱 강조될 수 있었으며, 콰지모도라는 특별한 미의 형상이 사람들 앞에 완벽하게 드러나 보일 수 있었을 뿐만 아니라 콰지모도의 비범한 인품을 구현해 낼 수 있었다.

이렇듯 아름다움과 추악함의 최종적인 기준은 바로 영혼의 선과 악이다. 아름다운 외모는 변할 수 있지만 아름다운 영혼은 영원토록 유지된다. 양귀비가 지닌 아름다움의 겉모습 속에는 죄악의 열매가 숨겨져 있었다. 외모는 단지 허상에 불과하다는 사실을 잊지 말아야 하며, 만일 허상 속에서 살고 싶지 않다면 영혼에 더욱 많은 관심을 쏟아야 한다.

하느님이 한 여자아이를 세상에 내보내며 아름다운 용모와 아름다운 마음씨 가운데 하나를 선택하게 했다. 여자아이는 천진난만하게 하느님을 바라보며 물었다.

"세상 사람들은 무엇을 가장 좋아하죠?"

하느님이 말했다.

"아름다운 것들이란다."

여자아이가 다시 물었다.

"똑같이 아름다운 것들인데 무슨 차이가 있나요?"

"사람들은 아름다운 형상을 지닌 것들을 좋아한단다. 그래서 대부분 외모를 좋아하지."

어린 여자아이는 이해하지 못한 듯 고개를 저었다. 하느님이 자상하게 여자아이를 바라보며 말했다.

"세상의 일들은 자신이 직접 체험하고 겪어야 한단다. 자, 이제 너의 선택을 과감하게 말해 보려무나. 언제나 내가 너와 함께 있어 줄 것이다."

여자아이는 대답했다.

"저는 아름다운 용모를 선택하겠어요. 모든 사람들이 저를 좋아해 주길 바라요."

순식간에 여자아이는 빼어나게 아름다운 미모를 지니게 되었다.

여자아이는 부유한 집에서 태어나 아무런 근심 없이 자라났다. 아름다운 미모 덕에 주위에는 구애하는 남자들이 항상 따라다녔고, 그들 대부분은 권문세가의 자제들이었다. 이러한 환경 속에서 여자아이는 무척 교만했으며, 자신은 남들보다 한 등급 위의 사람이라 여겼다.

여자아이는 어느덧 열여덟 살이 되었고, 미모는 천사처럼 아름다웠다. 길을 나설 때면 모든 사람들의 시선을 사로잡았고, 심지어 어떤 사람은 "저 여자는 천사가 분명해!"라며 놀라움을 금치 못했다. 매일 많은 사람들이 그녀의 집에 찾아와 구혼했다. 구혼자들은 하나같이 그녀를 평생토록 사랑하겠다고 말했으며, 그 가운데는 눈물을 흘리며 하소연하는 사람도 있었다.

구혼자 가운데 가난한 젊은이가 한 명 있었다. 그는 거리에서 처음 그녀를 봤을 때 자신이 한평생 보살피며 사랑해야 할 사람을 찾았다고 생각했다. 젊은이는 용감하게 그녀 앞으로 다가가 무릎을 꿇고 정감어린 목소리로 말했다.

"비록 지금 나에겐 아무것도 없지만, 이 세상에서 그 누구보다도 당신을 사랑해 줄 심장을 갖고 있소. 나와 결혼해 주시오."

여자는 젊은이를 쳐다보며 거만하게 말했다.

"당신이 나와 어울린다고 생각해요? 내 하인이 되어 준다면 그나마 다행이겠네요!"

젊은이는 그날부터 그 집의 하인이 되어 묵묵히 그녀를 지켜보았다.

광풍이 휘몰아치던 어느 날 밤, 여자가 살던 집에 큰 불이 일어났다. 젊은이는 불 속에 뛰어들어 필사적으로 여자를 구출해 냈다. 그토록 아름답던 여자의 미모는 화상으로 인해 일그러져 버렸다. 그녀의 부모는 화마로 인해 목숨을 잃었고 집과 재산도 모두 불타 버렸다. 그녀는 하룻밤 사이에 모든 것을 잃어버렸다.

그녀는 눈앞에 놓인 현실을 보고 울음을 터트렸다. 그러나 아직 한 가닥 희망은 남아 있다고 여겼다.

"나에게는 아직도 많은 구혼자들이 있어. 그들은 내가 어떻게 변하든 영원토록 나를 사랑해 준다고 말했어."

하지만 예상과는 달리 그녀와 결혼하기를 원하는 사람은 하나도 없었다. 그들이 사랑했던 것은 여자가 지닌 엄청난 재산과 아름다운 미모일 뿐이었다. 그녀 앞에는 잔혹한 현실이 놓여 있었다. '사람이란 정말 잔인하구나!' 하는 생각에 여자는 절망 속으로 빠져들었다. 슬픔과 절망 속에서 하염없이 눈물을 흘리고 있을 때 눈물로 흐릿해진 시야에 누군가 다가오는 것이 보였다. 바로 그 사람, 자신이 무시했던 가난뱅이 젊은이였다. '그도 나를 떠나겠지!'라고 생각한 순간, 젊은이는 그녀 앞으로 다가와 또다시 한쪽 무릎을 꿇고 진심어린 눈빛으로 말했다.

"한 사람을 사랑한다는 것은 그 사람의 전부를 사랑한다는 뜻이오. 단 한순간도 빠뜨리지 않고 그 사람을 사랑하며, 그 사람의 모습 전부를 사랑한다는 의미라오. 내 마음속의 아가씨, 나와 결혼해 주겠소?"

여자는 하염없이 눈물을 흘리며 그의 품속으로 뛰어들었다. 애끓는 그녀의 울음소리는 그녀의 마음이 울고 있기 때문이었다.

아름다운 외모는 사람의 눈과 마음을 즐겁게 해 주지만,
내면적인 아름다움은 사람들에게 깊은 인상을 심어 준다.

유언비어는
지혜로운 자에게서 멈춘다

유언비어는 글자 그대로 지극히 경박한 언어 형식이다. 유언비어는 무책임하게 여기저기 흘러 다니며 사람들의 호기심과 엿보고 싶어 하는 욕구에 의지하여 생존한다. 유언비어는 각양각색의 입과 귀 사이를 떠다니며 변화하고 성장하여 부패하는데, 항상 사람들이 더 이상 침묵을 참지 못하는 순간에 모습을 드러내어 당당하게 또 다른 귓속으로 달아났다가 다시 사방팔방으로 흩어진다.

어느 날, 공자는 제자가 죽을 끓이다 자신이 먼저 먹는 것을 보고 이 사실을 다른 제자에게 말했다. 그 제자가 죽을 끓이던 제자에게 따져 묻자 그는 조용히 말했다.

"내가 죽을 끓이고 있을 때 하필이면 천정에서 먼지가 떨어지지 뭐야. 죽을 그대로 버리기가 아까워서 내가 먹었어. 일부러 선생님께 죽을 먼저 올리지 않은 게 아니야."

공자는 이 사실을 전해 듣고 다음과 같이 말했다.

"내가 오해하여 괜한 원망을 했구나. 지금 이렇듯 내 눈으로 직접 본 것도 진실이라고 말할 수 없는데, 하물며 근거 없는 소문은 오죽하겠는가?"

이렇듯 유심히 생각해 보지도 않고 제멋대로 의심하는 것이 바로 유언비어의 근원이다. 공자와 같은 성인도 이러한 잘못을 피하기 어려운데, 하물며 번잡한 세상에서 살고 있는 우리 같은 보통 사람이야 더 말할 나위가 있겠는가? 사람이 있는 곳에는 항상 유언비어가 떠돌고, 유언비어가 있는 곳에는 반드시 지혜로운 사람이 있기 마련이다.

지혜롭기로 소문난 철학자가 있었다. 어느 날, 한 사람이 그를 찾아와 다급하게 말했다.

"당신에게 들려줄 말이 있어요!"

"잠깐만 기다리게."

철학자는 중간에서 말을 끊고 말했다.

"그런데 나에게 알려 주려고 하는 소식을 세 개의 체로 걸러냈는가?"

"세 개의 체라고요?"

그 사람은 이해할 수 없다는 듯 물었다.

"첫 번째는 진실이네. 자네가 내게 말하려고 하는 소식이 사실인가?"

"잘 모르겠는데요. 저는 그저 길거리에서 들은 거라서……."

"그렇다면 두 번째 체로 검사해 봐야겠군. 자네가 내게 말하려는 소식이 진실이 아니더라도 최소한 호의적인 마음에서 나온 이야기겠지?"

그 사람은 주저하며 말했다.

"아뇨. 그것과는 정반대인데요."

철학자는 또다시 그의 말을 끊고 나서 말했다.

"그렇다면 세 번째 체로 다시 걸러야겠군. 다시 묻겠네. 지금 자네를 이토록 흥분하게 만드는 그 소식이 중요한 이야기인가?"

"중요하지 않은데요."

그 사람은 쑥스러운 듯 대답했다. 철학자는 말했다.

"자네가 나에게 알려주려고 하는 소식이 진실도 아니고, 그렇다고 호의적인 마음에서 비롯된 것도 아니고, 더더구나 중요한 이야기도 아니라면 아예 말하지 말게나. 그럼, 그 소식이 더 이상 자네와 나를 성가시게 만들지 않을 걸세."

이는 지혜로운 사람이 헛소문을 퍼트리는 사람에게 주는 충고이다. 현실 생활에서 사람들이 유언비어를 대하는 태도는 제각각이다. 어떤 사람은 유언비어를 정면에서 공격하며 유언비어와 대결하기를 주저하지 않지만, 이는 힘만 세고 꾀가 없는 것이다.

또 다른 부류의 사람들은 유언비어에 대해 거들떠보지도 않는 태도를 취하는데, 이들이야말로 수완을 갖춘 사람이다. 이들은 자신들의 힘을 쓸데없는 곳에 낭비할 필요가 없다고 생각하며, 어차피 유언비어가 들불처럼 번지는 거라면 언젠가는 자멸하는 속성도 지녔을 거라고 여기는 것이다.

유언비어가 생성되는 근원과 그것에 대처하는 가장 좋은 방법을 알게 되었다면 유언비어를 두려워할 필요가 뭐가 있겠는가? 사실 우리는 주위에 떠도는 유언비어를 아주 쉽게 판별할 수 있다. 그저 경솔한 도덕적 판단을 지니고 있는지의 여부를 살펴보기만 하면 그 본색을 드러내게 할 수 있다. 또한 유언비어는 일시적인 현상이라는 사실을 믿어야 한다. 설마 한평생이라는 기나긴 시간을 겨우 일시적인 현상과 맞바꾸겠는가? 절대로 안 될 일이다. 생명을 연속시키는 참된 진리야말로 영원토록 변하지 않는 법이다.

철학자가 말했다. "유언비어는 지혜로운 자에게서 멈춘다."
유언비어는 지혜로운 사람에게 다다르면
생존의 환경을 잃어버리고 만다.

인격의 축소판이자
스스로를 믿는 용기

약속은 두 가지로 나뉘는데, 하나는 의식적인 약속이고 하나는 무의식적인 약속이다. 우리는 대개 전자를 중시하면서 후자는 소홀히 하는데, 우리가 항상 함부로 하는 약속이 바로 후자에 속한다.

한 노인이 커다란 나무 아래에서 쉬고 있었다. 그때 갑자기 한 젊은이가 쏜살같이 달려와 허둥대며 노인에게 살려 달라고 애걸했다. 어떤 사람이 자신을 도둑으로 오해해서 잡아다가 두 손목을 자르기 위해 일행을 이끌고 쫓아오고 있다고 했다. 그리고 말이 끝나자마자 나무 위로 훌쩍 뛰어올라 숨은 뒤, 뒤쫓아 오는 사람들에게 그가 나무 위에 숨어 있다는 사실을 절대로 알려 주지 말라고 다시 한 번 노인에게 신신당부했다. 그러자 노인은 "알았네!"라고 대답했다.

바로 노인의 이 무의식적인 약속 한마디에 젊은이는 마음을 놓았다. 얼마 후 사람들 한 무리가 나무 아래로 달려와 노인에게 물었다.

"어떤 청년이 달아나는 것을 보지 못했습니까?"

그러나 누가 알았겠는가. 예전에 이 노인이 죽을 때까지 거짓말을 하지 않겠다고 맹세했다는 것을 말이다. 노인은 얼떨결에 대답했다.

"보았네."

잡으러 온 사람이 다시 물었다.

"그는 어디로 도망갔습니까?"

노인은 손가락으로 나무 위를 가리켰다. 젊은이는 결국 나무 위에서 끌려 내려와 두 손목이 잘리고 말았고, 노인이 자신과의 약속을 어기고 배반했다며 크게 원망했다.

때때로 우리는 무의식 중에 함부로 약속을 한다. 그리고 그것을 마음에 두지 않아 상대방에게는 지울 수 없는 상처를 주기도 한다. 함부로 약속하는 일이 없도록 하기 위해서는 좋은 습관을 기를 필요가 있다. 한번 약속을 하면 어떤 일이 있어도 지켜야 하며, 이는 우리가 반드시 지켜야 하는 처세 원칙이기도 하다.

새로 문을 연 상점에 인디언들이 찾아와 기웃거리고 있었다. 이들은 물건을 살 생각은 않고 그저 밖에서 구경만 하고 있을 뿐이었다. 마침내 인디언 추장이 상점에 들어와 주인에게 말했다.

"당신네 물건들을 좀 보여 주시오. 내가 쓸 모포 한 장과 내 아내에게 줄 염색천이 필요하오. 모포는 담비 가죽 석 장으로 지불하고, 염색천은 담비 가죽 한 장이면 될 것 같은데, 내일 가져다주겠소."

상점 주인은 한참을 생각하다 그렇게 하라고 했다.

다음날, 추장은 담비 가죽이 들어 있는 큰 보따리를 짊어지고 다시 상점을 찾았다.

"이보시오. 당신에게 진 빚을 갚으러 왔소."

그는 보따리에서 담비 가죽 넉 장을 꺼내 상점 계산대 위에 놓았다. 그리고 잠깐 망설이더니 담비 가죽 한 장을 더 꺼내 계산대 위에 놓았는데, 매우 진귀하고 보기 드문 가죽이었다.

"아닙니다. 이것으로 충분합니다."

상점 주인은 다섯 장째 담비 가죽을 되돌려주며 말했다.

"당신이 나에게 진 빚은 담비 가죽 네 장입니다. 난 내가 마땅히 받아야 할 몫만 받겠습니다."

그들은 네 장이냐, 다섯 장이냐 하는 문제로 한참 동안 실랑이를 벌였다. 그러다가 추장은 만족스러운 표정을 짓고는 다섯 장째 담비 가죽을 다시 보따리 속으로 집어넣었다. 그는 상점 주인을 바라본 뒤 밖에 있는 그의 부족들을 향해 큰소리로 외쳤다.

"어서들 들어오게나! 이 상점 주인과 거래를 하도록 하게. 그는 우리 인디언을 속일 사람이 아니네! 욕심 많은 사람이 아니야!"

추장은 다시 몸을 돌려 상점 주인에게 말했다.

"당신이 다섯 장째 담비 가죽을 받았다면 나는 우리 부족 사람들에게 당신과 상대하지 말라고 했을 것이며, 상점 안의 다른 손님도 다 쫓아버렸을 것이오. 그러나 이제 당신은 인디언의 친구가 되었소."

날이 어두워지기도 전에 상점 안에는 모피가 가득 쌓였고, 상점 주인의 서랍 속에는 현금이 넘쳐 났다.

약속을 지키는 것은 매우 힘든 일이다. 어떤 때는 큰 희생을 치러야 하고, 심지어는 한평생의 시간을 대가로 지불하기도 한다. 그러나 약속은 영혼의 평안함과 위안을 가져다주며 더 나아가서는 평생의 행복도 가져다준다. 약속은 경솔한 마음에 청량하고 상쾌한 기운을 가져다주는 바람이며, 대지 위의 만물을 촉촉하게 적셔 주는 비와 같다. 또한 약속은 오직 산꼭대기에서만 활짝 피어나 세상 사람들이 자신의 모습을 우러러보게 만드는 각시서털취와 같고, 꽃을 꺾기 위해서 반드시 대가를 치러야 하는 장미와 같다. 그리고 약속은 양날 검과 같아서 그것을 꺼내들었을 때 모든 것을 이해할 수 있게 된다.

약속은 책임을 의미한다. 일단 약속을 하면 온 힘을 다해 그것을 지켜야 한다. 또한 약속은 정신을 의미한다. 약속을 충실히 지키기 위해서는 힘든 싸움을 대가로 치러야 한다.

누구나 자신만의
사생활을 가질 권리가 있다

독일에서는 줄을 설 때는 꼭 지켜야 하는 규율이 있다. 대열의 첫 번째 사람과 두 번째 사람은 일정한 거리를 두고 설 뿐만 아니라, 대열을 이루고 있는 모든 창구 앞에 그어진 선을 경계로 첫 번째 사람은 선의 안 쪽에 서고 두 번째 사람은 선 밖에 선다. 또 첫 번째 사람이 창구를 떠나기 전까지 두 번째 사람은 절대로 그 선을 넘지 않는다. 이것은 무엇 때문일까? 대열 옆에 놓인 경고판을 주의해서 살펴보면 금방 알 수 있다. 거기에는 다음과 같은 내용이 적혀 있다.

"타인의 사생활 보호권을 존중해 주십시오. 감사합니다!"

이와 같은 광경은 다른 국가에서도 볼 수 있다. 줄을 서야 하는 공공장소에는 어김없이 '1미터 선'이 그어져 있고 이를 위반하는 사람은 극히 드물다.

사람들은 누구나 자신만의 사생활을 갖고 있으며, 그것은 마치 완벽하게 보존하고자 하는 그린벨트와 같다. 우리는 매일 자신의 마음 속에 자리 잡은 이곳의 잡초를 뽑고, 비료를 주고, 물을 주며, 그 누구도 발을 디디지 못하게 한다.

그러나 타인의 사생활에 흥미를 갖는 사람들이 있다. 그들은 타인의 그린벨트를 침범하려고 시도하며, 그들의 사생활을 엿보려고 한다. 르윈스키를 방문 취재한 프로그램이 높은 시청률을 기록한 것이나 사람들에게 추대를 받던 다이애나 황태자비의 죽음도 바로 사람들이 유명 인사의 사생활을 뒤쫓은 결과이다. 타인을 엿보는 것, 특히 유명인사의 사생활을 엿보는 것에 대해 일부 사람들은 거의 광적인 수준에 도달했다.

심리학적 측면에서 보면, 사람들은 인격이 아직 성숙하지 않을 때 타인의 사생활을 엿보는 데 열중한다. 또한 깊숙이 억눌려 있는 욕망이 남아 있을 때 온갖 궁리를 다하여 타인의 사생활을 폭로하고, 이를 통해 자신의 억눌린 욕망을 배출하려고 한다. 인성 속에 결함이 존재하는 이상 타인의 사생활을 엿보고자 하는 취미는 영원히 사라지지 않는다.

친구와 함께 있을 때는 서로 진심으로 대하고 마음에 거리낌이 없어야 한다는 점을 중시한다. 그렇다고 해서 개인적인 비밀이 전혀 없어야 하고 자신의 모든 것을 공개해야 한다는 의미는 아니다. 단지 법률과 도덕을 위반하지 않고 타인의 이익에 손해를 끼치지 않으며, 그들의 권리를 침범하지 않는다면 사람들은 누구나 자신만의 사생활을 가질 권리가 있다.

사생활은 존중되고 보호받아야 한다. 여기저기 돌아다니며 다른 사람의 사생활을 엿듣고 그것을 뉴스로 만들어 퍼트리는 행위는 부도덕하며, 동시에 타인의 인격을 침해한다. 다른 사람의 사생활을 존중하기 위해서는 주관적으로 억측해서 판단하거나 함부로 추측해서는 안 된다. 일상생활과 직장생활 속에는 아무런 근거도 없는 일로 평지풍파를 일으켜 이른바 뉴스로 만들어 내는 것을 즐기는 사람이 있다. 그러면서도 자신의 행위가 사람들 사이에 갈등을 만들고 당사자의 명예를 훼손시킨다는 사실을 전혀 알지 못한다. 이러한 사람은 대부분 모든 사람들에게 멸시를 받기 마련이다. 사회생활에서 인간관계를 쌓아갈 때는 선의의 눈빛으로 사람을 바라보고 성급한 판단을 내리지 않도록 해야 한다. 동시에 무책임한 헛소문을 전파해서도 안 된다. 헛소문은 대부분 사실이 증명되지 않은 소문이며, 그 가운데는 아무런 근거조차 없이 날조된 것도 있다. 교양을 갖추고 인간관계를 잘 맺는 사람은 의식적으로 헛소문을 막아 내야 하며, 남의 장단에 춤추면서 흥미진진한 이야깃거리로 즐겨서는 안 된다.

그밖에 중요한 것이 또 한 가지 있다. 그것은 다른 사람의 사생활을 엿보지 않는 동시에 자신의 사생활을 이용하여 다른 사람의 환심을 사서는 안 된다는 점이다. 당신의 사생활은 오직 자신만의 개인적 비밀이다. 만일 개인적인 비밀을 대중 앞에 폭로한다면 자신의 사생활을 보호할 수 없을 뿐만 아니라 오히려 대대적으로 퍼트리는 셈이 된다. 그것은 불필요한 골칫거리를 초래하는 동시에 많은 불쾌한 일을 당하는 결과를 가져온다. 당신이 자신의 사생활을 드러내는 이유를 모든 사람들이 다 이해하는 것은 아니기 때문이다.

사람에게는 두 가지의 세계가 존재한다. 하나는 몸 밖의 외부 세계이고, 하나는 자신만의 세계이다. 당신이 현명한 사람이라면 이유 없이 함부로 타인의 내밀한 세계 속으로 들어가서는 안 되며, 또한 경솔하게 자신만의 세계를 타인 앞에 전부 다 드러내서도 안 된다. 개개인에게는 혼자만의 생활권이 있다. 비록 우리 머리 위에는 똑같은 푸른 하늘이 걸려 있고 발밑에는 똑같은 땅이 받쳐 주고 있지만, 우리가 지니고 있는 세계는 모두 다르다. 그러므로 당신 주변 사람들의 사생활을 방해하는 어리석은 짓을 저질러서는 안 되며, 당신의 사생활을 다른 사람들이 방해하도록 내버려둬서도 안 된다. 이것은 우리 삶의 가장 기본적인 원칙이다.

타인의 사생활에 과도하게 관심을 보이다 비극적 결말을 맞이한 사람들의 이야기가 있다.

어느 도시 외곽에 위치한 야산은 자가용 운전자들의 비밀 데이트 장소로 유명한 곳이었다. 하루는 거대한 천둥소리가 밤의 정적을 깨뜨리더니, 산비탈 수풀 속에 있는 텐트에 벼락이 떨어지면서 일순간 불꽃과 연기가 피어올랐다. 그리고 텐트에 있던 남자 세 명은 동시에 벼락을 맞고 온몸이 마비된 채 꿈쩍도 할 수 없게 되었다. 경찰은 현장에서 파손된 고가의 망원경 등 각종 장비를 통해 이 세 사람이 연인들의 데이트 장면을 엿보다가 벼락을 맞았다는 결론을 도출했다. 벼락 사건이 발생한 이후 이 산에서 연인들의 데이트 장면을 엿보던 사람들은 모두 종적을 감추고 말았다.

개인의 사생활 영역은 매우 민감한 지대이다.
이는 사람들이 마음속에 지니고 있는 작은 비밀과도 같다.
이러한 비밀을 엿보는 행위는 타인에게 매우 큰 심리적 압박을 가져와
인간관계에 불필요한 골칫거리를 만들어 낸다.

올바른 대처를 위한
힘든 수련

예부터 명예와 이익은 영원한 화두였다. 수많은 영웅들이 명예와 이익이라는 관문을 뛰어넘지 못했고 대부분의 사람들 역시 이를 위해 평생의 노력을 다 바쳐 추구하며, 심지어 죽는 순간까지도 포기하지 않는다.

중세기 이탈리아에 타르탈리아라는 수학자가 있었다. 그는 이탈리아 수학 토너먼트에서 '이길 수 없는 자'라는 명성을 누리고 있었는데, 그가 오랜 기간 연구한 끝에 삼차 방정식의 새로운 해법을 찾아냈을 때였다. 카르다노라는 수학자가 찾아와 자신이 창안하여 발명한 항목이 무려 만여 개에 달하는데, 유독 삼차 방정식만은 풀 수 없는 수수께끼 같아서 너무나 괴롭다고 말하는 것이었다. 선량한 타르탈리아는 그만 그의 말에 속아 넘어가 자신이 발견한 것을 모조리 알려 주고 말았다. 며칠 후, 카르다노는 자신의 이름으로 논문 한 편을 발표하여 삼차 방정식의 새로운 해법을 제시함으로써 타르탈리아의 성과를 자신의 것으로 만들었다. 그의 편법은 상당히 오랜 시간 동안 사람들을 속일 수 있었지만, 결국에는 사건의 진상이 백일하에 드러났고, 오늘날 카르다노라는 이름은 사기꾼의 대명사로 남아 있다.

왜 이렇듯 많은 사람들이 명예와 이익에 집착하는 것일까? 그 대답은 아주 간단하다. 명예와 이익은 영웅에게 후광과도 같은 것으로서 그들의 마음속에 잠재되어 있는 일종의 콤플렉스이기 때문이다.

항우項羽는 의병을 모아 진나라를 멸망시키고 천하를 거머쥐었다. 그리고 스스로를 초패왕楚霸王으로 봉하였으니 대대손손 전해질 만큼 크나큰 공적과 명성을 이루고도 남았다. 그는 이렇듯 부귀영화를 누리면서도 고향에 돌아가지 않는 것은 비단옷을 걸치고 밤에 돌아다니는 것과 마찬가지라면서 고향으로 돌아가 자신의 영광을 자랑하고 싶은 마음을 떨치지 못했다. 시를 지을 줄 모르는 유방劉邦마저 "천하의 제위에 오를 만큼 위세를 갖추었으니 고향으로 돌아갈 수 있겠다."라는 구절을 읊으며 명예욕에 불타 있었다.

명예욕은 세상의 모든 비극을 빚어내는 장본인이기도 하다. 여포呂

布는 재물에 눈이 멀어 정원丁原을 죽이고, 아름다운 미색을 탐낸 끝에 동탁董卓을 죽임으로써 명예와 이익 앞에 무너지고 말았다. 슬기롭고 총명함으로 만대에 걸쳐 칭송받던 당태종唐太宗은 제위에 오르기 위해 형제들과 현무문玄武門에서 혈육상잔의 왕권 다툼을 벌이는 참극을 빚어냈다.

명예욕은 일종의 마취약으로 뜻있는 사람들까지도 잘못된 집착에서 벗어나지 못하게 한다. 그렇지 않고서야 일생 동안 종군하며 칼날 앞에 몸을 던지던 악비岳飛가 어찌 "삼십 년 공명이 흙먼지가 되었다."라며 백발이 될 때까지 공명을 위해 싸울 것을 읊조렸겠는가? 또한 용맹하고 위풍당당하며, 천하를 삼킬 듯 호기가 넘치던 신기질辛棄疾이 어떻게 "군왕의 조국통일 위업을 마치고, 생전에 쌓은 공적 후세에 이름을 떨치리라. 가련하다! 늘어나는 백발이여!"라며 늙어가는 자신을 안타까워했겠는가?

명예욕은 음산하기 그지없는 감옥과도 같이 수많은 학자들의 몸을 에워싸고 그들의 마음을 에워쌌다. 《홍루몽紅樓夢》 가운데 다음과 같은 귀절이 있다.

'신선이 좋은 줄 세상 사람 다 알건만, 오직 공명만은 잊지 못하네!
고금의 장상은 어디로 갔나, 쓸쓸한 무덤에 잡초만 무성하네.

신선이 좋은 줄 세상 사람 다 알건만, 오직 금은보회는 잊지 못하네!

날 저물도록 모아 대도 부족함을 탓하다가 마침내 부자 되면 흙속에 묻히누나.'

권세와 명성은 한결같이 명예를 추구하는 데서 비롯된다. 또한 즐거움, 슬픔, 처량함도 역시 명예를 추구하는 데서 비롯된다. 명예를 얻고자 하는 욕구에 앞서 슬기로운 안목부터 갖추고 볼 일이다.

《청대황제비사淸代皇帝秘史》에는 다음과 같은 내용이 기술되어 있다.

건륭乾隆 황제가 강소성 진강의 금산사金山寺에 도착했을 때이다. 산기슭 아래 동쪽으로 흐르는 큰 강에 백여 척의 배들이 앞다투어 지나가고 있었다. 이를 흥미로운 듯 바라본 건륭 황제는 노스님에게 물었다.

"스님은 이곳에서 수십 년을 살았을 텐데, 하루에 몇 척의 배가 지나가는지 아시오?"

노스님은 차분하게 대답했다.

"저는 단지 두 척의 배만 보았습니다. 한 척은 명예이고 또 다른 한 척은 이익입니다."

단 한 마디의 말로 인간 세상의 이치를 설파한 말이 아닐 수 없다.

명예와 이익에 올바르게 대처하기 위해서는 "술잔을 쥐고 바람을 맞을지언정 어찌 권세와 부귀에 굽실거리고 아부하겠는가."라고 하던 이백李白의 굳은 심지를 배워야 한다. 또한 다섯 말의 쌀 때문에 향리의 소인에게 허리를 굽실거릴 수 없다 하여 관직을 버린 채 일생을 한적한 시골에서 보낸 도연명陶淵明의 강인함을 배워야 한다. 또한 가난하게 살지라도 관직의 구속을 받지 않고 자유로이 살아가던 장자莊子의 소탈함을 배워야 한다.

명예와 이익에 올바르게 대처하기 위해서는 죽는 순간까지도 나라의 안위를 걱정한 제갈량諸葛亮의 충정을 본받아야 한다. 또한 "천하가 걱정하는 것을 앞서서 걱정하며, 천하가 즐거움을 누린 뒤에야 즐거움을 누린다."라고 했던 범중엄范仲淹의 도량을 본받아야 한다.

세상을 살아가다 보면 빈부귀천이나 실패 혹은 성공에 상관없이 명예와 이익에 맞닥뜨리게 된다. 하지만 명예와 이익은 우리가 인생에서 추구해야 하는 최종적인 목표가 아니다. 명예와 이익에 대한 올바른 개념을 수립하기 위해서는 힘든 수련 과정이 필요하다. 마음을 평정시키고, 많은 책들을 읽으며, 인생을 깊이 사색하고, 품격 있는 도덕의식을 준수하며, 이익을 탐하거나 허황된 망상에 사로잡히지 않고, 남을 속여 이득을 취하거나 색욕에 탐닉하지 않는, 곧 '사물 때문에 기뻐하지 아니하며 자기 때문에 슬퍼하지 아니하는' 마음의 경지를 지니게 되면 자연적으로 '욕심 없이 마음이 깨끗해야 뜻을 밝게 가질 수 있고, 마음이 편안하고 고요해야 원대한 포부를 이룰 수 있다.'는 도리를 깨우치게 된다. 그리고 이로써 명예와 이익에 올바르게 대처할 수 있는 명확한 답을 얻을 수 있다.

명예와 이익은 늘 우리를 향해 유혹의 손짓을 한다.
중요한 것은 그 유혹을 물리칠 수 있느냐 하는 점이다.
명예와 이익에 담담하게 대처하며 사람으로서의 도리를
다한다면 올바른 인생 궤도에서 탈선하는 일은 없을 것이다.

아름다우나
치명적인 함정

'말이 들풀을 먹지 않으면 살이 찌지 않는 것처럼 사람도 횡재를 얻지 못하면 부자가 되기 어렵다.'는 중국 속담이 있다. 그야 말로 전형적인 가난뱅이의 사고방식이라고 해도 과언이 아니다. 가난한 데다 이렇다 할 돈벌이 수단조차 없는 사람은 부자가 되고 싶은 희망을 한바탕 횡재에 의탁한다. 가난한 사람들에게 부자가 될 수 있는 기회를 제공해 주는 곳, 예를 들어 복권 판매점, 증권 교역소, 도박장 등은 항상 사람들로 넘쳐 난다. 횡재하기를 바라는 사람은 자신의 희망을 '노력'에 두지 않고 '뜻밖의 횡재'에 걸어 두는데, 이는 성공의 법칙에 역행하는 것이다. 설사 이러한 횡재로 인해 부자가 되었다 한들 이것을 성공이라고 말할 수는 없다. 복권에 당첨된 사람들의 과거와 현재의 생활상에 대해 통계 조사를 실시한 적이 있다. 조사 결과, 복권 당첨자 가운데 80% 이상이 복권에 당첨되기 이전의 가난한 생활로 되돌아가서 자신이 그토록 싫어했던 과거의 생업에 종사하고 있었다.

상도와 상술의 귀재, 동양의 유태인이라 불리는 온주溫州 상인들은 기업주이면서도 땅바닥에서 잠자는 것을 마다하지 않고, 하룻밤 사이에 벼락부자가 되는 허황된 망상 따위는 품지 않는다. 이러한 그들의 경영철학에서 우리는 많은 교훈을 얻을 수 있다. 온주 상인 단체의 왕성한 발전은 날이 갈수록 세간의 주목을 받고 있으며, 그들의 장사 비결 역시 전문 학자들의 연구 대상으로 흥미를 불러일으키고 있다. 대부분의 사람들은 온주 상인이 고생을 잘 참고 견디며 강인한 의지를 지니고 있다는 사실을 인정한다. 온주 상인들은 "우리는 기업주도 될 수 있고 땅바닥에서 잠잘 수도 있다."고 입버릇처럼 말한다. 온주 상인은 설령 사업의 규모가 확대되었을지라도 창업 초창기 때와 마찬가지로 열심히 일하며, 겉보기에는 돈벌이가 되지 않을 성싶은 작은 장사도 마다하지 않는다. 그들은 푼돈 벌이에 불과한 나사와 자질구레한 부품들을 판매하는 영세상업도 하나의 사업으로 여기며 착실히 경영한다.

한 가지 흥미로운 현상은 온주 상인은 주식 투자를 거의 하지 않는다는 점이다. 여러 차례 주식 투자 열풍이 거세게 몰아칠 때도 온주 상인 단체는 가담하지 않고 그저 강 건너 불 보듯 했다. 줄곧 사업에는 두뇌가 민첩하게 돌아가던 온주 상인이 뜻밖에도 벼락부자가 될 수 있는 기회를 놓아 버린 일은 즉시 상해 일간지의 뉴스거리가 되기도 했다. 그들은 대단한 인내심을 발휘하며 부를 축적하지만 하룻밤 사이에 벼락부자가 되고자 하는 허황된 망상 따위는 품지 않는다. 일단 사업 업종을 신중히 선택한 뒤에는 그 사업에 뿌리를 박고 성실하게 일하며 돈을 버는 것이다.

누구나 단시일 내에 성공하기를 갈망한다. 때문에 노력을 대가로 지불하지 않고 잔꾀로써 성공하려는 경솔한 마음을 지닌 사람들이 허다하다. 사실 성공에는 지구가 일정한 궤도를 따라 운행하는 것과 마찬가지로 정해진 궤도가 있다. 자신의 재능과 지혜를 실질적인 사업에 성실하게 응용해야 비로소 사업의 성공을 이룰 수 있고, 인생 역시 더욱 빛을 발할 수 있다.

어쩌면 당신도 노력은커녕 잔꾀를 부리며 성과를 거두려는 사람일지도 모른다. 업무 중에 잔꾀를 부리는 데 성공하면 당장은 우쭐거리며 자만에 빠지겠지만, 그러한 결과가 고생을 마다하지 않고 열심히 일하는 것보다 더욱 쉽게 자신에게 해로운 영향을 끼친다는 사실을 차츰 알게 될 것이다. 업무 중에 잔꾀를 부린 덕분에 때로는 칭찬을 받을지 모르지만, 퇴근 이후 집으로 돌아오면 당신의 마음은 안정되기는커녕 당신의 보잘것없는 잔꾀가 들통날까 봐 근심에 싸인 시간을 보내게 될 것이다.

삼주그룹三株集團이 일시적으로 융성할 당시, 육순을 넘긴 오병신吳炳新 회장은 협력사 관계였던 거인그룹巨人集團의 혈기왕성한 사옥주史玉柱 회장에게 간곡하게 말했다.

"벌어서 안 될 돈은 벌지 마십시오. 하늘 아래 황금이 지천으로 깔려 있다 해도 전부 다 내 것으로 만들 수는 없습니다. 세상에는 우리를 유혹하는 것들이 너무 많은 데 비해 욕망을 자제할 줄 아는 사람은 그리 많지 않습니다."

사옥주는 오병신의 가르침을 따르지 않았다. 강력한 투기 욕구에 휩싸여 시장의 규율을 위반한 끝에 회사는 망하고 말았다. 이러한 실패는 노력 없이 오직 잔꾀로써 성공하려는 데 모든 힘을 쏟아서는 안 된다는 점을 우리에게 경고하고 있다.

자신의 부족한 점과 실수를 정확히 인식하고, 자신의 재주와 지혜를 근면 성실한 태도와 상호 융합시켜야 한다. 그리고 매사 정해진 규율에 따라 일을 처리해야 하며, 규칙을 이해하고, 수용하여 운용하며, 순응해야 한다. 그러면 성숙한 정신은 저절로 따라오며, 더 나아가서는 대중에게 당신의 재능을 인정받을 수 있다. 이 경지에 이르면 투기하는 데 이용하려던 당신의 재주와 지혜를 완벽하게 펼칠 수 있으며, 이때 투기는 오히려 긍정적인 면으로 둔갑하게 될 것이다. 예컨대, 모든 사람들이 금을 캐러 우르르 몰려갈 때 당신은 오히려 물을 파는 데 전력 투자한다고 생각해 보라. 사람들이 맹렬한 기세로 금을 캐다 갈증과 피곤이 몰려와 물을 필요로 할 때 당신 주변에는 덩달아 물을 팔려는 투기자들이 더 생길지도 모른다.

노력 없이 뜻밖의 행운을 바라거나 모진 고생 없이
운수에 기대는 것은 성공의 법칙에 역행하는 행위이다.
이러한 행운이나 운수는 흐르는 물처럼 쉽게 사라져 버린다.

건강하고 진실한 삶을 살기 위해서는 현실적이며 적합한 자신만의 개성을 지녀야 한다.
있는 그대로의 자신을 받아들이고 신뢰하며, 거리낌 없이 자아를 표현할 줄 알아야 한다.
성공을 원한다면 지속적인 노력을 통해 자신의 개성을 창조하고
끊임없이 변화하며 자신을 초월할 수 있어야 한다.
창조적인 개성이 없다는 것은 생명력을 상실한 것과 같다.

Chapter

5.

내 멋대로 산다

있는 그대로의
나를 사랑하라

인생은 하나의 큰 무대이고 사람들은 저마다 이 무대 위에서 자신의 배역을 맡고 있다는 말을 듣고는 한다. 얼핏 일리가 있는 말 같지만, 곰곰이 생각해 보면 피곤한 느낌이 든다. 왜 우리는 무대 위에서 배우 노릇을 해야 하는가? 무대를 내려가 진정한 자신으로 돌아갈 수는 없단 말인가?

다릴은 어릴 때부터 노래 부르기를 좋아했다. 그녀는 가수를 꿈꾸었고, 이를 위해 기본 실력을 다지며 매우 힘든 훈련 과정을 겪었다. 하지만 들쭉날쭉한 뻐드렁니는 다릴을 큰 고민 속에 빠뜨렸다. 그녀는 노래를 부를 때마다 어떻게든 뻐드렁니를 감추려고 했다.

뉴저지의 한 나이트클럽에서 노래를 부를 때였다. 다릴은 윗입술을 계속 아래로 당기면서 보기 흉한 치아를 가리려 했지만 이러느라 노래를 망쳤고 공연은 실패로 끝났다. 그녀가 상심하여 울고 있을 때 무대 아래에 있던 노부인이 다릴의 곁으로 다가와서 조용히 말했다.

"아가씨, 아가씨는 음악적 재능이 매우 풍부하군요. 그런데 공연을 유심히 지켜보다 아가씨가 치아를 자꾸 가리려고 한다는 사실을 알았답니다."

그녀는 머리를 들어 노부인을 올려다보았다.

"사람들이 감상하는 것은 아가씨의 노래이지, 뻐드렁니가 아니에요. 그들은 진실을 원해요."

다릴은 한 줄기 따듯한 온기가 가슴속에서 솟아나는 것만 같아 감정을 억제하지 못하고 노부인의 손을 움켜쥐었다.

"할 수 있는 한 입을 최대한 크게 벌려서 목청껏 노래를 부르도록 해요. 아가씨가 뻐드렁니에 개의치 않는 모습을 보게 되면 청중들은 저절로 호감을 느끼게 될 거예요. 아가씨가 그토록 가리고 싶어 하는 뻐드렁니가 어쩌면 아가씨에게 행운을 가져다줄지도 모르지요."

노부인은 따뜻하게 그녀를 격려해 주었다.

그 이후 다릴은 두 번 다시 자신의 치아에 대해 고민하지 않게 되었다. 그녀는 오로지 청중만을 생각하며 자신의 역량을 다해 노래를 불렀고, 마침내 유명한 가수가 될 수 있었다. 유명해진 다릴은 노부인을 떠올리며 이렇게 말했다.

"그녀는 나의 재능을 깊이 이해하고 정확하게 평가해 준 소중한 사람이었습니다. 뿐만 아니라 나에게 어떻게 사람의 도리를 다해야 하는지를 가르쳐 준 안내자였습니다."

개개인은 이 세상을 꾸며 주는 아름다운 풍경과 같다. 선천적인 결함이나 혹은 후천적인 단점은 그다지 대수롭지 않다. 중요한 것은 자신의 개성을 있는 그대로 보여 줄 수 있는가 하는 점이다. 사람은 저마다 탁월한 창조성을 지니고 있는 존재이다. 당신은 타인을 모방하거나 우수한 점을 본받을 수 있으며, 또한 마음속의 이상형을 만들어 지속적으로 자기 계발에 힘을 쓸 수도 있다. 그러나 당신은 당신 자신일 뿐, 자신을 타인과 동일한 사람으로 만들어서는 안 된다. 자신의 독특한 부분을 찾아내어 자아를 성립하고 자신만의 개성을 만들어 가꿔야 한다.

우리는 살아가면서 수많은 착오를 저지르기도 하고, 여러 연장자들로부터 가르침도 받는다. 이때는 반드시 타인의 의견을 경청하고 그들의 경험을 습득해야 한다. 이들의 간접경험을 통해 끊임없이 성장해야만 장래에 현명한 판단과 선택을 할 수 있기 때문이다. 그러나 그렇다고 해서 자신의 인생 궤도를 바꾸라는 의미는 아니다.

때로 우리는 타인의 평가를 과도하게 중시한 나머지 종종 그들의 비판을 수용하며 자신에게 족쇄를 채우기도 한다. 타인의 의견과 관점 때문에 자신의 개성을 멀리 던져 버릴 것인가? 자신이 하고자 하는 일이 스스로 생각하기에 옳다고 여겨지면 끝까지 견지해 나가야 한다. 우리는 애써 세워 놓은 저 무대 위에서 내려와 있는 그대로의 나 자신으로 되돌아가야 한다.

인생의 열쇠는 당신 손 안에 들어 있다.
당신은 그 누구의 지시도 따를 필요 없이 당신의 삶 속에 있는
모든 문과 창문을 활짝 열 수 있다. 하늘을 바라보라.
언제나 당신의 길을 밝게 비추는 별 하나를 발견할 수 있을 것이다.

전진, 또 전진하며
생명의 나이테를 새기다

'으앙' 하고 첫 울음소리를 터뜨리며 태어난 순간부터 옹알거리며 말을 배우게 될 때까지, 그리고 처음으로 학교에 발을 내딛던 날부터 졸업하고 직장을 얻기까지, 우리는 한 걸음, 한 걸음마다 엄청난 도전에 직면해야 했다. 인생이란 바로 이렇듯 시련을 겪으며 힘들게 전진하는 것이다.

누군가의 말처럼 생명은 한 줄기 시냇물과 같다. 시냇물은 맑고 투명한 원천에서 솟아올라 굽이굽이 골짜기를 돌며 꽃잎이 흩날리는 매혹적인 산자락을 지난다. 그리고 그 아름다움에 도취된 채 미련을 버리지 못하고 배회한다. 이곳에서 길을 멈추고 안락함과 따사로움을 만끽해야 하는지, 알 수 없는 암류와 소용돌이를 헤치고 막막하기만 한 대양을 향해 나아가야 하는지……

앞으로 나아가는 것은 도전이며, 자신의 이상에 도전하여 환하게 빛나는 피안의 경지로 흘러들어가는 것이다. 뒤로 물러서는 것은 도피와 포기이며, 자신의 꿈을 버리고 현실을 인정하며 모든 것을 운명에 맡긴 채 따르는 것이다. 아름다운 햇볕 아래 온갖 새들이 지저귀는 소리를 듣고 햇빛에 반짝거리는 눈부신 물결을 바라보며 사는 것을 갈망하지 않는 사람이 어디 있겠는가? 편안하고 풍요로운 생활방식을 바라지 않는 사람이 어디 있겠는가? 그러나 내가 하고 싶은 말은 쉽게 얻을 수 있는 행복은 참된 것이 아니며, 누군가에게 부여받은 선물은 허망하게 사라져 버리기 때문에 오랫동안 유지하기 어렵다는 것이다.

존 고다드는 로스앤젤레스 교외 지역에서 사는, 세상물정이라고는 모르던 아이였다. 그는 열다섯 살이 되던 해, '나의 인생 목표'라는 제목 아래 자신이 평생 동안 하고 싶은 일들을 쭉 나열하여 목록을 만들었다. 목록에는 나일 강, 아마존 강, 콩고 강 탐험하기, 에베레스트 산, 킬리만자로 산, 마테호른 산 등반하기, 코끼리, 낙타, 타조, 야생 말 타기, 마르코 폴로와 알렉산더 대왕의 원정길 되짚기, 비행기 조종해서 이착륙하기, 셰익스피어, 플라톤, 아리스토텔레스의 작품 읽기, 음악 작곡하기, 저서 한 권 갖기, 전 세계의 모든 국가들을 한 번씩 방문하기…… 등 총 127개의 목표가 들어 있었다.

고다드는 자신의 인생 계획을 작성한 이후 모든 시간을 그 목표를 달성하는 데 할애하여 47세가 됐을 때 대부분의 목표를 달성했고 125번째 목표인 우주비행사의 꿈도 이루었다. 자신의 목표를 달성하는 과정 중에 그는 많은 고생을 겪었으며, 여러 차례 모험을 하는 중에 열여덟 번이나 구사일생으로 살아난 경험도 있었다.

그는 이렇게 말했다.

"나의 이러한 경험은 자신의 삶을 백 배, 아니 그 이상 소중하게 아껴야 한다는 사실을 가르쳐 주었습니다. 나는 내가 할 수 있는 모든 일들을 전부 다 경험하고 싶습니다. 사람들은 한평생을 살아가면서 자신에게 잠재되어 있는 무한한 용기와 힘과 인내력을 전부 표현하지 않습니다. 그러나 막상 자신의 인생이 어차피 끝났다고 생각하는 순간에 놀랄 만한 힘과 억제력이 생긴다는 사실을 저는 발견할 수 있었습니다. 과거에는 제 몸속에 이렇듯 엄청난 능력이 감춰져 있으리라고는 전혀 상상조차 못했습니다. 당신도 이런 경험을 한 뒤에는 자신의 영혼이 새로운 경지로 상승하고 있음을 느끼게 될 것입니다."

그는 무수한 탐험과 여행을 경험한 베테랑일 뿐만 아니라 영화 제작자, 작가, 연설가이기도 하며, 결혼해서 다섯 명의 아이를 둔 가장이기도 하다.

누구나 어린 시절에는 삶에 대한 환상으로 가득 찼을 것이다. 이다음에 크면 뭔가 큰일을 하고 싶어 했을 것이고, 여행, 의학, 음악, 문학, 우주항공 등 모든 일들에 대한 호기심으로 가득 찼을 것이다. 그러나 대부분의 사람들은 단지 생각으로 그칠 뿐, 정확한 삶의 목표도 없이 그저 일상적인 틀에 매달린 채 자신의 한계에 대한 도전은커녕 모험조차 하려고 들지 않는다. 그래서 꿈은 단지 꿈으로만 남아 나이가 들어감에 따라 결국엔 사라져 버리고 마는 것이다. 그러나 도전하는 사람의 삶은 절대 그렇지 않다. 그들은 자신이 싸워서 이겨 나갈 목표를 만들고 그것을 실현하기 위해 최선의 노력을 다한다. 자신에 대한 도전의 과정 속에는 좌절과 회한도 있고, 때로는 방향감각을 잃고 방황을 하기도 한다. 그러나 이들은 타성을 극복하고 끊임없이 의지를 연마해 꿈을 이루어 낸다.

기량이 뛰어났던 장거리달리기 선수가 체력 저하로 점점 뒤쳐지다 결국엔 대열의 맨 끝에서 달리게 되었다. 그는 최선을 다해 두 다리를 내디뎠지만, 다른 선수들과의 거리는 점점 멀어지기만 했다. 그러나 그는 이를 악물고 계속해서 달렸고, 관중들은 이 선수를 주목하기 시작했다. 그리고 마지막에 그가 온 힘을 다해 라스트스퍼트하여 결승점에 도달했을 때 경기장에는 우레와 같은 박수 소리가 퍼졌다. 비록 그는 꼴찌였지만 자신의 굳센 의지에 힘입어 자기 자신을 이겨낼 수 있었다. 이러한 그의 모습에 어떻게 탄복하지 않을 수 있겠는가?

자신의 한계에 도전할 줄 아는 사람은 확실한 목표 아래 추호의 망설임도 없이 끝까지 최선을 다하며, 절대로 중간에서 포기하지 않는다.

지구상에 최초로 출현한 아미노산과 핵산이
현재의 문명을 이루며 번성하여 오기까지
얼마나 많은 도전과 고난을 겪어 왔겠는가.
도전이란 바로 생명의 나이테이다.

생명 그 자체가
행복일지니

한 나라의 왕이 대초원에서 사냥을 하던 중에 표범 한 마리를 발견했다. 표범은 온 힘을 다해 도망갔지만, 말을 타고 있던 왕은 바짝 따라붙어 침착하게 화살을 겨누고 활시위를 당겼다. 날카로운 화살은 '씨잉' 하는 소리와 함께 눈 깜짝할 사이에 표범의 목에 정확히 박혔고, 표범은 외마디 소리를 내며 땅바닥에 엎어졌다. 기쁨에 들뜬 왕은 표범이 꼼짝도 하지 않는 것을 보자, 순간 경계심을 잃고 말에서 내려 표범에게 다가갔다. 그러나 아직 숨이 끊어지지 않은 표범은 마지막 힘을 다해 왕에게 달려들었다. 깜짝 놀란 왕은 표범이 시뻘건 입을 벌리고 자신을 물어뜯으려 하는 순간 무의식적으로 '죽었구나!' 하고 생각했다. 다행히 때맞춰 달려온 시종이 활로 표범의 목을 뚫는 순간, 왕은 새끼손가락에 짜릿한 냉기가 흐르는 것을 느꼈다. 표범은 소리 한 번 못 지르고 땅바닥에 고꾸라져 죽고 말았다.

시종이 안절부절못하며 왕에게 다가와 별 탈이 없는지 물었을 때야 왕은 표범에게 물려 절반이나 잘려 나간 새끼손가락에서 피가 철철 흐르고 있는 것을 알았다. 수행하던 어의가 곧바로 상처를 싸맸고, 다행히 상태는 그다지 심각하지 않았지만 왕의 기분은 완전히 엉망이 되고 말았다. 왕은 한바탕 누군가에게 화풀이를 하고 싶었지만 자신의 경솔함으로 인해 벌어진 일이었기 때문에 그 누구도 탓할 수가 없어 그저 입을 다물 수밖에 없었다.

궁궐로 돌아온 왕은 생각하면 할수록 기분이 불쾌했다. 그래서 신하들과 함께 술을 마시며 기분을 풀고자 했다. 함께 술을 마시던 재상은 사냥터에서 있었던 이야기를 전해 듣더니 술잔을 들어 왕에게 술을 권하며 말했다.

"전하! 어쨌든 목숨을 잃는 것보다는 살덩이가 조금 떨어져 나간 것이 훨씬 다행한 일 아닙니까! 이 모든 일이 가장 좋은 방향으로 처리된 겁니다!"

재상의 말을 듣고 난 왕은 반나절 내내 참아왔던 화를 마침내 폭발시키고 말았다. 그는 재상을 노려보며 말했다.

"에이! 참으로 건방지구나! 정말로 네가 생각하기에 이 모든 일이 가장 좋은 방향으로 처리된 것이냐?"

재상은 왕이 잔뜩 화가 났다는 것을 알았지만 전혀 개의치 않고 말했다.

"전하, 사실입니다. 만일 우리가 자신의 한계를 넘어서서 일시적인 성패와 득실을 초월할 수 있다면 확실히 이 모든 것이 가장 좋은 방향으로 처리된 것이라고 말씀드릴 수 있습니다."

"내가 너를 감옥에 가둔다면 그것도 역시 가장 좋은 방향으로 처리된 것이냐?"

재상은 미소 지으며 말했다.

"그것 역시 가장 좋은 방향으로 처리하시는 것이라 믿습니다."

"내가 호위병에게 너를 끌고 가 목을 베라고 한다면 그것도 역시 가장 좋은 방향으로 처리된 것이냐?"

재상은 마치 왕이 자신과는 전혀 상관없는 일을 이야기하고 있는 것 마냥 여전히 미소를 띤 채 말했다.

"그것 역시도 가장 좋은 방향으로 처리하시는 것이라고 믿습니다."

듣고 있던 왕이 버럭 성을 내며 손을 크게 내리치자 호위병 두 명이 즉시 앞으로 다가왔다.

"너희들은 당장 재상을 끌고 나가 목을 베도록 하라!"

호위병들이 놀라서 어찌할 바를 모르자 왕이 말했다.

"빨리 서두르지 않고 무엇을 기다리고 있는 게냐?"

호위병들은 그제야 재상을 끌고 문 밖으로 나갔다.

그 순간, 왕은 갑자기 후회스러운 마음이 들어 큰소리로 외쳤다.

"잠깐. 우선 잡아다 가두어라!"

재상은 고개를 돌려 왕을 향해 웃으며 말했다.

"이것 또한 가장 좋은 방향으로 처리하시는 겁니다!"

그로부터 한 달이 지났다. 왕은 상처가 아물자 민정을 살피기 위해 평복 차림으로 암행에 나섰다. 이곳저곳 돌아다니다 외진 산속에 접어들었을 때였다. 갑자기 산속에서 얼굴에 울긋불긋 칠을 한 야만인들이 뛰어나오더니 순식간에 왕을 꽁꽁 묶어 산 위로 끌고 갔다. 왕은 큰 솥 앞으로 끌려갔다. 왕은 그제야 문득 한 가지 사실을 깨달을 수 있었다. 그날은 바로 보름달이 뜨는 날이었고, 숲에 사는 원시부족들은 매월 보름에 산 아래로 내려와 만월 여신에게 바칠 희생물을 찾곤 했던 것이다. 왕은 이번에는 정말로 자신이 살아날 방법이 없음을 알고 탄식했다.

제사장은 왕을 요모조모 살피며 흠집 하나 없는 제물을 찾은 것에 만족해했다. 만월 여신은 '완벽함'의 상징이었고 제사에 사용되는 제물 역시 훼손되거나 결함이 없는 완전한 것이어야 했다. 왕의 몸을 샅샅이 훑어보던 제사장의 눈길이 왕의 새끼손가락에 머물렀다. 완전한 제물인 줄 알았더니 손가락이 잘려 나간 형편없는 제물이었던 것이다. 제사장은 화를 참지 못하고 한참 동안 악담을 퍼붓더니 "이 쓸모없는 놈을 내쫓아 버리고 다른 제물을 잡아와라!" 하고 명령을 내렸다.

곤경에서 벗어난 왕은 크게 기뻐하며 급히 궁궐로 되돌아왔다. 그리고 즉시 사람을 불러 재상을 석방하게 한 뒤 궁전 뜰에서 축하연을 베풀었다.

왕은 재상에게 술을 권하며 말했다.

"재상! 그대의 말이 조금도 틀리지 않았소. 과연 이 모든 것이 가장 좋은 방향으로 처리된 것이 틀림없소! 만일 표범에게 물리지 않았더라면 오늘 나는 목숨을 건지지 못했을 것이오."

재상은 왕에게 답례의 술을 권하고 웃으며 말했다.

"전하의 인생에 대한 체험이 한 단계 더 높아진 것을 감축드리옵니다."

왕은 다시 재상에게 물었다.

"내가 요행으로 목숨을 건진 건 확실히 '모든 것이 가장 좋은 방향으로 처리된 것'이지만, 재상은 아무런 이유도 없이 감옥에 한 달이나 갇혀 있었는데, 이것은 어떻게 설명할 것이오?"

재상은 술 한 모금을 마시고 난 뒤 태연자약하게 말했다.

"전하! 생각해 보십시오. 만일 제가 감옥에 있지 않았더라면 틀림 없이 전하를 모시고 암행에 나섰을 것입니다. 그 야만인들이 전하가 만월 여신의 제물로 부적합하다는 사실을 알았을 때 전하 대신 큰 솥에 던져질 사람이 과연 누구겠습니까? 저 말고 또 누가 있겠습니까? 그러니 전하께서 제 목숨을 구해 주신 겁니다!"

우리 삶 속에는 자신의 뜻대로 되지 않는 일이 항상 존재하기 마련이며, 이것은 조금도 이상한 일이 아니다. 모든 일이 뜻대로 되지 않을 때는 복잡한 심정에 휩싸이겠지만 이때에도 본연의 낙천성을 잃지 않는다면 인생에 대한 또 하나의 깨달음을 얻을 수 있다. 낙천성을 지니면 원망이나 고민은 줄어드는 대신 평온함과 침착함이 생겨나기 때문이다. 사람과 사물을 유쾌하게, 그리고 너그럽게 대하는 것은 자신뿐만 아니라 사회 발전에도 매우 유익하게 적용될 것이다.

좌절과 고난이 닥쳤을 때 자신을 극복하고자 하는
적극성을 가지려면 남과는 다른 넓은 도량이 필요하다.
일시적인 성패나 이해득실에 대해 일일이 따져 가며
연연해할 일이 뭐 있겠는가. 생명 그 자체가 바로 행복 아닌가.

지금 내 눈앞에 핀
장미를 보고 있는가

향유란 본래 인생의 특별한 경험 가운데 하나이다. 하지만 나날이 복잡해져 가는 생활 속에서 우리는 차츰 향유의 본질과 정반대에 서 있는 소유를 향유의 궁극적인 목표로 여기게 되었다. 수많은 사람들은 향유를 독점으로 착각하고 있다. 물질과 자연, 그리고 허영을 독점하며, 이 세상의 좋은 것들은 전부 독점하려 들며 나쁜 것들은 다른 사람의 몫으로 미룬다. 그래서 어떤 사람들은 주위를 돌아볼 틈도 없이 재물만을 소유하려 들고, 어떤 사람들은 권력을 추구하는 데 온 마음을 다 쏟느라 무수한 아름다움과 진실을 포기한다. 그 결과, 부는 획득하지만 염치와 자존심은 잃어버리고, 권력은 획득하지만 친구와 참된 사랑은 잃고 만다.

우리는 왜 인생의 참맛을 향유하지 못하는 걸까? 그것은 우리가 여유로움과 자신감을 상실한 채 인류가 태어날 때부터 부여받은 우호적이고 진실한 천성을 포기했기 때문이다. 그리하여 이기심과 냉혹함에 스스로를 가두고 더 이상 타인에게 관심을 두지 않게 되었으며, 사람들마다 가면을 쓰고 상대방의 위선과 결점만을 보게 되었다. 비바람처럼 몰아치는 시련은 혹독하게만 느껴지고, 맞서야 할 적은 너무나 강대하며, 미래의 전망은 암담하기 짝이 없고, 이해득실만을 중시하게 되었으며, 같은 인류를 추악하게 바라다보면서 이 세상을 너무 암울하게 받아들이게 되었다. 이로 인해 우리는 여유를 잃고 마음이 조급해지면서 더욱 많은 권력과 부를 소유할 수 있기를 바라게 되었다.

그리하여 내용에는 소홀한 채 형식만을 더욱 강조하게 되고, 과정은 무시한 채 결과만을 중시하게 되어 사소한 좌절에도 한 번 넘어지면 다시는 일어서지 못하게 되었다. 아름다운 태양빛과 푸른 하늘을 보아도 음산함을 느끼며, 새가 지저귀고 향기로운 꽃이 만발한 풍경을 눈앞에 두고서도 처량함을 느끼게 된 것이다. 이렇듯 마음이 사막 한가운데 있는데, 하물며 무섭게 몰아치는 북풍과 어두컴컴한 비바람을 대했을 때, 그리고 매서운 눈보라에 부딪혔을 때, 어떻게 피곤함을 느끼지 않을 수 있겠는가?

우리는 너나 할 것 없이 풍요로운 재산을 지니고 태어난 부자이다. 우리는 건강한 육체와 생명을 지니고 있으며, 햇볕과 공기, 물, 강과 호수, 산과 들판과 같은 대자연을 소유하고 있다. 또한 책 속의 지식과 지혜, 사상과 관념을 소유하고 있을 뿐만 아니라 사랑, 가정, 일을 갖고 있으며, 이를 통해 행복한 생활과 생명을 영위할 수 있다. 우리가 소유하고 있는 것이 이렇게 셀 수 없이 많은데도 아직도 부족하다는 말인가?

우리는 인생을 맘껏 누릴 수 있어야 한다. 청량함과 찌는 듯한 무더위, 따스함과 매서운 추위로 찾아오는 사계절의 시간과 공간을 누려야 한다. 한적한 평화로움과 평안함을 주는 휴식뿐만 아니라 바쁘고 소란스러우며 초조하기만 한 일상생활도 누려야 한다. 집단생활의 떠들썩함과 유쾌함뿐만 아니라 홀로 느끼는 고독함과 적막함도 누려야 한다. 활기 가득 찬 젊은 시절과 말년의 노쇠함과 느릿함도 누려야 한다. 처음 인연이 시작될 때의 사랑과 즐거운 만남뿐만 아니라 인연이 다했을 때의 상실감과 이별도 누려야 한다. 세상의 쓴맛, 단맛이 담긴 온갖 고초를 다 맛보며 슬픔과 기쁨, 이별과 만남으로 점철된 세상의 모든 일을 누려야 한다. 역경에도 부딪혀 보고 모든 일이 순조롭게 진행될 때의 만족감도 누리며, 세상의 모든 아름다움뿐만 아니라 온갖 위선과 추악함, 부유함과 빈곤함까지도 누려야 한다. 이렇듯 이 세상의 모든 물질과 정신을 향유할 수 있어야 한다.

공자는 자신의 제자 안회顔回를 다음과 같이 극찬했다.

"거친 밥을 먹고 물을 마시며, 팔을 굽혀 베더라도 즐거움은 또한 그 가운데 있으니, 의롭지 못하고서 부유하고 또한 귀함은 나에게 뜬 구름과 같다. 어질다, 안회여! 한 그릇의 밥과 한 표주박의 음료로 누추한 골목에서 사는 것을 다른 사람들은 그 근심을 견뎌 내지 못하는데 안회는 그 즐거움을 바꾸지 않으니, 어질다, 안회여!"

세상 사람들은 안회의 이름을 기억하고 있듯이 도연명의 이름과 그의 국화도 기억하고 있을 것이다. 청빈한 삶 속에서 동쪽 울타리 밑 국화를 따다가 여유로이 남산을 바라보는 그의 감흥은 얼마나 많은 사람들이 필생의 목표로 추구했던 것인가? 새벽에 일어나 잡초를 뽑고 달과 함께 호미를 메고 돌아온다는 그의 뒷모습은 긴 세월 동안 선비들의 마음속에 영원히 변치 않는 한 폭의 그림으로 남게 되었다.

남루한 옷차림의 어부는 아무런 근심 걱정 없이 모래사장의 밝고 아름다운 햇빛을 즐긴다. 그는 주변의 호화로운 별장이 자신의 소유가 아니라는 사실에 고민조차 해 본 적이 없다. 그러나 바로 이 시간, 별장 주인은 바다 건너편 월가의 주식 동향 때문에 근심 걱정에 휩싸여 있을지도 모른다. 이와 같이 향유를 대하는 각각의 선택은 사실 우리의 마음에 따라 결정되는 것이다.

우리는 훨씬 즐겁게 살아야 할 이유가 있다. 즐거움을 앗아가는 원인은 대부분 타인에게 있는 것이 아니라 바로 자기 자신에게 있다. 즐거움은 어디까지나 자신의 감정이며, 이는 타인이 마음대로 다스리거나 결정할 수 없다. 오직 고통을 향유할 수 있는 마음만 지닌다면 우리의 얼굴을 덮쳐 오는 온갖 상처들을 언제든지 꿋꿋하게 맞아들일 수 있는데, 왜 고통과 좌절감을 깊이 음미할 수 있는 방법을 배우지 않는가? 피할 수 없는 괴로움이 엄습했을 때 도망가는 것은 쓸데없는 짓이다. 차라리 되돌아와 괴로움을 하나하나 세어 간다면, 어느 날 아침에 눈을 떴을 때 자신이 이미 괴로움 속에서 벗어났다는 사실을 발견할지도 모른다. 마치 습관적으로 쓰디 쓴 블랙커피를 마신 이후 혀끝에 맴도는 단맛을 즐기는 것과 같이 말이다.

왕국유王國維가 총괄한 학문의 세 가지 경지를 확대 해석해 보면 괴로움을 향유하는 데서 오는 즐거움을 깨달을 수 있다. "어젯밤 불어 댄 서풍에 푸른 나무가 시들고, 홀로 누각에 올라 아득히 먼 길을 바라다본다."는 일종의 고달픔을 말하고 있다. "의대가 점점 헐렁해지더라도 후회 않으리. 그대 위해 마르고 여위는 것쯤이야."는 일종의 고통을 의미한다. "뭇 사람 속에서 그를 수천 수백 번 찾아 돌아다니다 문득 고개를 돌려 보니 등불이 가물거리는 곳에 그 사람이 있었네."는 일종의 즐거움을 의미한다. 수많은 괴로움을 겪다가 문득 고개를 돌려 보았을 때 인생이란 것이 하나의 향유임을 어찌 깨닫지 못하겠는가?

천국에 대한 하느님의 해석은 더욱더 심오한 가르침을 우리에게 준다.

어느 신도가 하느님에게 물었다.

"도대체 천국이 어디에 있습니까?"

하느님이 말했다.

"바로 이곳에 있다."

"이곳에 있다고요? 그런데 왜 저는 아무것도 느낄 수가 없죠?"

그러자 하느님이 말했다.

"만일 너의 마음속에 천국이 있다면, 이 세상 어느 곳도 천국이 아닌 곳이 없다. 그러나 너의 마음속에 천국이 없다면, 비록 네가 천국 한가운데 서 있더라도 볼 수 없을 것이다."

고통을 향유하는 것은 쉴 새 없이 떨어지는 땀방울을 향유하는 것이며, 즐거움을 맛보는 것은 바로 땀을 닦고 난 뒤의 개운함을 느끼는 것이라는 사실을 명심해야 한다.

카네기는 말했다. "인간의 본성 가운데 가장 슬픈 것은 어디에 있을지도 모를 신비한 장미 화원을 꿈꾸면서 바로 오늘 창 밖에 피어 있는 장미의 아름다움을 만끽하지 못한다는 점이다."

욕망은
아름답다

강렬한 소망은 그 사람이 지니고 있는 모든 역량을 발휘하게 해 준다. 자신이 가진 최대한의 힘을 발휘하여 모든 장애물을 헤치며 전속력으로 질주할 수 있도록 만들어 주는 것이다.

 마이클은 한 살 때 소아마비를 앓게 되어 병원에 입원했지만, 두 살 때부터는 지팡이를 짚고 걸어다닐 수 있게 되었다. 그러나 열여섯 살이 되었을 때 병세가 다시 악화되어 반신불수가 되면서 휠체어에 의지해야만 움직일 수 있게 되었다.
 마이클이 스물한 살이 되었을 때 그는 시간당 2.99달러의 급여를 받으며 공사장 인부로 일하게 되었지만, 얼마 지나지 않아 해고당하고 말았다. 인력 시장에서 반신불수인 마이클은 그다지 환영받지 못했다. 그러나 마이클은 다시 새 일자리를 찾았고 일리노이 주 록포드 시에 있는 한 회사에서 상담 업무를 맡게 되었다. 그리고 몇 년 후 마이클은 올해의 모범 사원에 뽑혔다.

마이클은 다른 사람들에게 항상 도움을 베풀면 자신이 원하는 것을 얻을 수 있으며, 도움을 베풀면 베풀수록 더욱 많은 것을 얻을 수 있다는 사실을 굳게 믿었다. 그는 신체적 결함이 결코 자신의 능력에 영향을 미칠 수 없으며, 생명이 그에게 건네준 커다란 레몬 하나로 잔이 가득찰 정도의 레몬주스를 만들어 낼 수 있다고 굳게 믿었던 것이다.

사람들은 욕망의 추악함을 에덴동산의 독사이자 사람을 만길 낭떠러지로 밀쳐 버리는 악마에 비유하며 통렬하게 비난해 왔다. 그러나 생각해 보라. 우리에게 욕망이 없었다면 인류가 어떻게 미개한 원시 사회에서 벗어날 수 있었고, 어떻게 문명의 발전을 가져올 수 있었겠는가? 콜럼버스는 탐험에 대한 강렬한 욕망으로 신대륙을 발견할 수 있었고, 퀴리 부인은 지식 탐구에 대한 욕망에 집착한 결과 라듐을 발견할 수 있었다. 이렇듯 욕망은 인류 발전에 결코 없어서는 안 될 중요한 원동력인 것이다.

흑인인 안토니 데이빗 파커스는 부에 대한 강렬한 욕망으로 주변 사람들의 빈곤을 퇴치할 수 있었다. 열네 살 때 그는 처음으로 맥도 날드 점포의 바닥을 청소하는 일자리를 구했지만, 그 일을 얻기 위해 관리인에게 자신의 나이를 열다섯 살이라고 속일 수밖에 없었다.

"나는 내 힘으로 일해서 번 돈을 가질 수 있다는 사실이 너무도 중 요했습니다."

그는 고등학교에 진학하면서 마린 카운티의 피자 가게에서 아르바 이트를 하게 되었고, 게으름 피우는 일없이 전심전력으로 일했다.

"나는 큰 포부를 가지고 있었습니다. 나는 어떤 일을 맡더라도 최 선을 다해 보다 높은 곳을 향해 나아갔습니다."

바로 이러한 신념이 파커스를 끊임없이 격려해 주었던 것이다. 그 는 항상 남보다 두 배에 가까운 노력을 기울이며 언제든지 자신을 필 요로 하는 일에는 두 말 없이 뛰어들었다. 그는 친구와의 약속도 포 기하고 주말과 휴가를 몽땅 일하면서 보냈다.

"일자리를 찾는 데 나의 검은 피부색이 전혀 방해가 되지 않았다고 는 말할 수 없습니다. 그러나 나는 피부색 때문에 일자리를 찾을 수 없다고 원망한 적이 한 번도 없었으며, 그러한 사실을 마음에 두지도 않았습니다. 나의 귀중한 시간과 정력을 그런 일로 근심하는 데 낭비 하고 싶지 않았던 것입니다."

파커스는 항상 자신이 달성하고 싶은 수준의 목표를 설정해 두고 그 방향을 향해 노력하며 전진했다. 이렇듯 끊임없는 부에 대한 욕망은 그가 일자리를 찾는 과정에서 겪었던 수많은 좌절감 속에서도 변함없이 열정을 품고 돈을 모으며 일을 할 수 있도록 만들어 주었다. 마침내 그는 친구 두 명과 식음료업을 타깃으로 삼은 컨설팅 회사를 설립하였고, 지금까지도 이 회사를 경영하고 있다. 또한 그는 컨설팅 회사 이외에도 친구들과 함께 식당을 개업하여 전심전력으로 일에 매달렸다. 그는 아침부터 저녁까지 식당에서 바쁘게 돌아다녔으며, 그가 보이지 않을 때는 컨설팅 회사에 갔을 때뿐이었다.

"우리는 모두가 이십대 젊은이들이었습니다. 만일 누군가 우리를 고용해서 회사에 출근할 수 있었다면 아마 더욱 즐거웠을 겁니다. 그러나 이제는 우리가 직접 창업했으니 그런 즐거움은 누릴 수 없게 된 셈이죠."

그는 불과 7년 사이에 전방위적인 서비스를 제공하는 식당 다섯 곳과 호화 요트 한 척, 식료품 가게, 식음료업 컨설팅 회사를 소유하게 되었지만, 파커스는 회사를 떠나 다른 회사로 들어갔다.

"내가 회사를 떠난 이유는 간단합니다. 회사가 이미 최고 절정까지 성장해서 내가 한 단계 더 발전할 수 있는 기회가 사라져 버렸기 때문이죠. 나는 새로운 분야를 개척해서 더욱 큰 발전을 이룩하고 싶었습니다."

만일 가난을 정상적인 상태로 받아들이고 감수한 채 가난으로부터 벗어나기 위한 노력이나 도전을 하지 않았다면 몸속에 잠재되어 있던 그의 역량은 가치를 잃어버렸을 것이다. 하지만 파커스는 돈의 중요성을 인식하고 열정을 품으며 욕망을 통해 빈곤을 몰아낼 수 있었다. 부자가 되기 위한 욕망을 실현하기 위해 적극적으로 노력했던 것이다.

밀란 쿤데라는 "욕망은 아름다움이다."라고 말했다.
생명이 살아 움직이는 한 욕망을 버려서는 안 된다.
욕망이 바로 성공의 원동력이다.

처음부터 끝까지
변함없이 지속해 나가는 것

헤밍웨이의 작품 〈노인과 바다〉에 등장하는 노인을 기억할 것이다. 늙고 꾀죄죄한 용모와 궁핍한 생활은 그의 강인한 심장을 감출 수 없었다. 노인 앞에서는 세찬 파도와 포악한 상어조차 미미한 존재였다. 비록 그는 자신의 운명을 바꿀 수 없었지만 여전히 승리자로서 자신의 신념을 위해 짙푸른 꿈에 집착했다. 희망이 없다는 사실을 명백히 알면서도 참고 견디며 신념을 지켜 나간 이 용기 있는 노인에게 우리가 할 수 있는 일은 허리 굽혀 존경을 표시하는 것이다.

집착한다는 것은 그다지 어려운 일이 아니다. 자신의 의지대로 생각하고, 자신의 생각대로 일을 처리해 나가며, 자신의 처세 방식대로 실행해 나가면 되는 것이다. 사람들에게는 저마다의 인생 목표가 있어야 한다. 그리고 그 목표를 끝까지 견지해 나가는 모든 사람은 성공을 떠나서 승리자가 될 것이다. '빗방울이 바위를 뚫고, 가는 먹줄이 나무를 절단한다.'라고 했다. 오직 그러한 집착을 끝까지 지킬 수 있다면 인생에서 이룰 수 없는 목표가 없고, 발길이 닿을 수 없는 장소도 없다. 집착은 인생의 날개이며, 당신이 날갯짓하기를 원하기만 한다면 하늘 높이 비상할 수 있는 것이다.

소심하고 내성적인 성격을 가진 영업사원이 있었다. 하루는 '변함없는 마음과 인내력'이라는 연설을 듣고 나서 매우 깊은 인상을 받게 되었다. 그는 한 신문사의 업무 담당자를 찾아가 그를 광고면 영업사원으로 채용해 줄 것을 요청했다. 그러고 나서 자신이 방문할 고객 명단을 작성하고, 출발하기 전에 스스로에게 말했다.

"이달 말이 되기 전에 그들은 나에게서 광고면을 구매하게 될 거야."

그러나 그는 첫 번째 고객에게 보기 좋게 퇴짜를 맞고 말았다. 영업사원은 포기하지 않고 날마다 같은 고객을 찾아갔다. 매일 아침마다 한차례씩 고객에게 "싫다!"라는 말을 들으면서도 이 영업사원은 꿈쩍하지 않았다. 그리고 그 달의 마지막 날이 되자, 그 고객은 꾸준히 최선을 다하는 이 영업사원에게 말을 건넸다.

"젊은이, 자네는 나에게 광고면을 구매해 달라고 요청하는 데 30일의 시간을 낭비했네. 도대체 그 이유가 무엇인지 말해 주겠나?"

그 젊은이는 대답했다.

"저는 결코 제 시간을 낭비하지 않았습니다. 그 시간은 날마다 학교에 다니는 것과 다름없었고, 당신은 지금까지 제 선생님이었습니다. 저는 줄곧 꾸준한 마음과 인내력을 훈련받고 있었습니다."

그러자 고객이 말했다.

"젊은이, 나도 자네에게 인정해야 할 일이 있네. 나도 역시 그동안 학교를 다녔네. 자네는 나에게 자신의 의지를 끝까지 견지해 나가는 과목을 가르쳐 주었는데, 이것은 황금보다 더 값어치 있는 가르침일세. 자네에게 감사의 뜻을 표하는 의미로 광고면을 주문하겠네. 내가 자네에게 주는 학비라고 여기게나."

성공의 관건은 견지하는 것과 포기하지 않는 데 있다. 이른바 집착이란 모든 일들을 처음부터 끝까지 변함없이 지속해 나가는 것을 의미한다. 집착은 세상을 깜짝 놀라게 할 만큼 웅장하고 대단한 기세를 필요로 하지 않으며, 하늘을 두고 맹세하거나 장렬한 기백을 필요로 하지 않는다. 그저 평범한 것이야말로 진짜이고, 집착을 갖고 꿋꿋하게 지켜 나가면 모든 일이 저절로 이루어진다. 한 가지 목표만을 응시하고 뒤돌아보지 않고 앞을 향해 나아가라. 장차 앞길에 어떤 일이 벌어질 것인가는 상관하지 말고 그 어떤 것에도 자신의 시선을 분산

시키지 않도록 해야 한다. 마음을 목표에 집중시킨 채 그저 앞만 바라보며 주변의 모든 것들과 옆 사람의 쓸데없는 이야기 따위는 거들떠보지 말고, 오직 무슨 일을 하는가 하는 점만 기억해야 한다. 이렇게 할 수 있다면 성패나 득실에 연연해하지 않을 수 있다. 집착할 수 있다는 것 자체가 바로 엄청난 성공이기 때문이다.

당신은 인생에서 집착이 왜 필요한지와 동시에 집착의 대상이 무엇인지를 명확히 알아야 한다. 그래야만 사막을 건널 때도 방향을 잃지 않으며, 파도가 사납게 몰아치는 항해 속에서도 등대에서 멀어지지 않는다. 우선, 자신의 목표에 집착해야 한다. 성공한 사람은 항상 명확한 목표와 뚜렷한 방향감각을 지니고 자신만만하게 앞을 향해 나아간다. 그러나 평범한 사람은 온통 모호하기만 하고 우유부단하여 결정적인 한발을 내딛지 못한다. 이것이 바로 성공한 사람과 평범한 사람의 차이점이다. 두 번째는 기회에 집착해야 한다. 우리는 매일 생명의 교차로에 서서 어느 방향으로 나아갈지를 결정한다. 운명은 연속적인 기회가 서로 연결되어 이루어지는 것이다. 자신의 인생을 다채롭고 풍요롭게 만드는 관건은 바로 이러한 기회를 붙잡는가의 여부이다. 세 번째는 자신을 향상시키는 데 집착해야 한다. 강인함과 끈기가 부족한 사람은 희망의 빛을 바로 눈앞에 두고서도 오히려 위축된 채 굳센 의지와 과감한 도전성을 상실하여 결국에는 도태되는 운명에 처하고 만다. 성공이 당신으로부터 단 한 발자국 떨어져 있을 때에도 흔들림 없이 끝까지 견지하며, 중간에 포기하는 일이 있어서는 절대로 안 된다. 마지막으로 행복에 집착해야 한다. 바쁜 현대인의 생활 속에서 평온하고 안정된 안식처를 찾기란 매우 어려운 일이 되었다. 그러나 우리는 번잡한 생활 속에서도 심리적 안정을 유지하며, 내면의 진실성을 들여다볼 수 있도록 적극적인 행동을 취해야 한다. 이렇게 하면 삶이라는 바다 한가운데서도 항해 방향을 잃지 않을 수 있다.

당신은 운명에 의해 버림받을 수 있지만, 결코 자기 자신을 포기해서는 안 된다. 만일 집착하는 마음마저 잃어버린다면 지옥을 바로 옆에 두는 것과 다름없다는 사실을 잊지 말아야 한다.

집착은 비바람이 몰아치더라도 햇볕이 비출 것임을 아는 것이며,
낙엽이 떨어질 때 봄을 기다리는 것이다.
두려움을 느끼면서도 산 정상을 향해 올라가는 용기이고,
인생에서 맞닥뜨리는 실패와 타협하지 않는 기개이다.

가장 품위 있게
지혜를 드러내는 방법

찰리 채플린은 이런 말을 한 적이 있다.

"유머는 가장 품위 있게 지혜를 드러내는 방법이다. 유머 감각이 있는 사람은 가장 매력적인 사람이어서 타인과 유쾌하게 지낼 수 있다. 뿐만 아니라 더욱 중요한 사실은 그런 사람은 즐거운 인생을 소유하고 있다는 것이다."

유머에 대해 정확하고 투철한 견해를 지니고 있던 토머스 칼라일은 다음과 같이 말했다.

"진정한 유머는 머리에서 나온다기보다 마음속에서 솟아 나온다. 그것은 경시가 아니며, 그것이 내포하고 있는 모든 것은 사랑하고 사랑을 받기 위한 쟁취이다."

그는 또 말했다.

"유머의 힘은 우리의 이성이 아닌 감성에서 주로 형성된다. 당신이 지닌 유머의 역량은 바로 당신이 유쾌한 방식으로 표현한 당신 자신이다. 그것은 당신의 진실과 영혼의 선량함, 그리고 타인과 삶에 대한 사랑을 표현하고 있다. 유머라는 역량을 진정으로 발휘할 수 있다면, 당신 역시 뛰어난 성과를 거둘 수 있고 의미 있는 인생을 창조해 낼 수 있다."

인생에서 유머는 사람을 즐겁게 만들어 주며 자신을 반성하게 만들고 무언가를 추측하게 만드는 일종의 지혜이다.

고대 그리스 철학자 소크라테스에게 한 학생이 이런 질문을 했다.

"결혼하는 것과 결혼하지 않는 것 가운데 어느 것이 더 낫습니까?"

소크라테스는 잠시 생각에 잠기더니 다음과 같이 대답했다.

"이 문제를 제시하는 사람은 어느 것을 정답으로 삼든지 간에 후회하게 될 것이다."

유머와 지혜를 한 데 섞어 논하면 실제적으로 인생의 엄숙함과 재미 사이에 적당한 평형을 이루게 되는데, 바로 이 점은 우리의 직장 생활과 경영관리에 있어서 대단히 중요하다. 유머는 일종의 격려의 예술로서 이미 여러 가지 경영관리 업무에 광범위하게 응용되고 있다. 유머 감각이 풍부한 고위급 인사나 상사 주변에는 우수한 직원들이 쉽게 모여드는데, 그것은 함께 일을 할 때 직장 상사의 유머 감각이 여러 가지 난처한 순간들을 재치 있게 해결하여 직원들의 체면을 살려 주는 역할을 하기 때문이다.

링컨, 루스벨트, 윌슨 같은 미국 역사상 중요 인물들도 유머 감각이 탁월한 사람들이었다. 한번은 링컨이 친구와 함께 걸어가며 이야기를 나누다 회랑에 도달했을 때였다. 대통령의 훈화를 듣기 위해 이미 한참 동안 기다리고 있었던 병사들은 일제히 환호성을 지르기 시작했지만 그의 친구는 자신이 뒤로 물러나 있어야 한다는 사실을 미처 깨닫지 못하고 있었다. 이때 부관이 앞으로 걸어 나와 그에게 여덟 발자국 정도 물러나 있으라고 일깨워 주자, 그제야 자신의 실례를 깨달은 친구는 순간 얼굴이 벌겋게 달아올랐다. 그때 링컨이 미소 지으며 말했다.

"브랜드 씨, 저 병사들은 누가 대통령인지 구별을 못하기 때문에 잠깐 뒤로 물러서 줘야 한다오!"

이렇듯 간단한 몇 마디 말로 당시의 곤혹스러운 분위기는 일순간 사라지고 말았다.

경영관리라는 측면에서 보면, 유머는 단지 어린 아이들의 장난에 불과한 것이 아니라 그 자체로서 생산의 효율성을 향상시키는 데 큰 도움을 준다. 경쟁이 나날이 치열해지고 경제 정세가 수시로 동요하는 상황에서 회사 직원들은 평범함을 넘어선 엄청난 압박감에 시달리게 되었다. 또한 회사의 경영자 입장에서는 직원들의 사기를 드높이는 동시에 그들의 창조성과 그들을 옥죄고 있는 구태의연한 족쇄를 벗어던질 수 있는 사고방식을 자극하는 일이 어느 때보다도 중요하게 되었다.

회사 경영자가 유머를 활용한 경영관리 방식을 진행하면 매우 좋은 효과를 거둘 수 있다. 미국에서 1,160명의 회사 경영자를 대상으로 실시한 조사 결과에 따르면, 경영자 77%가 직원들과의 회의 석상에서 우스갯소리로 무거운 분위기를 탈피했고, 경영자 52%는 유머가 업무 활동에 도움을 준다고 생각하고 있었다. 또 경영자 50%는 회사에서 마땅히 '유머 컨설턴트'를 초빙해서 직원들의 경직된 마음을 느슨하게 풀어 줘야 한다고 여기고 있었으며, 경영자 39%는 직원들이 마음을 활짝 열고 크게 웃을 수 있도록 해 줘야 한다고 주장했다. 이미 일부 유명한 다국적 기업들은 총재부터 시작해서 일반 부서의 대리에 이르기까지 유머를 일상의 경영관리 업무에 융합시켜 활용하기 시작했으며, 새로운 직원 연수 수단으로 응용하고 있다.

유머를 경직된 인간관계에 활용하면 회사의 내부 갈등도 해소할 수 있다. 미국 오웬스 코닝 사는 2001년 초 40%에 달하는 직원을 해고한 뒤 이로써 야기될 제반 문제점을 염려하여 전문적인 유머 컨설턴트를 초빙했다. 2개월의 시간 동안 1,600여 명의 직원을 대상으로 유머 프로젝트를 진행했고, 회사 내부에서도 자체적으로 각종 유머 관련 행사를 실시했다. 그 결과, 회사가 염려했던 대중 집회나 음모, 공갈 협박, 자살 기도 등과 같은 불미스러운 사태를 사전에 방지할 수 있었다.

우리는 유머 감각이 있는 사람과 함께 일하기를 선호하며, 미혼 여성들은 천성이 익살맞고 재미있는 남자를 남편으로 선택하기를 원하고, 학생들은 무미건조하기만 한 수업을 선생님이 재미있게 강의해 주기를 바란다. 또한 우리는 경영인들이 유머를 구비하고 있기를 바라며, 사람들이 만들어 낸 유머러스한 환경에서 활발하게 살아가기를 희망한다. 그밖에 문학, 음악, 미술, 조각, 희극 등 예술 분야에서도 어느 것 하나 유머를 추구하지 않는 것이 없다. 이 모든 것들은 바로 유머가 문명에 영양을 공급해 주는 비옥한 토양이라는 사실을 설명해 주고 있다. 이렇듯 유머는 사람들이 사랑하고 사랑받고 싶어 하는 감성의 기초 위에서 형성되었다. 그리고 사람들이 자신을 향상시키고 삶의 곤경을 대처하는 데 그 필요성이 있는 것이다.

그렇다면 어떻게 해야 유머 감각을 지닐 수 있을까?

우선, 자신과 타인, 그리고 삶 속에 내재되어 있는 실패, 괴로움, 신체상의 결함에 이르기까지 이 모든 것들을 선의의 마음으로 대해야 한다. 만일 관점을 바꿔서 문제점을 바라보고 좀 더 재미있는 생각과 가벼운 마음으로 대한다면 이전의 우울한 기분들은 마치 하늘을 뒤덮었던 먹구름이 바람에 날리는 것마냥 사라져 버리고 당신의 생활은 밝고 쾌활해질 것이다.

두 번째는 고상한 취향과 낙관적인 신념을 길러야 한다. 편협한 마음과 소극적인 생각을 가진 사람은 유머 감각이 생길 수가 없다. 유머는 낙천적이며 삶에 대한 열정이 가득 찬 사람에게서 나온다.

세 번째는 관찰력과 상상력을 키워야 한다. 연상과 비유를 잘 활용해야 하고, 사물에 대한 반응과 응변 능력을 의식적으로 훈련해야 한다.

그 밖에 사교 모임에 자주 참석하고 여러 부류의 사람들과 접촉하면서 교제 능력을 키운다면 자신의 유머 감각도 강화시킬 수 있다.

유머는 사람의 품성, 능력, 지혜의 상징인 동시에 일종의 교양이다. 또한 유머는 사람에게 상처를 주는 데 사용하는 것이 아니라 사람을 치유하는 데 사용하는 일종의 사랑이다. 다시 말해 유머는 적극적인 인생 태도로서 우리의 삶을 즐거움과 따뜻함, 사랑과 희망으로 가득 채워 준다.

유머는 강한 전파력과 보편적인 의미를 가진 소통 방법이다.
유머 감각이 있는 사람은 어디를 가나 환영을 받으며,
유머가 담긴 화제는 사람들에게 스트레스를 주지 않는다.

나이와는 상관없는,
삶에 대한 호기심

유행은 일종의 고상한 견문과 품위로써 특별한 용기와 감당할 수 있는 능력을 필요로 한다. 그리고 '과감하게 세상의 선두로 나서는 것'을 가장 뚜렷한 특징으로 지니고 있다. 유행은 격류 속을 헤치고 돌진해 나가는 것처럼 크나큰 위험성과 자극성을 지니고 있다. 유행을 추구하는 사람은 독창적인 사람으로서 보통 사람과는 다른 뚜렷한 차이를 지니고 있기 때문에 자주 사람들에게 경멸을 받거나 공격을 당하기도 한다. 그러나 그들은 비난에 직면해서도 아무런 동요 없이 자기 방식대로 과감하게 앞을 향해 나아가며 비난 속에서 성장해 간다. 그리고 얼마 지나지 않아 그들의 용감함은 성과를 거두는데, 그것은 바로 사람들이 낯선 것들에 대해 차츰 익숙해지면서 그들을 따라 흉내내게 되고 이로써 하나의 시대적 조류가 형성되는 것이다. 과감하게 유행을 추구하는 사람은 대단하고 위대한 사람으로서 많은 사람들의 존경을 받는다. 그들의 용감한 분투와 공헌 정신은 바로 유행을 창조하며, 이 세상을 온갖 종류의 꽃들이 만발한 화원으로 가꾸어 낸다.

이런 말이 있다. "열다섯에 학문에 뜻을 두고, 서른에 뜻을 확고하게 세웠으며, 마흔에 유혹에 흔들리지 않게 되고, 쉰 살에 하늘의 명을 알았으며, 예순에 사물의 이치를 알게 되고, 일흔에는 무엇을 하든 법도에 어긋남이 없었다." 사람들은 오랜 세월 이러한 교훈에 따라 살아왔다. "나이 서른에는 기술을 배우지 않는다."는 말은 나이 서른이면 사업을 확고하게 일으켜야 할 때이기에 더 이상 기량을 닦을 필요가 없다는 의미이다.

이렇듯 연령대별로 이루어야 할 삶의 모식은 지금까지도 우리에게 영향력을 미치고 있다. 학문을 배우는 연령대에는 배움이 우선시되지만, 서른 살이 넘었거나 불혹의 나이가 되어서도 사업을 일으키지 않고 무엇인가를 배우는 데 열중하면 주변 사람들로부터 비정상적으로 간주되기 십상이다. 이러한 논리에 의하면 나이 지긋한 사람은 컴퓨터를 배울 필요가 없고, 젊은이들은 나이가 황혼에 접어들었을 때에야 겨우 깨달을 수 있는 인생의 이치 따위에 대해서는 논의할 필요가 없게 된다. 사실상 모든 것이 이와 같지는 않다. 유행은 일부 사람들만의 특권이 아니며, 나이와는 아무런 상관이 없다. 얼마나 많은 사람들이 고정된 생활 양식에 부합하기 위해 자신을 왜곡하고 강요하면서 불행한 삶을 초래하고 있는지 모른다.

도대체 유행이란 무엇일까? 우리는 어떻게 해야 유행을 앞서 가는 사람이 될 수 있을까? 유행은 일종의 심리상태로써 자유가 가득 넘치는 삶에 대한 호기심이다. 유행을 추구하는 것은 진심에서 우러나오는 하나의 선택으로써 자아, 인생, 사업, 성공에 대한 꿈을 대리만족하는 것이다. 유행을 추구하는 것에 거액의 돈이 필요한 것은 아니다. 유행을 추구하는 정신을 즐거운 생활과 낙관적인 현실에 담으면 평생 동안 유행과 가까워질 수 있고, 이러한 인생은 항상 생기발랄한 즐거움 속에 놓이게 된다.

유행은 일종의 정신이다. 아름다운 옷을 입고, 새로운 헤어스타일로 바꾸고 특별한 향수를 뿌려야만 유행을 쫓는 것이 아니다. 진정한 유행은 내면적인 것으로서 무조건 밖으로 표출되는 것이 아니며, 사상이 함축된 유행이야말로 진정한 유행이다.

유행은 자신의 특성에 적합해야 한다. 사람들마다 추구하는 유행의 내용은 각자 다르다. 진정한 유행은 무조건 시대적 조류를 따라가는 것이 아니라 자신이 특색 있고 개성 있다고 생각하는 것들을 견지하는 것이다. 자신이 그 유행을 쫓아가지 못한다고 해서 초조해하며 걱정할 필요가 없다. 어느 날엔가는 당신이 견지해 나가는 것들이 유행의 선두자리에 서서 시대적 조류를 이끌어 가게 될 것이기 때문이다. 우리 눈앞에 펼쳐진 이른바 유행이라고 하는 것은 모두가 무감각한 것들에 불과하다. 어떤 헤어스타일이 유행하면 온 거리마다 그 헤어스타일로 넘쳐 나는데, 이것은 시대 조류를 맹목적으로 따르는 것이며 진정한 유행이라 할 수 없다.

유행은 훌륭한 삶의 형태이다. 사물에 대해 자신만의 품위와 관념을 갖고 문화적 교양이 어우러진 이해를 도모한다면 당신이 원하는 유행을 추구할 수 있으며, 이것 자체가 유행이다. 사람은 자신을 더욱 완벽하게 만들기 위해 끊임없이 무엇인가를 추구하고 체험한다. '인생의 최대 행복은 무엇인가를 추구하는 과정 속에 있다.'는 말은 구태의연하지만 진리를 담고 있다.

유행은 그 특유의 매력으로 사람들이 추구하는 하나의 표상이 되었다. 우리는 유행의 종점이 어느 곳인지 알 수 없지만 유행은 우리에게 미적 체험과 행복감, 즐거움을 주며 우리 생활에 재미를 더해 준다. 그러니 유행과 멀어진다면 너무 애석하지 않은가?

시대는 무엇이 진정한 유행인지를 증명해 준다. 카프카가 살던 시대는 전시문학이 유행하던 시기였다. 모든 사람들이 전시문학 작품을 쓰는 데 열중하는 동안 카프카는 자신의 내면에서 우러나오는 진실성으로 세상에 널리 퍼질 수 있는 작품을 썼다. 수십 년이 지난 지금에 이르러 그의 작품은 독서 열풍을 일으킴으로써 그가 옳았다는 것을 증명해 주었다. 당시의 유행을 쫓던 작품들은 휴지 조각이 되었지만, 그의 작품만은 시대를 넘어 많은 독자들에게까지 감동을 주었던 것이다.

유행은 결코 일부 사람들만의 특권이 아니며,
나이와는 아무런 상관이 없다.
얼마나 많은 사람들이 고정된 생활 양식에 부합하기 위해
자신을 왜곡하며 불행한 삶을 초래하는지 모른다.

어린 아이와 같은
순수와 진실함

솔직함은 바로 진실한 성격이다. 《중용》에는 다음과 같은 말이 있다.

"하늘이 명한 것을 일러 성^性이라 하고, 성을 따름을 도^道라 하며, 도를 닦는 것을 교^敎라 한다."

이 말의 뜻은 사람의 자연적인 천성을 '성'이라 하는데, 이러한 인성대로 보고, 듣고, 말하고, 움직이고, 생각하고, 걱정하며 본성에 따라 행동하는 것을 '도'라 일컬으며, '도'의 원칙에 따라 수양하는 것을 바로 '교'라고 한다는 것이다. 이 말은 우리가 자신의 천성에 따라 행동하고 생활해야만 인생의 참뜻을 깨우칠 수 있다는 점을 알려 주고 있다.

겨울 수영을 즐기는 사람들은 살을 에는 한겨울 엄동설한에 옷을 벗고 차가운 수면 위에서 얼음을 깨고 물결을 헤쳐 나간다. 아마 많은 사람들은 "한겨울에 따뜻한 방안에 들어앉아 있어도 추위를 느끼는 참에 밖에 나가서 수영을 하다니……."라며 그들을 어리석다고 여길 것이다. 그러나 겨울 수영을 즐기는 사람들은 이러한 것에 전혀 개의치 않고 살을 에는 차가운 물속에서 자유자재로 수영을 하는데, 이것은 일종의 솔직함이라고 할 수 있다. 사람마다 각기 다른 자기 견해를 갖고 있는 법이며, 그들은 단지 대중에 영합하지 않고 그저 자신이 좋을 대로 행동하는 개성을 지녔을 따름이다.

〈소오강호〉라는 영화 중에 이런 내용이 나온다. 풍청탕이 영호충에게 "만일 군자가 당신을 죽이려고 하면 어떻게 그를 대처할 것인가?"라고 묻자, 영호충은 군자의 도를 따르겠다고 말한다. "만약에 소인배가 그러하면 어떻게 할 것이냐?"고 다시 묻자, 그는 소인배의 도를 따르겠다고 대답한다. 또다시 풍청탕이 만일 군자의 도로써 그 군자를 당해낼 수 없으면 어떻게 할 것이냐고 묻자 영호충이 대들 듯이 말한다. "그렇다면 소인배의 도로써 대응하면 되지 않겠습니까. 만일 나를 죽이려 들면 나 또한 인정사정 보지 않을 것입니다." 그러자 풍청탕 역시 호탕하게 "과연 가르친 보람이 있구나!"라고 큰소리로 말했다. 풍청탕과 영호충은 모두 진실한 천성을 지니고 있었다. 진실한 천성이란 바로 솔직함이며, 자기의 의견을 굽혀 일을 성사시키려고 하거나 스스로를 난처하게 만들지 않는 것이다.

노신魯迅 역시 솔직한 사람이었다. 그는 풍자가 주특기였는데, 작품을 통해 입으로는 인의와 도덕을 운운하면서 생각이나 행동이 비열하고 나쁜 사람들에게 풍자와 욕설을 아낌없이 퍼부었다. 일부 사람들은 노신이 위대하지만 극단적이고 세상에서 인정받지 못한 사실에 분개하며, 때로는 신랄하고 매몰차기까지 했다고 말한다. 그러나 만일 노신이 온유하고 후덕하여 페어플레이로 일관했다면 노신은 진정한 노신이 아니라 도덕 군자인 양 점잔 빼는 위선자에 불과했을 것이다.

청대 유명한 서화가이자 시인인 정판교鄭板橋는 시·서·화 분야에 두루 조예가 깊어 '삼절三絶'이라는 칭호를 받았다. 정판교는 일생 동안 불우하여 온갖 고초를 다 겪었지만 인생을 대하는 그의 솔직한 태도는 변함이 없었다. 그는 농민을 도와 소송에서 이겼다는 이유로 지방 유지의 미움을 사 관직에서 파면되었다. 이로 인해 관직의 뜻을 이루지 못하고 자신의 이상과 포부를 실현하지 못한 채 의연히 고향으로 돌아가 시·서·화에 의탁하여 평안함과 즐거움 속에서 말년을 보냈다.

그는 일생 동안 남을 위해 일을 하며 명성과 이익을 도모하거나 득실에 대해서도 연연해하지 않고, 생각과 언행이 일치하였으며, 대단히 솔직한 삶을 살았다. 그는 심오한 철학적 의미를 담고 있는 '바

보인 척하기 어렵다.'와 '손해 보는 것이 복이다.'라는 유명한 문장을
남겼는데, 이 글의 핵심적인 의미는 얻고 잃는 것을 따지지 말고 마
음의 안녕을 도모해야 한다는 뜻으로, 그가 일생 동안 남을 위해 일
을 하던 행동원칙이기도 했다.

　우리 주위에도 이렇듯 본보기로 삼을 만한 솔직한 사람들이 많지
만, 아직도 무엇이 솔직함인가, 어떻게 살아야 하는가 하고 묻는 사
람들이 있다. 대답은 매우 간단하다. 어린 아이들처럼 살아가는 것이
다. 아이들의 인성은 우리가 태어날 때부터 지닌 것으로서 단지 후천
적인 생활 환경 속에서 점차 둥글게 다듬어지거나 왜곡될 뿐이다.

　우리는 시시때때로 곰곰이 생각해 봐야 한다. 우리의 마음은 아직
도 순수한가? 앞뒤를 재어 보며 우유부단하게 변한 것은 아닌가? 우
리의 눈동자는 아직도 맑은가? 우리는 자신의 의지대로 고집 피우기
를 주저하며 걱정하고 염려해야 할 일들로 에워싸여 있지는 않는가?

　솔직함은 바로 진정한 자신으로 되돌아가는 것이다. 자신으로 되
돌아간다는 것은 허위적이고 가식적인 것을 벗어 던지고 집착과 진
실을 견지하며 순박한 본성을 지키는 것이다. 자신으로 되돌아간다
는 것은 자신의 마음속 포용 능력을 키워서 단순하면서도 순박하게
살 수 있도록 만드는 것이다. 자신으로 되돌아간다는 것은 세속적인
울타리와 속박을 벗어 던지고 구태의연한 삶의 테두리를 뛰어넘어

눈앞의 이익을 추구하는 데 탐닉하지 않는 것이다. 자신으로 되돌아 간다는 것은 주위 사람들이 당신의 어깨에 짊어 준 쓸모없는 압박감을 벗어 던지는 것이다. 외부 세력에 동화되지 않고 독립적인 인격을 길러 내며, 먼 곳에 있는 당신의 세계를 찾아 뒤돌아보지 않고 용감하게 나아가는 것이다.

당신의 가장 좋은 친구는 바로 당신 자신이며, 최대의 적 역시 바로 당신 자신이라는 사실을 명심해야 한다. 다른 사람을 위한 삶을 살아가기 위해 자아를 잃어버린 인생은 필연적으로 빛이라곤 찾아볼 수 없는 암담함 그 자체일 수밖에 없다. 예부터 이 세상에는 수많은 성공한 사람들이 배출되었다. 그들이 성공을 이룬 분야와 업적은 각기 다르지만 공통적인 인성을 지니고 있는데, 그것은 바로 집착과 솔직한 개성이었다.

사람과 자연과의 투쟁, 사람과 사람 간의 투쟁 등 무거운 주제를
경쾌하게 풀어놓은 이야기 속에는 노련함과 침착함이 있다.
이처럼 세상을 통찰하는 시선을 맑고 투명한 눈빛으로 승화시켰을 때
그 아름다움은 더욱 빛을 발하게 된다.

만성적인
자살 행위

한 친구가 이런 말을 한 적이 있다.

"외로움이 두려워서 나 자신을 방종 속에 빠뜨렸지만, 막상 지나고 나니 더욱 고통스러운 외로움만이 남더라. 방종 뒤에는 여전히 외로움이 남아 있었어."

그렇다. 방종은 문제를 해결하는 방법이 아니라 오히려 일종의 경박함으로써 인생의 적과 다름없다. 번잡스러운 세상과 경박하고 영악한 사람들, 떨칠 수 없는 실패와 눈물, 가식적이고 음흉한 얼굴과 감춰 둔 속셈들로부터 벗어날 수 있는 방법을 찾아 우리는 힘든 방황을 한다. 이때 선택하게 되는 자기방종은 일종의 도피 방법으로서 이를 통해 우리는 인생의 고통과 불쾌감을 일시적으로 망각한 채 아무런 근심 없이 천국 같은 곳에 실컷 빠져들 수 있다. 그러나 이런 생각은 해 보지 않았는가? 막상 알코올 기운이 빠지고 난 뒤에 마약의 쾌감이 사라진 난 뒤에, 하룻밤의 격정이 지나가고 난 뒤에, 과연 무엇이 따라오는지 생각해 본 적이 있는가? 일순간의 해방감은 만끽할 수 있었을지 모르지만, 과연 한평생의 평안함도 얻어지던가 말이다.

제갈량은《계자서誡子書》에서 이렇게 말하고 있다.

"욕심 없이 마음이 깨끗해야 뜻을 밝게 가질 수 있고, 마음이 편안하고 고요해야 원대한 포부를 이룰 수 있다."

그는 이 말로 자제들을 훈계하며, "차분함으로 몸을 닦고 절약 정신으로 마음을 닦으라."고 말했다. 다시 말해 마음을 깨끗하게 하여 욕심을 버리고, 절대로 자신을 방종해서는 안 된다는 뜻이다. 그의 문장 곳곳에는 '담담하고 욕심이 없는', '평온함'의 기운이 가득 차 있으며, 마음을 깨끗하게 하여 욕심을 버리려는 초연함으로 충만해 있다. 이것은 결코 제갈량의 집안에만 국한된 말이 아니라 그를 포함한 수많은 철학자들이 몸소 체험한 것들이다.

당시 출사표에서 제갈량이 "신은 본래 평민으로서 몸소 남양 땅에서 밭을 갈면서 어지러운 세상 가운데 구차히 생명을 보전하고 있었습니다. 제후들에게 소문이 미쳐 현달되기를 구하지 않았던 것입니다."라고 말한 것은 얼마나 담담하고 욕심이 없는 평온함인가. 그 뒤

유비를 도와 조조에게 맞서서 제업을 일구고 나라를 위하여 온힘을 다 바쳤으니 이 얼마나 장렬한가?

자신을 방종하는 것과 욕심 없는 깨끗한 마음으로 뜻을 밝게 하는 것 가운데 당신은 어느 것을 선택하겠는가? 자신을 방종하는 것은 누구에게든지 가장 어리석은 방법이다. 비록 옛 사람들 가운데는 '오늘 아침 술이 있으면 오늘 아침 취하고'라며 보기에는 참으로 대범한 듯한 말을 하기도 했지만, 그러나 술이 서너 번 정도 돌고 난 다음에는 '잔을 들어 시름을 달래도 시름은 여전하네.'처럼 사람을 더욱더 슬프고 처량하게 만든다.

그렇다면 당신에게는 단 한 가지 선택밖에 없다. 조용히 긴 강을 붉게 물들이는 석양과 사막 위로 솟아오르는 한 줄기 연기를 바라보며 연꽃 위에 빗방울이 떨어지는 소리와 적막한 산에 눈발이 흩날리는 것을 귀 기울여 듣는 것이다. 이런 고요함을 누리는 것은 결코 번잡한 세상으로부터 도망치는 것이 아니며, 욕심 없는 담담함 속에서 깊은 사색에 잠기는 것이다.

국력이 나날이 쇠퇴하던 당대 말기, 국왕은 우매하고 방탕한 생활에 빠져 온종일 환락 속에 젖어 태평세월만 구가하다 결국은 망국의 한을 초래하고 말았다. 바로 시인 두목杜牧이 "기녀들은 망국의 설움을 알지 못하고 강 건너서 아직도 후정화를 부른다."라고 시 속에 담은 정경 그대로였다.

명대 말년 이자성李自成은 자신의 부대를 이끌고 북경에 진입했다. 승천문의 편액을 향해 연속으로 활을 세 번 쏘고 난 뒤, 마치 자신의 화살 하나하나가 명나라 왕조의 급소에 명중했다는 사실을 나타내려는 듯 하늘을 바라보며 큰소리로 부르짖었다. 그러나 이자성이 이끌던 농민군은 북경으로 진입한 이후 승리에 도취한 채 가무와 여색에 빠지고 말았고, 그들은 무려 40일 동안 미친 듯이 기뻐하며 방탕한 생활을 일삼다 경성에서 쫓겨나고 말았다. 그리고 채 몇 개월도 지나지 않아 전군이 궤멸당했고, 이자성 역시 호북 통산의 구궁산에서 죽고 말았다. 한바탕 장렬했던 농민들의 의거는 승리가 손에 들어온 순간 이렇듯 실패하고 말았으니 그야말로 안타깝기 그지없다! 이는 방종에는 반드시 대가가 뒤따른다는 이치를 설명해 주고 있다.

한때의 고통이나 즐거움을 위해 무조건 자신을 방종하면 결국에는 자포자기하거나 쾌락 속에서 이성을 잃게 되어 후회하는 일만 남게 된다. 방종은 단지 자신을 위한 핑계에 불과한 것으로서 타락과 퇴폐의 표현이며 만성적인 자살 행위와도 같다. 자신을 방종에 빠지지 않게 하는 것 역시 쉬운 일은 아니다. 우리가 살고 있는 이 세상에는 우리를 유혹하는 것들이 너무 많다. 그러므로 자신을 억제하고 다스리는 것은 우리가 평생 동안 배워야 할 과목이다. 자신을 다스리고 억제하기 위해서는 마음의 평화를 유지하는 것이 가장 중요하다.

욕심 없이 마음을 깨끗하게 해야 뜻을 밝게 가질 수 있고, 마음이 편안하고 고요해야 원대한 포부를 이룰 수 있는 것이다. 욕심 없는 깨끗한 마음과 평온함은 도가에서 말하는 무위가 아니다. 그것은 용솟음치는 한 줄기 맑은 샘이며, 맑고 고요한 연못과도 같은 마음이다. 그리고 앞을 향해 질주하는 정신이며, 인생의 해탈이다.

고통스러울 때는 괴로움에서 벗어날 필요가 있고
즐거울 때는 축하할 필요가 있지만, 이것들은 방종과 다르다.
생활 속에서 우리는 항상 스스로 자중하며
방종해서는 안 된다는 사실을 잊지 말아야 한다.

우리는 지금 이 도시 속에서 한때 우리가 소유했던 아름다운 감정들을
다시 찾아 헤매는 방랑자들이다. 마치 유행가의 가사처럼 말이다.
"이런 사람은 당신 혼자만이 아닙니다. 당신은 결코 외톨이가 아니에요.
나도 당신과 똑같이 겪어 봤습니다.……" 그렇다. 감정의 세계는 참으로 풍요롭고 다채롭기만 하다.
우리는 이러한 감정의 세계를 경험하면서
바로 옆에 있는 행복을 소중하게 여겨야 한다는 사실을 차츰 깨닫게 된다.

Chapter

6

감정 다스리기

사랑은 행동이며
희생이고 책임이다

사회의 발전은 우리의 사고방식을 더욱 개방적으로 만들고, 빨라진 생활의 리듬은 사랑이라는 상투적인 이야기를 뒤돌아볼 겨를조차 없게 만들지도 모른다. 그러나 생활환경이 어떻게 변화했든지, 삶이 얼마나 풍요로워졌든지 관계없이 사랑은 영원히 시대에 뒤떨어지지 않으며, 또한 우리가 한평생을 대가로 치르면서도 영원토록 추구할 만한 가치가 있다는 사실을 믿어야 한다.

부부 간의 충절에 관해 조사한 바에 따르면, 80% 이상의 부부가 과거에 상대방에게 떳떳하지 못한 행위를 저지른 적이 있다고 밝혔는

데, 아마 그 가운데에는 솔직한 대답을 하지 않은 사람도 있었을 것이다. 이러한 결과를 바라보면서 우리는 현대인의 사고방식이 날로 개방되어 가고 전통적인 도덕관념의 규제는 사람들 마음속에서 점점 희미해져 가면서 결혼과 가정에 대한 관념 역시 경시되고 있다는 사실에 긴 한숨을 지을 수밖에 없다. 그러나 이것을 또 다른 측면에서 살펴본다면, 사람들이 사랑에 대한 책임감을 점점 상실해 가고 있다는 사실을 설명해 주고 있는 것이 아닐까?

다리를 약간 저는 여자가 있었다. 그녀는 남자친구와 데이트를 할 때마다 항상 앉아 있곤 했다. 날씨가 무더웠던 어느 날, 여자는 남자친구에게 시원한 음료수를 사다 주기 위해 무심코 자리에서 일어서다 그동안 감추었던 신체적 결함을 드러내고 말았다. 그녀가 이제 남자친구를 잃게 되었다고 생각했을 때 뜻밖에도 남자친구는 다음과 같이 말했다.

"네가 일어서는 순간 깜짝 놀랐지만 이제 와서 후회한들 무슨 소용이 있겠어. 난 이미 너를 사랑하는데!"

진정한 사랑은 패스트푸드점, 커피숍, 새로 유행하는 패션과 같이 일시적으로 풍미하다 사라지는 것이 아니다. 사랑은 처음에 숨겼던 거짓이 드러난다고 해서 사랑의 격류가 한바탕 휘몰아치고 난 뒤 무책임하게 버릴 수 있는 성질의 것이 아니다. 남자와 여자는 하느님에 의해 절반으로 나눠진 또 다른 반쪽을 찾기 위해 고생스럽게 이성을 찾아 헤매며 완벽한 결합을 모색한다. 그래서 이 세상에 영원한 사랑이 생겨난 것이다. 그러므로 사랑은 아이들의 놀이나 시대의 조류를 좇아가는 마음이 아닌 바로 엄숙한 논제이자 중대한 책임이다.

사랑은 희생을 의미한다. 당신 앞에 땅을 갈고 김을 매어 키워야 할 농작물이 있다면 오직 부지런히 일하면서 경작해야만 풍요로운 수확의 기쁨을 맛볼 수 있다. 당신 마음속에 자리 잡은 사랑의 장미를 꺾고 싶다면 가시에 찔리는 아픔과 피가 흐르는 고통까지도 두려워하지 말아야 한다. 그래야만 그 꽃을 당신의 가슴에 꽂을 수 있다. 자신의 사랑을 찾았을 때 마치 자기 자신을 보호하는 것 마냥 정성들여 보살펴야만 오랜 옛날의 아름다운 전설이 재현될 수 있는 것이다.

사랑은 빈말이 아니라 행동이다. "당신을 위해 나의 모든 것을 바치겠습니다. 당신을 위해 내 일생을 걸고 맹세할 수 있습니다. 매일 당신을 위해 음식을 만들고, 어깨를 두드려 주고, 머리를 빗겨 주겠습니다. 그러나 오직 당신 한 사람만을 사랑하겠다는 보장은 못하겠습니다." 이렇듯 사랑은 언어 앞에서는 창백하고 무기력하기만 하며, 오직 행동 앞에서만이 영원토록 열정으로 가득 찰 수 있다.

사랑은 일종의 책임이다. 누군가를 좋아하게 되었을 때 그것은 이미 당신이 그 사람을 책임지겠다고 결정한 것이며, 목숨을 바쳐서라도 그 약속을 실현하겠다는 다짐을 의미한다. 이러한 책임은 결혼에 대한 책임처럼 법률적인 문서를 갖추거나 사회적 도덕의 규제가 있는 것은 아니지만, 연인 사이에 지켜야 할 묵계이다. 사랑에 대한 굳은 맹세를 한 장의 공수표로 만들어서는 안 되고, 영원히 변치 않는 사랑을 일시적인 마음의 충동으로 만들어서도 안 된다. 사랑하는 사람과의 약속을 실현하기 위해 우리는 반드시 사랑에 대한 책임을 져야 한다.

누군가를 사랑하는 일은 쉽지만 한 사람을 영원히 사랑하는 일은 어렵다. 그 사랑을 지킬 수 있는 진정한 사랑이야말로 영원토록 변치 않는다. 결혼에는 사랑이 필요하지만 더욱 필요한 것은 바로 책임이다.

사랑은 단지 서로 간의 기쁨이 아니다.
사랑은 변하지 않는 충절이다.
한 사람을 사랑한다면 바로 자신처럼 사랑해야 한다.

내가 쥐고 있는
내 마음속의 열쇠

사람이라면 누구나 즐거움을 찾아다니지만, 즐거움은 너무나 드물기에 항상 어깨를 스쳐 지나갈 뿐이다. 즐거움은 도대체 어디에 있는 걸까?

한 무리의 젊은이들이 즐거움을 찾아 나섰지만 오히려 수많은 번뇌와 근심과 고통만을 만나게 되었다. 그들은 소크라테스를 찾아가 즐거움이 도대체 어디에 있는지 알려 달라고 했다. 소크라테스는 말했다.

"자네들은 우선 나를 도와 배를 만들도록 하게나!"

젊은이들은 즐거움을 찾는 일을 잠시 한쪽으로 미뤄 두고 각자 배를 만드는 공구를 찾아왔다. 그리고 49일 동안 높고 커다란 나무를 톱질하여 넘어뜨리고 나무 속의 빈 부분을 파내서 목선 한 척을 만들어 냈다.

배를 처음으로 물에 띄우던 날, 그들은 소크라테스를 배에 태우고 노를 저어 나가면서 노래를 합창했다. 소크라테스가 물었다.

"젊은이들, 즐거운가?"

그들은 이구동성으로 대답했다.

"너무 즐겁습니다!"

소크라테스는 말했다.

"즐거움이란 바로 이런 거라네. 자네들이 명확한 목표를 이루기 위해 뒤를 돌아볼 겨를도 없이 분주히 일하거나 혹은 다른 일에 몰두할 때에 불현듯 찾아오는 거지."

즐거움이란 우리 마음속에 있는 논밭을 쉴 새 없이 경작해야만 수확할 수 있는 열매이다. 또한 즐거움은 바로 우리의 마음속에 있기 때문에 광활한 세계를 힘들게 헤매며 찾아다닐 필요가 없는 것이다.

혼자서 부슬부슬 내리는 가랑비 속을 산책할 때 당신은 바로 옆에 대자연이 다가서 있다는 사실을 느낄 수 있을 것이다. 코끝에는 진흙 향내가 가득 풍기고 귓가에는 빗줄기의 노랫소리가 울려오며, 머리 위로는 구름이 지나고 맑고 신선한 바람이 유유히 당신을 스쳐간다. 모든 고민들과 우울한 마음이 사라져 버리는 이 순간 느끼게 되는 즐거움은 바로 당신 마음속에서 울려 나오는 노랫소리이다. 강하게 내리쬐는 태양이 무덥기만 한 여름 날, 땡볕 아래에서 길을 걷다 싸구려 아이스크림 하나를 사서 입에 물었을 때를 생각해 보라. 무더운 더위는 어느 순간 사라져 버리고 아이스크림의 청량하고 달콤한 향기가 입가에 감도는데, 이것도 일종의 즐거움이 아니고 무엇이겠는가?

원래 마음이란 매우 값진 것이기에 많은 돈을 주더라도 살 수가 없다. 그러나 즐거움은 싸구려 아이스크림처럼 쉽게 얻을 수 있기에 우리의 마음은 이처럼 한 가닥 청량감에도 만족을 느낄 수 있는 것이다.

한 중년 부인이 원망하며 말했다.

"나는 남편이 항상 출장 가고 집에 없기 때문에 사는 것이 조금도 즐겁지가 않아요."

그녀는 즐거움의 열쇠를 남편의 손에 놓아두었다.

한 엄마가 말했다.

"우리 아이는 말을 잘 듣지 않아서 나를 자꾸 화나게 만들어요."

그녀는 열쇠를 아이의 손에 놓아두었다.

한 어린 학생이 말했다.

"선생님이 매일 내주시는 숙제가 너무 많아서 귀찮아 죽겠어요."

그 아이는 열쇠를 선생님에게 주었다.

한 남자가 말했다.

"직장 상사가 나의 재능을 알아주지 않아서 기분이 우울합니다."

그는 즐거움의 열쇠를 직장 상사의 손에 놓아두었다.

어느 남편이 말했다,

"아내가 너무 게을러서 저는 살아가는 일이 괴롭습니다."

그는 열쇠를 아내의 호주머니 속에 놓아둔 것을 깜빡하고 있었다.

한 노인이 말했다.

"나는 건강이 좋지 않아서 길조차 걸을 수 없습니다. 나는 왜 이렇게 운이 나쁘죠?'

이것은 그가 즐거움의 열쇠를 병마에게 주었기 때문이다.

한 젊은이가 말했다.

"왜 다른 사람들은 모두 돈을 버는데 난 이렇게 가난하기만 하죠?"

그는 열쇠를 하느님에게 되돌려주었기 때문이다.

이 사람들은 모두 똑같은 결정을 내렸다. 바로 자신의 즐거움의 열쇠를 다른 사람에게 맡긴 것이다. 이렇듯 우리가 손을 내저으며 즐거움을 양보할 때 우리의 마음은 견디기 힘들어지고 원망과 분노가 우리의 유일한 선택이 되고 만다. 그럴 바에는 차라리 우리의 이기심을 인정하고 즐거움을 자신의 손안에 꼭 틀어쥐고 있는 것이 더 낫다.

아직도 즐거움의 참뜻을 깨닫지 못하겠다면, 그리고 기필코 즐거움의 정체를 확인해 보고 싶다면 한 가지 더 좋은 방법이 있다. 지금부터 그 어떤 생각도 하지 말고 조용히 자신의 주변 사람들과 당신의 주변에서 발생하는 일들을 관찰해 보라. 그러면 원래 즐거움이란 추상적인 것이 아니라 이렇듯 구체적인 것이며, 또한 즐거움은 자신으로부터 멀리 떨어진 곳에 있는 것이 아니라 바로 곁에 있다는 사실을 차츰 깨닫게 될 것이다.

진정한 즐거움은 돈이나 지위와는 아무런 상관이 없다는 사실을 명심해야 한다. 당신의 환경은 바꿀 수 없지만 당신 자신을 바꿀 수 있다. 어떠한 일의 사실은 바꿀 수 없지만 자신의 태도를 바꿀 수 있다. 지나간 과거는 바꿀 수 없지만 현재를 바꿀 수 있다. 다른 사람을 맘대로 조정할 수는 없지만 자기를 스스로 다스릴 수 있다. 내일을 예측할 수 없지만 오늘을 장악할 수는 있다. 모든 일들이 순조롭게 진행될 수 있도록 만들 수는 없지만 모든 일에 대해 최선을 다할 수 있다. 생명의 길이는 연장시킬 수 없지만 생명의 너비를 넓힐 수 있다. 날씨는 마음대로 바꿀 수 없지만 자신의 마음을 바꿀 수 있다. 자신의 얼굴 생김새는 선택할 수 없지만 웃는 얼굴을 펼쳐 보일 수 있다.

진정한 즐거움은 외부의 사물에 의존하지 않는다.
맑은 샘물이 안에서 밖으로 솟아 흐르는 것처럼
즐거움 역시 내면의 생각과 감정에서 용솟음쳐 흘러나온다.
만일 텅 빈 영혼으로 즐거움을 찾아 헤맨다면
찾을 수 있는 것은 즐거움의 대용품일 뿐이다.

나는 무지하고
경솔하다

황량하기만 한 땅에 아주 특별한 씨앗 하나가 선택되어 뿌려지게 되었다.

"이 얼마나 우수한 나무 씨앗인지! 너는 씨앗으로서 자부심을 가져야 돼."

사람들은 칭찬의 말을 아끼지 않았다.

"아무렴요. 난 자부심을 가질 자격이 충분해요!"

나무는 큰 소리로 말했다.

씨앗에서 싹이 트기 시작했고 무럭무럭 자라나기 시작했다. 엄동설한과 찌는 듯한 더위와 세차게 몰아치는 비바람도 그 나무를 꺾지 못했다.

"참으로 굳센 나무구나. 넌 자부심을 느낄 만한 자격이 충분해."

사람들은 그 나무를 칭찬했다.

"그래요. 정말 나 자신이 너무나 자랑스러워요!"

작은 나무는 큰소리로 말했다.

작은 나무는 점점 가지가 무성하고 잎이 울창하게 자라기 시작하여 구름 속까지 뚫을 만큼 크게 자랐다.

"어쩜 이렇게도 큰 나무가 있을까? 넌 정말 자랑스러워 해야 돼."

사람들은 또다시 칭찬했다.

"난 이제 이 세상에서 가장 큰 나무가 됐어요. 내가 너무도 자랑스러워요!"

그런데 바로 이때 벼락이 치면서 나무는 두 동강이 나고 말았다.

교만은 성장의 큰 적이다. 사람은 성장하는 과정 중에 인생의 하이라이트가 되는 순간들을 여러 번 맞게 되며, 그것은 우리에게 아름다운 추억을 만들어 준다. 그러나 아무리 찬란히 빛을 발하는 시간일지라도 곧 과거가 되어 오늘의 기반을 닦아 주는 것일 뿐, 결코 내일의 결과가 아니라는 사실을 절대로 잊어서는 안 된다. 내일의 성공은 오늘의 노력을 필요로 하는 것이지, 어제의 휘황찬란한 기억을 필요로 하지 않는다. 그러므로 과거의 성취 위에 드러누워 우쭐거리며 뽐내서는 결코 안 된다. 사실 사람들은 이러한 이치를 잘 알고 있으면서도 막상 행동으로는 잘 옮기지 못한다. 우리는 일상생활과 직장생활에서 곧잘 자격을 앞세우거나 잘난 체하고 으스대며 하늘을 찌를 듯 거만을 떨어 댄다.

교만은 무지함의 표출이다. 교만한 태도는 자신이 어디서부터 왔고 또 어디로 가야 하는지를 모르며, 자신의 실력이 어느 정도인지, 세상이 얼마나 큰지를 모르는 데서 출발한다. 이러한 무지는 사소한 성취 앞에서도 뭐라 표현할 수 없는 우월감을 느끼게 만들며, 자만심은 바로 여기서 생겨난다. 우물 안의 개구리 울음소리가 아무리 우렁차더라도 그저 우물 입구 크기의 하늘밖에는 바라다볼 수 없고, 산속의 죽순이 아무리 두툼하고 큼지막해도 역시 속이 텅 빈 대나무일 수밖에 없다는 것을 어찌 모르는가?

공자가 제자들을 데리고 노환공魯桓公의 사당을 참배할 때였다. 물을 담는 그릇 하나가 비스듬히 기울어진 채 사당에 놓여 있는 것을 보고 공자가 사당을 지키는 사람에게 물었다.

"이것은 무엇에 사용하는 그릇이오?"

사당을 지키는 사람이 말했다.

"이것은 좌석의 오른쪽에 두어 자신의 잘못을 경계하는 데 사용하는 것으로서 마치 '좌우명'처럼 벗 삼아 옆에 두는 그릇입니다."

공자가 말했다.

"그 그릇은 물의 양이 알맞게 채워져 있을 때는 똑바르게 서 있다가 만일 그릇 안에 물이 없거나 물의 양이 적을 때 혹은 물이 너무 많거나 가득 채워져 있을 때는 옆으로 기울어 엎질러진다고 들었소."

말을 끝낸 뒤 공자는 뒤를 돌아 그의 제자들에게 말했다.

"너희들이 안으로 들어가 그릇 안에 물을 직접 담아 보아라!"

제자들은 말이 끝나자마자 물을 떠 와서 한 사람씩 그 그릇에 물을 부었다. 물의 양이 알맞게 채워지자 그릇은 반듯하게 서더니, 잠시 뒤에 물이 가득 채워지자 곧 뒤집혀져 그릇 안의 물이 흘러나왔다. 그리고 그릇 안의 물이 다 흘러나오자 다시 기우뚱하게 기울어진 원래의 모습으로 되돌아갔다. 이때 공자가 긴 한숨을 내쉬더니 다음과 같이 말했다.

"이 세상에 너무 넘쳐나서 뒤집어지지 않는 사물이 어디 있겠는가!"

이 이야기는 물이 가득 채워지면 곧 뒤집혀지고 마는 기울어진 그릇을 예로 들어 교만하고 자만심에 가득 찬 사람은 결국 아무것도 이루지 못한다는 이치를 설명하고 있는 것이다.

교만은 마음속의 질투심에서 비롯된다. 교만한 사람은 일반적으로 자신이 다른 사람에 비해 월등하다는 생각을 갖고 있다. 어떤 사람은 외모와 몸매를, 어떤 사람은 재능으로, 어떤 사람은 사고방식으로, 어떤 사람은 물질, 재산, 세력 등을 기준으로 삼아 자신의 장점과 다른 사람의 단점을 내세운다. 그러나 교만한 사람의 속을 들여다보면 실상은 심한 열등감을 지니고 있다는 사실을 알 수 있다. 다른 사람에 비해 실력이 떨어지는 부분이 있기 때문에 다른 부분에서라도 훨씬 월등하고 싶은 것이다. 사실 우리는 자신의 단점에 대해 거부감을 지닐 필요가 없다. 오히려 과감하게 자신의 부족한 부분을 드러내 보인다면 주변 사람들의 도움을 받아 부족한 부분을 더욱 빨리 향상시킬 수 있다.

교만은 경솔함의 표현 가운데 하나이다.
맹목적인 자신감을 초래할 뿐 아니라 향상심마저 없앤다.
교만에 가득 찬 사람은 언젠가는 실패하기 마련이다.
매사 겸손하고 신중하며, 교만함과 성급함을 경계해야 한다.

자신을 위로하는 법을
터득하라

운명이란 도무지 예측할 수 없는 법이다. 그래서 우리의 삶 속에 뜻대로 이루어지지 않는 일이나 번뇌, 불행, 괴로움이 존재하는 것은 매우 당연하다. 그런데 이러한 좌절에 대처하는 사람들의 태도는 저마다 다르다. 어떤 사람들은 좌절 속에 빠져 헤매고, 어떤 사람들은 더욱 굳세게 전진하며, 어떤 사람들은 고통스럽게 몸부림치고, 또 어떤 사람들은 태연하게 일을 처리한다.

이렇듯 서로 다른 태도의 원인을 따져 보면 이 모두가 자신을 위로할 줄 모르고, 믿음과 인내력이 부족하기 때문이라는 사실을 알 수 있다.

에디슨이 전등을 연구할 때였는데 작업의 난이도가 예상 외로 상당히 컸다. 1,600종의 재료를 이용하여 여러 가지 형태로 필라멘트를 만들었지만 모두가 생각만큼 효과가 좋지 않았다. 수명이 너무 짧거나 원가가 너무 높거나, 혹은 품질이 약해서 직원들은 필라멘트를 전등에 부착시킬 수가 없었다. 전 세계 사람들은 에디슨의 연구 성과를 기다렸지만 반년이 지나면서부터는 그 일에 차츰 인내심을 잃어갔다. 어떤 사람들은 다음과 같이 말했다.

"이제 에디슨의 실패가 완전히 증명된 것과 다름없습니다. 감정적이고 충동적이기 짝이 없는 저 사람이 작년 가을부터 전등을 연구하기 시작하지 않았습니까. 그는 이것이 완전히 새롭고 독특한 발상이라며, 그 누구도 생각조차 할 수 없었던 방법으로 전기를 이용해 빛을 낼 수 있다고 자신했습니다. 그러나 뉴욕의 유명한 전기학자들은 모두가 에디슨이 길을 잘못 들어섰다고 믿고 있습니다."

가스 회사에서는 에디슨을 허풍떠는 사기꾼이라며 사람들을 설득시키는 데 주력했다. 수많은 정통한 과학자들까지도 에디슨이 터무니없는 생각을 하고 있다고 여기며, "그러한 전등을 설혹 만들어 내더라도 우리는 사용할 수 없을 것이다."라고 말했다. 그러나 에디슨은 이러한 여론에 동요하지 않고 계속해서 묵묵히 전등을 발명하는 방법을 탐색했다. 그리고 일 년 후, 마침내 45시간 동안 지속적으로 불을 밝힐 수 있는 전등을 발명해 냈다.

수많은 사람들이 최종적인 성공에 다다를 때는 이미 무수한 좌절을 겪고 난 뒤이다. 그들이 겪는 시련은 의지를 시험하는 좋은 기회가 되며, 좌절의 충격은 용감한 사람을 더욱 굳세게 만들어 준다.

만일 이러한 좌절이나 실패의 자극이 없었다면, 어쩌면 그들은 기꺼이 평범한 사람으로 남기를 원했을지도 모른다. 그러나 바로 이러한 고통이 있었기 때문에 더욱 분발하여 강인해지려는 웅대한 포부가 끓어오를 수 있었던 것이다.

어떤 현자는 다음과 같이 말했다.

"투쟁을 거치지 않은 포기는 위선적이며, 시련을 통해 연마되지 않은 해탈은 경박스러우며, 현실을 이탈한 명철함은 비통하기만 하다. 중용을 지키고 그럭저럭 대강 살아가는 것, 사소한 지혜들은 우리의 치명상이다. 이것은 내가 십오 년 동안 나날이 확고하게 되새겼던 신념이다."

현실 생활 속의 대다수 젊은이들은 직장생활에서 좌절을 당할 경우 쉽게 포기하고 만다. 그리고 자신에게 적합하지 않거나 열정을 느낄 수 없는 고리타분한 직업을 마지못해 선택했다가 결국에는 자신이 벗어나려고 애썼던 원래의 생활 속으로 다시 되돌아간다. 그들은 아마 끝까지 자신의 의지를 견지해 나간다면 희망을 볼 수 있다는 사실을 마음속으로는 알고 있었을 것이다. 그러나 좌절에 대한 염증은 그들이 희망을 포기하게 만들어 버린다. 만일 그들이 좌절에 포기하지 않고 고난 따위는 우습게 여기며 용감하게 처음부터 다시 시작하기로 결심한다면 그들은 아마 진정한 영웅이 될 수 있을 것이다.

좌절에 부딪히거나 인생에 대해 실의에 빠졌을 때 우울함을 해소하고 자신을 위로할 수 있는 방법을 배워야 한다. 모든 일이 뜻대로 안 되는 사람이 자기와는 반대로 하는 일마다 순조롭게 잘 풀리는 사람과 자신을 비교하면 낙담과 착잡한 심정이 들기 마련이다. 의기소침해지고 기가 죽었을 때 사람들은 누구나 자신을 위안할 수 있는 이유를 찾곤 한다. 이때 주변에서 자신보다 훨씬 불우한 사람을 발견하면, 어느 사이에 자기만족감이 생겨나면서 실망과 소극적인 정서도 사라지게 된다.

칼라일이 《프랑스 혁명사》를 집필할 때였다. 그는 자신의 원고를 가장 믿을 만한 친구였던 존 스튜어트 밀에게 건네주며, 그로부터 좋은 의견을 듣고자 했다. 밀은 집에서 원고를 읽다 잠깐 외출하기 위해 원고를 바닥에 두고 나갔는데, 하녀가 그것을 폐지로 알고 불쏘시개로 사용하게 될 줄 누가 알았겠는가. 심혈을 기울여 완성한 작품이 이제 막 인쇄소로 넘어가려는 순간에 전부 잿더미로 변하고 만 것이다. 칼라일은 이 사실을 알고 크게 낙담했다. 그는 초고를 전혀 남겨두지 않았을 뿐만 아니라 구상을 적어 둔 비망록조차 모두 버렸기 때문에 그가 받은 충격은 엄청났다. 그러나 그는 절망하지 않고 오히려 익살스럽게 말했다.

"내가 제출한 과제물을 선생님이 좀 더 훌륭하게 작성하라고 또다시 과제물을 내준 셈 치면 되네."

그런 뒤에 그는 다시 자료를 조사하여 비망록을 기록하면서 방대한 분량의 과제물을 또 한 번 작성했다.

좌절에 부딪혔을 때는 자주 스스로에게 용기를 북돋아 주며 자신에 대한 믿음을 강화시켜야 한다. "다른 사람은 모두 포기했지만 난 아직 포기하지 않았다. 다른 사람은 모두 후퇴했지만 난 여전히 전진한다."라며 수시로 자신에게 경고해야 한다. 비록 빛이나 희망을 볼 수 없을지라도 변함없이 고독 속에서 굳건히 싸워 나갈 수 있는 능력은 성공한 사람들의 자질이다.

사람은 누구나 자신의 목표를 위해 고군분투하는
과정에서 어려움이나 좌절, 실의에 부딪힌다.
이러한 것들은 운명의 전환점이 되며,
이때의 마음가짐에 따라 성공과 평범함이 판가름 난다.

유행이 되어서는 안 되는
생활 속의 큰 적

'우울'이라는 단어는 많은 사람들이 즐겨 사용하는 일상생활 속의 입버릇이 되었다. 젊은이들이 서로 만날 때 주로 내뱉는 첫 마디가 "아직도 우울해?"라는 말이고, 어떤 사람들은 아예 '우울하니 귀찮게 하지 마세요.'라는 글자가 새겨진 티셔츠를 입고 다니기도 한다. 원래는 마음을 묘사해 주던 글자가 오늘날 현대 사회에서는 생활 상태를 표현해 주는 단어로 변하고 말았다.

'우울하다'는 것은 글자 그대로 '기분이 좋지 않다'는 뜻이다. 그러나 우울이라는 단어로 우리의 생활 상태를 표현한다면 그렇게 간단하게 정의를 내릴 수 없다. 우울하다는 단어는 마음속으로만 이해할 따름이지, 말로써 전할 수 없는 복합적인 것이 되어 버렸기 때문이다.

조사에 따르면, 사람은 일생 동안 삼분의 일에 해당하는 시간을 수면 상태에서 보내고 나머지 시간 가운데 삼분의 일은 우울한 기분 속에서 보낸다고 한다. 그렇다면 우울은 우리 생활 속에서 시시각각 존재하며, 우리 인생의 일 분 일 초에 영향을 주고 있기 때문에 결코 하찮게 볼 문제가 아닌 것이다.

우리는 이러한 장면을 자주 본다. 큰 길에서 전혀 알지 못하는 낯선 두 사람이 사소한 일로 크게 소리치며 말다툼을 벌이는 장면, 음식점 안에 서너 사람이 함께 어울려 앉아 술잔을 돌리고 진탕 마시면서 술주정을 벌이는 모습, 업무 중에 유난히 실수가 잦아 온종일 기분이 언짢은 채 울적해하는 모습 등 이러한 장면은 너무나 많아 셀 수 없을 정도이다. 그런데 그 원인을 살펴보면, 이 모든 것이 마음속의 불쾌감과 우울한 기분을 참을 수 없는 데서 비롯된다는 사실을 알 수 있다. 이처럼 우울은 우리 생활 속의 큰 적이다. 불만스러운 일에 맞닥뜨렸을 때, 기분이 언짢을 때 우울은 마치 강렬한 화약처럼 한번 폭발하면 모든 사람들을 산산조각 내며, 심지어는 한 사람을 철저하게 파괴시키기도 한다.

2004년 중국의 한 대학교에서 한바탕 참극이 벌어졌다. 졸업을 코앞에 둔 대학 4학년생이 네 명의 동급생을 잔인하게 살해한 것이다. 대체 어떤 심리상태에서 이러한 일이 벌어진 걸까? 그는 왜 이런 이해할 수 없는 일을 저질렀을까? 동급생들도, 친척들도 도무지 이해할 수 없는 행위였다.

신경정신과 의사의 분석에 따르면, 이러한 범죄가 발생하는 주요 원인은 과도한 심리적 압박감을 이기지 못하기 때문이라고 한다. 날로 심해지는 취업경쟁, 복잡한 인간관계, 경제적 압력의 증가 등은 우울증을 초래하고, 우울증이 쌓이면 엄청난 힘을 발휘한다. 그래서 때로는 사소하고 보잘것없는 일이 엄청난 참극을 초래하기도 한다.

일상의 삶을 우울한 상태로 만들어서는 안 된다. 이러한 상태를 개선시키고 싶다면 우선 우울한 기분이 생기는 원인을 찾아야 한다. 연구에 따르면, 사람의 인식 과정에서 감각, 지각, 기억, 사고력 등을 포함한 각종 심리 상태는 내면적인 요소와 외부에서 오는 자극적 요소에 의해 형성된다고 한다. 이러한 주관적, 객관적 요소의 변화는 각기 다른 수준의 심리적 문제를 유발시키는데, 우울한 상태가 되는 주요 원인은 다음과 같다.

첫째, 이상과 현실의 차이가 고민과 방황을 불러일으킨다. 둘째, 어떤 일의 결과에 대한 걱정과 근심이 갈등과 번민을 조성한다. 셋째, 업무 중에 받는 스트레스의 강도에 따라 두려움과 위축감이 생겨난다. 넷째, 개인적인 능력 혹은 가정환경 조건이 열등감과 나약함을 빚어 낸다.

우울한 상태를 벗어던질 수 있는 방법은 매우 많다. 예를 들어 생활에서 주는 스트레스가 매우 심한 일본에서는 현재 '심리적 클렌징'이라는 일종의 자아조절 방법이 유행하고 있다. 그 방법은 우울한 생활 속에 빠져 있는 사람들이 매일 저녁 여성들이 잠자기 전에 화장을 지우는 것과 같이 그날의 마음을 한 번씩 정리하여 부정적인 기억들을 모두 깨끗하게 씻어 내는 것이다. 물론 이러한 방법은 당신이 행동으로 옮기기에 적합한 것이 아닐 수도 있다.

가장 간단한 우울함의 해소 방법을 소개해 본다.

우선, 정확한 자기 인식을 기반으로 낙관적으로 자신을 받아들여야 한다. 자신을 인식하고 받아들이는 것은 성숙한 심리적 건강의 최우선 조건이다. 완전무결한 사람은 이 세상에 존재하지 않는다. 자신의 결점과 장점을 객관적으로 인식할 수 있다면 열등감에 빠지지 않고 자부심을 가질 수 있으며, 가정배경, 학력, 능력, 자신의 신체조건 등을 포함한 모든 것을 있는 그대로 받아들일 수 있다.

그 다음으로는 적극적인 심리와 낙관적인 기분을 유지해야 한다. 적극적인 심리는 모든 어려움을 해결할 수 있는 전제가 되어 주고, 낙관적인 기분은 건강한 심리를 지속시켜 주는 강력한 보증수표가 된다. 이것들은 당신의 잠재력을 자극시켜 뜻밖의 현실을 유쾌하게 받아들이고 예상치 못한 변화를 냉정하게 바라볼 수 있도록 해 주며, 느닷없는 타인의 무례함에 관용을 베풀 수 있게 해 준다. 또한 하고 싶었던 일이나 혹은 감히 할 수 없었던 일들을 실행할 수 있도록 만들어 주어 훨씬 더 많은 발전의 기회를 얻도록 돕는다.

마지막으로, 자발적인 능동성을 발휘하여 주변 환경에 적극적으로 적응해야 한다. 다윈은 이미 140여 년 전에 적자생존을 날카롭게 지적한 적이 있다. 적응은 현실 생활환경에서 우수하고 효과적인 생존 상태와 발전 상태를 유지해 주는 과정이다. 심리학자들은 지혜의 본질은 바로 적응이라고 말한다. 옛 선현들도 "시대의 조류를 명확히 파악하는 사람이 재주와 지혜가 뛰어난 인재이다."라고 말했다. 예로부터 뛰어난 인재는 우선적으로 환경에 적응한 이후 그 환경을 다시 개선시킨 사람이었다. 적응할 줄 아는 사람은 건강한 생활을 영위하며, 미래의 발전이 되는 전제와 기반을 획득할 수 있다.

언제부터 시작됐는지 모르겠지만 "우울하다."는 말이
우리 모두가 입버릇처럼 하는 말이 되었다. '우울'이라는 말은
글자 본래의 의미를 초월하여 하나의 유행어가 되었다.
이러한 유행이 널리 퍼지지 않길 바랄 뿐이다.

열등감을 이겨 내면
자신감이 된다

우리 모두는 삶의 사전을 지니고 있다. 그 사전 속에는 행복이나 신념과 같은 수많은 단어가 있는데, 열등감도 그 가운데 하나이다. 사람들은 누구나 정도의 차이는 있지만 열등감을 지니고 있다. 우리는 성장하는 과정에서 지위나 금전 혹은 신체적인 조건이나 외모 면에 있어서 자신이 다른 사람에 비해 뒤떨어지는 부분이 있다는 사실을 발견하게 된다. 그러나 이러한 차이들은 선천적인 것에 비해 열등감은 후천적으로 형성되는 것으로서 환경과 우리 자신이 강압적으로 스스로에게 만들어 주는 것이다.

아칸소 주 출신인 리사는 그녀의 고향에서 유일하게 하버드 대학에 진학한 학생이었다. 고향 사람들은 하버드 대학에 진학한 그녀를 매우 자랑스럽게 생각했고, 그녀 역시 이렇듯 좋은 기회가 주어진 것을 기뻐했다. 그러나 흥분이 채 가라앉기도 전에 리사는 점점 자신이 엉망이라고 느끼기 시작했다. 대학에서 그녀의 생활은 무척 고달팠다. 강의 내용은 이해할 수 없는 것 투성이었고, 그녀가 쓰는 사투리 역시 이만저만 신경 쓰이는 것이 아니었다. 또한 다른 사람은 모두 알고 있는 일을 그녀 혼자만 모르기도 했고, 그녀가 알고 있는 일들은 모두들 하찮게 여기는 것들이었다. 그녀는 차츰 하버드 대학에 진학한 일을 후회하기 시작했다. 자신이 왜 이곳에 와서 이런 수모를 당해야 하는지 알 수 없었고, 고향에서 지내던 날들이 그립기만 했다. 그곳에서는 아무도 그녀를 깔보지 않았던 것이다. 심한 외로움에 사로잡힌 리사는 자신이 이곳에서 가장 열등한 사람이라고 생각하게 되었다. 그녀의 담당 교수는 이 모든 것들을 주시하고 있었으며, 끊임없이 그녀를 격려해 주고 훈계했다.

"넌 이미 개인적인 성장의 '신세기'로 접어든 거다. 그러니 이미 지나가버린 '구세기'에 연연해하지 마라."

"리사, 왜 삶의 도전 앞에서 적응하기 위한 방법을 찾을 생각조차 하지 않니? 오히려 한 구석에 움츠리고 앉아 두려움에 가득 찬 눈빛으로 그것들을 바라보고만 있어. 자신의 무능함과 불행을 한탄하면서 말이지!"

"넌 네가 이루어 놓은 하버드 대학 진학이라는 대단한 성과에 대해선 이젠 아예 무감각해져 버렸구나. 너의 눈동자는 현재의 고난과 좌절만을 뚫어지게 쳐다보고 있어. 또 한 번 인생의 휘황찬란한 성과를 만들어 낼 수 있다는 믿음조차 잃은 채 말이야."

"넌 네가 시골에서 올라왔기 때문에 말투가 촌스럽고 행동거지가 어수룩하다고 생각하지? 그래서 주변의 모든 사람들이 너를 깔보고 싫어한다고 확신하고 있지? 그렇지만 바로 그런 너의 열등감 때문에 주변 사람들이 쉽게 다가올 수 없고, 도와줄 수도 없다는 사실을 왜 인식하지 못하니?'

"얼굴 생김새도 평범하고 학업 성적도 변변치 않다는 사실에 집착하지 마라. 그게 지난 몇 년 동안 네가 지니고 있던 심리적 균형점을 무너뜨리고, 너를 한 번도 경험해 보지 못한 당혹감 속에 빠뜨린 거란다. 그래서 넌 네가 하버드로 들어온 게 잘못이라며 슬퍼하고 있는 거야. 그러나 한 가지 사실을 잊고 있구나. 바로 하버드에 대한 꿈이 지난 몇 년 동안 너를 지탱해 준 정신이었다는 사실을 말이다. 넌 수많은 경쟁 상대를 무찌르고 하버드 대학에 진학했어. 그런데도 넌 지금 사소한 어려움 앞에서 오히려 자신을 하찮은 사람으로 비하하게 만드는 열등감에 지고 만 거야."

"넌 모든 사람들을 원망하고, 자신의 모습에 한탄하고 있어. 그러니 하버드에서 열등감이 생길 수밖에. 넌 지난 날 주변 사람들의 부러움과 찬사를 한 몸에 받았던 과거에서 벗어나야 해. 이젠 하버드라는 새롭고 드넓은 '신세기'에 온 정신을 집중해야만 다시 일어날 수 있단다."

리사는 위와 같은 담당 교수의 말을 마음속에 새기면서 문제의 핵심이 어디에 있는지 깨달을 수 있었다. 환경의 변화는 그녀의 심리적 균형점을 철저히 무너뜨렸기 때문에 그녀는 하버드 대학에서 새로운 심리적 균형점을 세워야 할 필요가 있었던 것이다.

열등감의 원인은 좌절감에 있다. 어떤 사람은 집안 형편이 가난하다는 이유로, 어떤 사람은 사랑이 이루어지지 않았다는 이유로, 어떤 사람은 사업이 실패했다는 이유로 좌절감에 부딪치고 자존심을 손상당한다. 손상된 자존심은 자신을 보호하지 못하고 소극적인 정서에 제압당하거나 혹은 내면화된다. 따라서 자신감을 잃거나 열등감이 생겨나는 것이다.

그러나 관점을 바꿔서 열등감을 바라보면 열등감 자체는 결코 병적 상태가 아니며, 오히려 사회 발전의 동기가 된다는 사실을 알 수 있다. 인류의 모든 문화는 바로 열등감을 기반으로 발전해 왔다. 그리고 과학의 부흥은 인류의 무지에 대한 자각과 미래에 대한 동경에서 비롯된 고군분투의 결과이다. 인간은 그 자체가 불완전한 존재이기 때문에 열등감은 처음부터 존재하는 것이며, 설혹 기존의 열등감을 극복한다 하더라도 또다시 새로운 열등감이 생겨나기 마련이다. 바로 이러한 이유 때문에 인류는 자신의 성과에 만족하지 않고 끊임 없이 앞으로 나아갈 수 있는 것이다.

열등감이 번뜩이는 그 이면에는 열등감을 이겨낼 수 있는 열쇠도 함께 감춰져 있다. 그것은 바로 열등감을 자신감으로 승화시키고 원동력으로 삼는 것이다. 열등감과 자신감은 사람이 지닌 전혀 상반된 성격으로서 상호 배척하는 동시에 상호 의존하는 관계를 맺고 있다. 자신감이란 열등의식이 전혀 없음을 의미하는 것이 아니라, 열등의식을 이겨 냈다는 것을 의미한다. 그리고 이것은 성공한 사람이 필수적으로 갖춰야 할 심리적 요소이다. 참으로 더디기만 한 인생의 여정길에서 열등감을 줄이고 자신감을 키워 나가면서, 이 두 가지를 최적의 균형 상태로 만들었을 때 당신은 발견할 수 있을 것이다. 원래 좌절과 고통은 인생이라는 무대 위의 짧은 음표에 불과하며, 진정한 인생의 악장은 이제 막 시작되고 있다는 사실을 말이다.

열등의식이 당신을 지배하도록 만들어서는 안 된다.
열등감과 마주쳤을 때 이를 묵묵히 받아들여서는 안 된다.
누구나 열등감을 이겨낼 수 있는 능력을 갖고 있기 때문이다.

수수하고 소박하고
평온한 일상의 행복

일생 동안 꼭 한 번은 짚고 넘어가야 할 단어가 있는데, 바로 결혼이다. 결혼은 분명 인생의 중대사임에 틀림없기 때문이다. 우리는 '결혼은 사랑의 무덤이고, 사랑이 불이라면 결혼은 소화기와 다름없다.'라는 말을 자주 듣는다. 왜 그럴까? 설마 우리의 사랑이, 그토록 힘들게 찾아 헤매던 인생의 가장 큰 기쁨이 결국에는 죽음의 늪으로 변하고 만다는 뜻인지, 정말 이해하기 어렵다. 그러나 이것은 분명한 사실이며, 수많은 경험자들이 총괄해 낸 가장 정확한 표현이다.

그렇다면 일을 이 지경으로 만들어 놓은 장본인은 누구일까? 그것은 다름 아닌 '낭만', 이 두 글자이다. 속담에 '사랑하기는 쉽지만 지키기는 어렵다.'라는 말이 있다. 결혼을 한다는 것은 두 사람이 정식으로 함께 길을 걸어가기 시작했다는 사실을 의미한다. 이는 두 사람이 자잘한 생활필수품에서 시작하여 생계를 도모하며 현실적인 삶 속으로 들어간다는 의미이기 때문에 낭만은 이제 부차적인 것이 될 수밖에 없으며, 이것은 모든 부부들이 직면하게 되는 현실 생활이다.

결혼 전에 두 사람은 아마도 다음과 같은 장면들을 동경하며 꿈꾸었을 것이다. '황금빛 태양 아래에서 백발의 노부부가 서로 손을 잡고 부축해 주며 숲 속을 산책한다. 비록 그들의 발걸음은 느리지만, 보조를 맞추며 꿋꿋하게 한 걸음, 한 걸음 걸어 나아간다.' 그러나 일단 결혼을 하고 난 뒤에는 똑같은 일상의 반복 속에서 차츰 상상 속의 황홀함이 빛을 잃어 가기 시작한다. 사소하고 잡다하며 무미건조한 생활은 답답함을 느끼게 하고, 낭만이 점차 사라짐과 동시에 그들이 동경했던 꿈들도 깨지고, 사랑에 빠졌을 때의 맹세조차도 까맣게 잊어 버릴 만큼 무감각해지고 만다.

사랑에 빠졌을 때의 낭만을 유지하는 것은 결혼생활에서 가장 먼저 해결해야 할 급선무이다. 총명한 아내는 항상 새롭고 변화된 로맨틱한 모습을 연출할 줄 안다. 때때로 최신 유행의 옷을 입고 남편 앞에서 자태를 뽐내기도 하고, 이따금 남편과 함께 영화 보러 가자고 애교도 피우며 낭만적인 저녁 데이트도 즐긴다. 또한 끊임없이 미용실에 출입하며 정성들여 가꾼 자신의 산뜻한 모습을 남편에게 보여 주기를 잊지 않는다. 자상한 남편은 낭만적인 수완을 자주 발휘한다. 결혼기

념일에는 아내를 위해 아름다운 장미 한 다발을 선물하고, 매년마다 찾아오는 기념일에는 선물 사는 것을 잊지 않으며, 여의치 않을 경우에는 기발한 아이디어로 아내에게 뜻밖의 즐거움을 선사하기도 한다.

그러나 모든 현실이 우리들의 뜻대로 이루어지는 것은 아니다. 우리가 많은 노력을 기울였을지라도, 또 그러한 노력이 결혼생활에 일시적인 효과를 발휘했을지라도, 불행한 결혼생활은 지속적으로 나타나고 있으며, 이혼율은 여전히 해마다 상승하고 있다. 이것은 바로 우리가 가장 기본적인 이치를 소홀히 하기 때문이다.

낭만은 일종의 심리 상태로서 생활에 대한 우리의 인식일 뿐, 외부적인 요소에 의해 좌우되는 것이 아니다. 그러므로 낭만적인 분위기를 자주 만들어 낸다 해도 자신이 변하지 않는 이상 오랫동안 지속될 수가 없다. 낭만은 개인적인 일이기 때문에 사람마다 낭만에 대한 평가 기준이 다르다. 어떤 사람은 달콤한 데이트를 낭만이라 하고, 어떤 사람은 사랑에 대한 굳은 맹세를 낭만이라고 여기는데, 사실 이러한 요소들은 모두 가변성을 띠고 있다.

생활이란 결국에는 수수함으로 돌아가야 하며, 수수한 소박함이야말로 참된 진실로서 가장 오래도록 유지할 수 있다. 바로 결혼 전에 동경해 마지않던 그 노부부처럼 말이다. 그들은 비록 많은 말이나 과도한 친밀감을 보이지 않았지만 서로 떨어질 수 없다. 그들에게는 서로 부축해 줄 사람이 필요하고, 그렇게 해야만 더욱 멀리 걸어갈 수 있기 때문이다.

낭만은 서로 사랑하는 두 사람이 손을 잡고 인생의 장애물을 함께 헤치고 걸어가는 것이다. 낭만은 두 사람이 곤경에 처했을 때 작은 힘이라도 다해서 서로 도와주고, 손님을 대하듯 서로 존경하며 살아가야 하는 현실적인 것이다. 만일 사랑을 위해 일부러 낭만을 연출한다면 그러한 사랑은 너무 형식적일 수밖에 없다. 두 사람의 감정은 반드시 시련을 이겨 낼 수 있어야 한다. 밸런타인데이의 장미는 비록 아름답지만 곧 시들고 만다. 만일 꽃으로 사랑을 꾸민다면 그러한 사랑을 어떻게 오랫동안 지속시킬 수 있겠는가? 물론 결혼 생활에 낭만이 없어서는 안 된다. 그러나 낭만은 달밤에 손을 잡고 산책하는 것도 아니요, 시를 지어 사랑의 감정을 토로하는 것도 아니다. 그저 평범한 일상 속에 녹아 내려 세월의 강물을 따라 가볍게 흘러내리는 것이다.

대만의 작가 장효풍張曉風은 다음과 같이 말했다.

"한 사람을 사랑하는 것은 그를 위해 사과 하나를 냉장고 안에 남겨 두고 그가 돌아오기를 기다리는 것이다. 한 사람을 사랑하는 것은 추운 밤에 그의 컵에 뜨거운 물을 잊지 않고 부어 주는 것이다. 한 사람을 사랑하는 것은 그가 싱크대에서 그릇 씻는 소리를 즐겨 듣는 것이며, 그가 그릇을 다 씻고 난 뒤에는 미처 마무리하지 못한 다른 그릇을 씻는 것이다."

수수함이야말로 바로 낭만인 것이다. 그렇다. 바로 이렇듯 모든 가식적인 태도를 버리고 애초의 수수함, 소박함, 평온함으로 돌아가는 것이다. 바로 황혼 무렵에 노부부가 웃으며 손잡고 산책하듯이 말이다. 물론 수수한 인생은 아마도 평범한 사람의 인생일 것이다.

그러나 수수함은 인생에서 가장 진실한 꿈과 다름없다. 비록 수수하더라도 부부가 함께 늙으며 서로 의지하고 부축하면서 일생을 함께 보낼 수 있는 결혼이야말로 가장 낭만적인 것이다.

세상에 대한 경험이 부족한 대부분의 젊은이들은 따스하고 향기로운 낭만적 사랑에 쉽게 빠진다. 뜨거운 입술과 축축한 눈동자와 같은 단순한 열정에 휩쓸리며 겉치장에 사로잡히는데, 이는 그야말로 결혼의 참뜻을 깨닫지 못하고 자신을 평가절하하는 것이 아닐 수 없다. 우리는 수수하기 그지없는 평범함과 평온함을 누릴 수 있는 생활이야말로 행복이며, 인류에게 가장 소박하면서도 가장 중요한 낭만이라는 사실을 항상 기억해 둬야 한다.

낭만에 대해서는 사람마다 각기 다른 견해를 가지고 있다.
때문에 뭐라고 딱 꼬집어 정의할 수 없으나 한 가지 공통점은 있다.
낭만은 결코 물질적인 조건 위에서 만들어지는 것이 아니라는 점과
무미건조한 생활을 훨씬 더 생동감 있고 다채롭게 만든다는 사실이다.

일에서
행복을 찾아라

성지 예루살렘에 늙고 지저분한 거지가 한 명 있었다. 그는 날마다 길가에 서서 구걸을 했지만 한 끼 밥벌이조차 힘들어 하루하루를 가난하고 고생스럽게 보내야 했다. 그러나 그런 생활 속에서도 그는 자신에게 기적이 일어나기를 바라며 매일 아침마다 부지런히 기도하는 일을 잊지 않았다.

하루는 그가 기도를 끝내고 머리를 드는 순간이었다. 온몸에서 빛을 뿜어내는 천사가 그의 눈앞에 서 있는 것이 아닌가. 천사는 하느님의 명을 받들어 그 거지에게 세 개의 소원을 선물하기 위해 특별히 하늘에서 내려온 것이었다. 늙은 거지는 너무나 기쁜 마음에 망설임조차 없이 바로 그 자리에서 첫 번째 소원을 빌었다. 바로 부자가 되는 것이었다. 순간 그는 대저택의 마당에 서 있었고, 그의 주변은 평생을 다 써도 쓸 수 없을 만큼의 금은보화로 넘쳐 났다. 거지는 또다시 천사에게 40년 전의 젊음을 되찾고 싶다며 두 번째 소원을 빌었다. 그러자 희뿌연 연기가 흩날리더니 늙은 거지는 어느새 스무 살의 젊은이로 변해 있었다. 그는 극도의 흥분에 빠졌고 단숨에 세 번째 소원을 빌었다.

"평생 동안 영원히 일 따위는 하지 않고 살게 해 주세요."

천사가 고개를 끄덕이더니, 순간 그는 길가의 늙고 지저분한 거지로 되돌아가고 말았다.

일이란 하느님이 인간에게 내려준 가장 큰 축복이다. 최초의 인류였던 아담과 이브가 선악과를 따먹는 큰 죄악을 범하자, 하느님은 아담에게 평생토록 온통 땀투성이가 되도록 일을 해야만 겨우 먹고 살 수 있게 했다. 언뜻 보기에는 매우 매서운 징벌이지만 곰곰이 생각해 보면 크나큰 은혜라는 사실을 알 수 있다. 하느님은 호된 질책을 내린 이후 인류를 위해 '일'이라는 중요한 사명을 부여해 준 것이다.

생각해 보라. 하루 온종일 아무것도 하는 일 없이 보낸다는 것이 얼마나 무서운 일인지 말이다. 몸이 아파 병상에 드러눕게 되면 그 어떤 일도 할 필요가 없을 뿐만 아니라 일을 하고 싶어도 할 수 없다. 그러나 차츰 시간이 지나면 지독한 답답함을 느끼게 된다. 병이 나면

몸이 아파 힘들기도 하지만, 아무 일도 할 수 없다는 데서 오는 따분함을 견디는 것이 더 힘들다.

감옥에 갇힌 범죄자들은 일하는 것을 가장 좋아해서 심지어 서로 앞다투어 일감을 찾는다고 한다. 그것은 그들이 감옥 속에서 죄를 뉘우치고 올바른 길로 들어섰기 때문이 아니다. 감옥 생활이 너무도 무료하여 단조롭고 무미건조한 하루하루가 숨 막힐 정도이기 때문이다. 그래서 그들은 하수구 청소나 쓰레기 청소와 같은 고된 일도 마다하지 않고, 오히려 마치 복지 혜택을 누리는 것 마냥 일종의 즐거움으로 누린다고 한다.

그러나 현실 생활 속의 많은 사람들은 일이 주는 즐거움을 제대로 느끼지도 못할 뿐만 아니라 오히려 일을 부담스러워 하고, 때로는 따분하기만 한 헛수고에 지나지 않는다고 생각한다. 이것은 그들이 일을 삶의 일부분으로 보지 않고, 단순히 생계유지를 위한 하나의 수단으로만 간주하기 때문이다.

대형마트에서 화장실 청소를 하는 여자가 있었다. 여름에는 무더운 더위에 두꺼운 작업복을 걸친 채 십여 평방미터밖에 되지 않는 공간에 들어앉아 있다 보니 항상 땀이 흘러 등에 배기 일쑤였다. 그리고 겨울에는 매일 맨손으로 닦고 씻다 보니 그녀의 손은 얼어서 갈라진 상처투성이였다. 그러나 볼그스름한 그녀의 얼굴은 시종일관 환한 웃음을 띠고 있었기에 그녀가 매우 즐겁게 일한다는 사실을 알 수 있었다. 그녀는 하루의 대부분을 자신의 일터에 머물러 있었고, 대걸레 두 개와 행주 한 장은 그녀가 손에서 놓지 않는 도구였다. 바닥을 닦고 벽을 씻어 내리고 화장실 문과 세면대 앞의 거울을 닦았으며, 후미진 곳도 대충 지나가는 법이 없었다. 이렇듯 힘들게 일하면서도 그녀는 전혀 상관없다는 듯이 이렇게 말했다.

"그저 놀지 않고 내가 할 수 있는 일만 있다면 전 만족과 기쁨을 느낍니다."

옛 선현이 말했다.

"사람들이 지치는 이유는 과도한 향락 때문이다. 향락을 누리고자 하는 생각은 인간의 본성 가운데 하나로 사람마다 모두 지니고 있다."

사람 역시 동물이기 때문에 신체적인 안락함을 누리려고 하는 것은 자연스러운 일이다. 물론 안락함을 누릴 수 있는 다음과 같은 방법도 있다. 침대 위에 몸을 눕혀 가장 편안한 자세로 드러누운 채 자신의 눈과 귀를 세상의 소란스러움으로부터 차단하고, 자신의 영혼을 밤낮없이 계속되는 수면 속에서 허황된 백일몽 사이를 자유자재로 떠돌아다니게 할 수 있다. 이러한 안락함은 근면과 고군분투와는 거리가 멀고, 세상의 시련이나 고된 땀방울과는 아무런 상관이 없다.

그러나 오랫동안 이런 상태를 지속하다 보면 인성이 퇴화되어 삶의 목표를 상실하게 되고 생활의 원동력이 사라져 버리는데 어떻게 삶의 무료함을 느끼지 않을 수 있겠는가?

일은 즐거움을 만끽하는 것과 같이 삶을 이루는 중요한 요소로서 우리가 매일 물을 마시고 밥을 먹는 것과 같이 자연스러운 것이다. 물론 일하다 보면 고생스러울 때가 있다. 그러나 고생을 겪고 난 뒤 얻는 달콤한 과실은 가장 좋은 포상이 되며, 일하면서 좌절에 부딪혔을 때 그 어려움을 극복하고 난 뒤의 성취감은 무한한 기쁨을 안겨 준다. 바쁜 하루를 보내고 나면 온 얼굴이 땀투성이가 되며, 온갖 생각을 다 짜내며 일하느라 기진맥진해지기 일쑤이다. 그러나 이때 일에 전력투구하는 과정에서 충분한 운동과 에너지를 발산함으로써 정신적인 충만감과 희열을 얻을 수 있기 때문에 오히려 통쾌한 만족감을 느낄 수 있다. 이는 무료한 사람은 영원히 느낄 수 없는 행복감이다. 일을 하는 과정 속에는 수많은 기회가 숨어 있기 때문에 개인적인 가치도 인정받을 수 있다. 무료하다는 말을 내뱉고 싶을 때는 망설임 없이 일감을 찾아 나서라.

무료하다는 것은 현재 당신에게
구체적인 생각과 행동이 필요하다는 뜻이다.
무료함은 악마와 같이 당신의 의지를 무너뜨리기 때문이다.

생명의 감미로움을 느끼게 해 주는
신비한 역량

호텔에 아침이 밝아 왔다. 로비의 식당에는 흑인 아이 세 명이 식탁 위에 머리를 파묻은 채 무언가를 쓰고 있었다. 호텔 관리인이 그들에게 무엇을 하느냐고 묻자 큰 아이는 행복이 가득 찬 얼굴로 지금 감사 편지를 쓰는 중이라고 말했다. 그 아이의 아주 당연한 듯한 태도에 관리인은 의문스러운 표정으로 잠시 멍하니 있다 다시 물었다.

"누구에게 쓰는 거지?"

아이들은 당당하게 대답했다.

"엄마에게요!"

그러자 관리인의 마음속에 있던 한 가지 의문이 채 풀리기도 전에 또 다른 의문이 생겼다. 그래서 관리인은 또다시 물었다.

"왜 엄마에게 감사 편지를 쓰는 거니?"

그러자 아이들은 기쁜 듯이 말했다.

"우리는 매일 편지를 써요. 이건 우리가 날마다 반드시 해야 할 숙제예요."

날마다 감사 편지를 쓰다니? 정말 이해할 수 없는 일이었다. 관리인은 아이들 틈에 끼어들어 저마다 손바닥 밑에 깔고 있는 종이를 슬쩍 쳐다보았더니, 큰 애는 여덟에서 아홉 줄의 글을 써 놓았고 여동생은 대여섯 줄, 그리고 막내 남자아이는 두세 줄의 글을 써 놓았다.

그가 유심히 살펴본 편지 내용은 대개가 "길가에 야생화가 정말 예쁘게 피었어요.", "어제 먹은 피자는 정말 맛있었어요.", "어제 엄마가 들려준 이야기는 정말 재미있었어요."와 같은 간단한 구절이었다. 관리인은 깜짝 놀랐다. 아이들이 쓰는 감사 편지는 엄마가 자신들을 도와준 일에 대한 특별한 감사의 편지가 아니라 그들 작은 영혼들이 느낀 조그마한 행복을 기록하고 있는 것이었다.

감사하는 마음을 지니게 되면 간단한 말 한마디도 신비한 역량으로 가득 넘쳐 나게 만들고, 사소하고 잡다한 일들조차 순식간에 친밀감을 느끼게 만들어 준다. 그리고 점차 무미건조해지던 일상생활 속에서 다시 한 번 생명의 의미를 깨닫게 만들어 줌으로써 만족스러운 마음으로 주변 사람과 일, 사물을 소중히 아끼게 해 주며, 생명의 감미로움과 격동을 맛보게 해 준다.

어느 날, 미국 대통령을 지낸 루스벨트의 집에 도둑이 들어 물건들을 훔쳐 달아났다. 그의 친구는 소식을 전해 들은 뒤 서둘러 편지를 써서 너무 신경 쓸 것 없다며 그를 위로했다. 루스벨트는 친구에게 다음과 같이 답장을 썼다.

"친애하는 나의 친구에게. 편지를 보내 나를 위로해 줘서 고맙네. 지금은 마음이 평안할 뿐만 아니라 오히려 하나님께 감사의 마음이 들 뿐이네. 왜냐하면 첫째는 도둑이 훔쳐간 것은 내 물건일 뿐 내 생명에는 아무런 해가 없었기 때문이네. 그리고 둘째는 도둑이 훔쳐간 것은 내 물건의 일부일 뿐 전부가 아니었다는 사실 때문이네. 마지막으로 가장 축하할 만한 일은 도둑은 그 사람이지, 내가 아니라는 사실일세."

어느 누구에게나 도난당한다는 것은 불행한 일인데도 루스벨트는 오히려 감사해야 할 세 가지 이유를 찾아낸 것이다.

이 이야기는 우리가 어떻게 삶에 대한 감사의 마음을 지녀야 하는지를 깨우쳐 주고 있다. 감사는 일종의 처세 철학이며, 생활 속의 큰 지혜이다. 인생의 모든 일들이 순풍에 돛단배처럼 순조로울 수는 없다. 여러 가지의 실패와 무력감에 부딪혔을 때 우리는 용감하게 대처하며 여유 있는 태도로 처리해야 한다. 이때 무조건 삶을 원망하며 의기소침한 채 활기를 잃어 가겠는가, 아니면 삶에 대한 감사의 마음을 가득 품고 넘어질 때마다 다시 일어서겠는가?

영국의 작가 새커리는 말했다.

"삶은 하나의 거울이다. 당신이 웃으면 따라 웃고, 당신이 울면 따라 운다."

감사하는 마음을 지니고 생활하면 삶은 당신에게 찬란한 햇빛을 선사해 줄 것이다. 그러나 감사하는 마음을 지니지 않는다면 그저 하늘을 원망하고 남을 탓하다 결국에는 아무것도 이루지 못하게 될 것이다. 성공했을 때는 감사해야 할 이유들이 참 많지만, 실패했을 때의 변명은 단 한 가지면 충분하다. 그것은 실패 혹은 불행할 때 더욱더 삶에 대한 감사의 마음을 지녀야 한다는 사실을 전혀 몰랐다는 점이다. 감사는 우리가 실패했을 때 타인과의 격차를 살펴볼 수 있게 해 주고, 불행할 때 따뜻한 위안을 느끼며 어려움에 도전할 수 있도록 용기를 불러일으켜 주며, 더 나아가서는 전진할 수 있는 원동력을 얻게 해 준다.

루스벨트처럼 관점을 바꿔서 삶의 실의나 불행을 바라보고 삶에 대해 항상 감사의 마음을 지닌다면 건강한 마음과 완벽한 인격, 그리고 진취적인 신념을 유지할 수 있다. 감사는 순전한 심리적 위안이 아니며, 현실 도피도 아니다. 감사는 일종의 삶을 노래하는 방식이며, 그것은 삶에 대한 사랑과 희망에서 비롯된다.

자신은 세상에서 가장 큰 부자라고 항상 입버릇처럼 말하고 다니는 사람이 있었다. 그의 말이 세무기관에까지 전해지면서 세무원의 주의를 끌게 되었고, 결국 세무원이 그를 조사하러 나오게 되었다. 세무원이 물었다.

"말씀 좀 여쭙겠습니다. 대체 당신이 지니고 있는 재산이 어느 정도인 겁니까?"

그러자 그가 대답했다.

"나는 건강한 신체를 지니고 있기 때문에 다른 사람의 보살핌을 받을 필요가 없고, 음식의 감미로운 맛을 음미할 수 있으며, 꽃과 풀의 향기를 맡을 수 있습니다."

세무원이 다시 물었다.

"건강 이외에 다른 재산은 또 없습니까?"

"나에게는 현숙한 아내가 있는데 매일 집안을 따뜻하게 꾸며 줍니다. 그리고 걱정스러운 일이 있을 때는 아내에게 도움과 위안을 받습니다."

세무원은 이해가 되지 않는 듯 물었다.

"그밖에 다른 것은 없습니까?"

그는 매우 흥분한 듯 말했다.

"저는 또한 여러 명의 아이가 있습니다. 그 아이들은 모두 효성스럽고 총명하며 게다가 무척 건강합니다."

세무원은 그의 말을 중간에서 자르고 불만스러운 듯 말했다.

"당신은 자신이 이 세상에서 가장 부자라고 말했는데, 설마 부동산 같은 재산이 없다는 말은 아니겠죠? 은행에 예치해 둔 재산은 얼마 정도입니까?"

그는 웃으며 말했다.

"지금 제가 소유하고 있는 이 모든 것들이 설마 세상에서 가장 큰 부자라고 불릴 만한 가치가 없단 말입니까?'

사실 이 세상에 태어난 그날부터 하늘은 우리를 위해 햇빛, 공기, 비, 부모님, 형제, 자매, 연인, 꿈, 사업, 결혼 등 모든 것들을 마련해 주었다. 이 모든 것들이 우리가 이 세상에 대해 감사의 마음을 가져도 될 만한 가치가 없단 말인가?

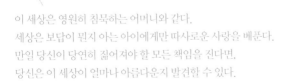

이 세상은 영원히 침묵하는 어머니와 같다.
세상은 보답이 뭔지 아는 아이에게만 따사로운 사랑을 베푼다.
만일 당신이 당연히 짊어져야 할 모든 책임을 진다면,
당신은 이 세상이 얼마나 아름다운지 발견할 수 있다.

힘겨운 고민은
바람에 날려 보내자

한 가정주부가 정신과를 찾아왔다. 그녀는 매우 초췌한 모습으로 자신이 해야 할 집안일이 너무 많아 하루 종일 쉴 틈 없이 생활하는 것이 너무 피곤하다고 의사에게 말했다. 의사가 그녀에게 어떠한 집안일을 하느냐고 묻자 그녀는 이런저런 얘기들을 한 보따리 늘어놓았다. 그중에는 매일 침대 시트를 정리하는 데만도 많은 시간과 노동이 필요하다는 것도 들어 있었다. 의사는 시험 삼아 일주일 동안 침대 시트 정리하는 일을 그만두는 편이 어떻겠냐고 건의했고, 그녀는 그렇게 하겠다며 집으로 돌아갔다.

일주일 후 그녀는 환한 얼굴로 진료소를 찾아와 의사에게 말했다. 매일 침대 시트를 정리하지 않았는데도 우려할 만한 역효과는 없었다고 말했다. 아울러 매일 집안을 쓸고 닦는 일도 줄이고 있다고 덧붙였다. 그렇다 보니 한가한 시간이 생겨 아이들과 함께 놀아 주고 쇼핑도 다니고 테니스도 배웠더니 매일매일이 즐겁다고 했다.

사람들이 지니고 있는 수많은 고민은 스스로 만든 것이다. 이러한 고민들은 우리를 사람들 속에서 멀어지게 하여 외로움에 처하게 만든다. 곰곰이 생각해 보라. 팔이 잘려 나간 비너스상은 여전히 사람의 마음을 뒤흔드는 아름다움을 간직하고 있지 않는가!

'물이 너무 맑으면 물고기가 없고, 사람이 너무 엄격하면 동조하는 사람이 없다.'라는 옛말이 있다. 자신의 결점을 받아들일 수 있어야 다른 사람의 결점도 받아들일 수 있다. 무조건 완벽함을 추구하다 보면 자신의 마음속에 풀 수 없는 옭매듭을 지어 결국 스스로 헤어나지 못하게 될 뿐이다.

응석받이로 자란 어느 부잣집 딸이 울면서 친정으로 돌아와 부모에게 새신랑의 여러 가지 잘못을 하소연했다. 부모는 참을성 있게 달랬지만 그녀는 여전히 이혼하겠다고 고집을 피웠다. 지혜롭기 그지없는 그녀의 할아버지는 커다란 흰색 종이와 붓을 손녀에게 건네주며 말했다.

"손녀사위가 너를 괴롭히다니 몹시 나쁜 놈이구나, 그렇지?"

그녀는 종이와 붓을 받아 들면서 억울한 듯 대답했다.

"정말 그래요. 하루 온종일 괴롭히기만 해요. 할아버지가 저 대신 일을 처리해 주세요."

"오냐! 너는 우선 내가 시키는 대로 하려무나. 지금부터 네 남편의 결점을 하나하나 떠올리면서 이 흰색 종이 위에 붓으로 검정색 점을 찍도록 해라."

그녀는 할아버지의 분부대로 붓을 들고 흰색 종이 위에 검정색 점을 계속해서 찍어 나가기 시작했다. 그녀가 점을 찍기 시작하고 한참이 지난 뒤 할아버지는 흰색 종이를 주워 들며 그녀에게 물었다.

"이것뿐이냐, 또 없느냐?"

그녀는 다시 한 번 생각하더니 붓을 들고 점 세 개를 더 찍었다. 그녀가 점을 다 찍고 나자 할아버지는 차분하게 물었다.

"이 흰색 종이에 무엇이 보이니?"

그녀는 큰소리로 대답했다.

"검정색 점이요! 양심이라고는 눈곱만큼도 없는 그 사람의 결점들이요!"

할아버지는 여전히 차분하게 물었다.

"다시 한 번 자세히 보려무나. 검정색 점 말고 또 무엇이 보이지?"

"없어요! 검정색 점 말고는 아무것도 없어요."

할아버지가 계속해서 질문을 했고, 그녀는 마침내 귀찮다는 듯 말했다.

"수많은 검정색 점 이외에는 흰색 종이의 여백밖에 없어요."

그러자 할아버지는 웃으며 말했다.

"바로 그거다! 검정색 점은 단점이고, 여백 부분의 커다란 흰점은 바로 장점이란다. 네가 결국은 장점을 찾아냈구나. 생각해 보려무나. 손녀사위도 장점을 갖고 있지?"

그녀는 무엇인가 깨달은 듯 한참을 생각하더니 마침내 마지못해 고개를 끄덕이고 나서는 남편의 장점을 늘어놓기 시작했다. 그녀를 뒤덮고 있던 뿌연 하늘이 차츰 맑게 개면서 그녀의 말투도 점점 부드러워지더니 마지막에는 웃음을 터뜨리기 시작했다. 누군가 싫어하는 사람이 있을 때 그 사람의 결점만을 바라보게 되는 것은 인간 본연의 맹점이다.

지나 가버린 날들은 모두가 과거로 남아 있고,
우리는 미래가 손짓하고 있는 방향을 향해 전진하고 있다.
안 좋은 과거의 기억들과 걱정거리는 바람과 구름에 날려 보내라.
더 이상 그것들을 힘겹게 지킬 필요가 없으니 얼마나 자유롭겠는가.